www.blue-panther-books.de

Joanna Grey

Befreie mich Versklave mich

Erotischer SM-Roman

www.blue-panther-books.de

BLUE PANTHER BOOKS TASCHENBUCH
BAND 2172

1. AUFLAGE: JANUAR 2011

VOLLSTÄNDIGE TASCHENBUCHAUSGABE

ORIGINALAUSGABE

COVER: © ILIA PANFILOV @ ISTOCK.COM
UMSCHLAGGESTALTUNG: WWW.HEUBACH-MEDIA.DE
GESETZT IN DER TRAJAN PRO UND ADOBE GARAMOND PRO

PRINTED IN GERMANY
ISBN 978-3-940505-36-1

WWW.BLUE-PANTHER-BOOKS.DE

1

Leicht verzweifelt stand Laura im Schlafzimmer und starrte in ihren offenen Kleiderschrank, während der berüchtigte *ich-hab-nichts-zum-Anziehen-Frust* über sie kam. Na toll, wie wunderbar klischeehaft. Unwillkürlich tauchte in ihrem Kopf das Bild einer Frau vor einem zum Bersten vollen Kleiderschrank auf, die sich theatralisch zu ihrem Mann umdreht und verkündet: »Ich habe nichts, was ich anziehen kann!«, während der Mann resigniert die Augen verdreht.

Sie schob das Bild aus ihrem Kopf und konzentrierte sich wieder auf den nicht vorhandenen Inhalt ihres Schrankes. Irgendwie war ihr entgangen, dass all ihre Trainingshosen, die sie sonst zum Kletterkurs trug, in der Wäsche waren, und es dringend notwendig gewesen wäre, die Waschmaschine anzuwerfen. Es war doch nicht möglich, dass in den Unmengen an Klamotten, die sie besaß, keine einzige brauchbare Hose dabei war. Aber die langen Hosen waren entweder Jeans, die ihr nicht genug Bewegungsfreiheit boten, oder schöne Hosen fürs Büro, die sie zum Klettern definitiv nicht anziehen konnte. Und die wenigen kurzen Hosen die sie besaß, waren ebenfalls allesamt Jeans. Ihr Blick fiel auf einen schwarzen Stoffzipfel, der unter den kurzen Hosen hervorlugte. Mit einem unmutigen Seufzen griff sie danach und förderte eine Hot Pants zu Tage, die sie schon ewig nicht mehr getragen hatte. Mit sechzehn hatte sie natürlich nicht eingesehen, warum ihre Mutter der Meinung gewesen war, diese Hose könne sie bestenfalls am Strand anziehen. Mittlerweile aber hatte sie das Gefühl, nun vielleicht doch schon ein bisschen zu alt dafür zu sein. Mit ihren knappen achtundzwanzig Jahren war sie zwar noch weit davon entfernt, sich wie eine biedere alte Frau zu kleiden, aber eine Hose, bei der man den Ansatz vom Hintern sah, weil sie so kurz geschnitten war, war ihr doch etwas zu freizügig. Leider war es das Beste, was sie momentan finden konnte, also faltete Laura die Hose zusammen und legte sie in ihre Sporttasche.

***

Als Laura aus der Umkleidekabine in die große Halle des Kletterzentrums eilte, stand ihre Gruppe schon vollzählig versammelt um ihren Kursleiter Rick, der gerade das heutige Programm besprach. Das hieß, nicht ganz vollzählig. Ihre Partnerin Melanie fehlte. Typischer Fall von: Heute geht aber auch alles schief.

Nachdem Rick seine Erklärungen beendet hatte, zerstreute sich die Gruppe, einzig Laura verweilte bei ihm.

»Melanie hat mich vorhin angerufen, die Sommergrippe hat sie erwischt, sie kann leider nicht kommen. Ich habe dir aber einen anderen Partner organisiert. Ah, wenn man vom Teufel spricht, da kommt er ja. Laura, das ist Mario. Mario – Laura. Ihr könnt auf der Wand Nummer Vier anfangen, da ist noch ein Platz frei.«

Etwas perplex betrachtete Laura ihren heutigen Partner. Der Kerl war einen Kopf größer als sie und um etliches schwerer. Wie um alles in der Welt sollte sie den denn sichern? Sie war noch Anfängerin und hatte keine Ahnung, wie sie das bewerkstelligen sollte. Mit einem Lächeln, das mehr Selbstbewusstsein ausstrahlte, als sie empfand, deutete sie mit dem Kopf in Richtung der Kletterwand und marschierte los. Es war anzunehmen, dass Mario einen Kurs für Fortgeschrittene besuchte, er sollte sich also auskennen. Blieb nur zu hoffen, dass sie sich nicht furchtbar vor ihm blamieren würde mit ihren mangelnden Kenntnissen.

***

Zu Beginn machten sie ein paar Lockerungs- und Aufwärmübungen, während denen es sich Laura nicht verkneifen konnte, Mario unauffällig etwas genauer unter die Lupe zu nehmen.

Er machte einen durchaus sympathischen Eindruck, und war zudem auch noch ziemlich gutaussehend. Sein Körper wirkte athletisch, und das ärmellose Tank-Top gab den Blick frei auf muskulöse Oberarme. Die dunkelblonden Haare, die am Oberkopf ein wenig länger geschnitten waren, fielen kreuz und quer in alle Richtungen, was ihn etwas keck und draufgängerisch wirken ließ. Dieser Eindruck wurde durch das charmante Lächeln, mit dem er sie begrüßt hatte, ebenso unterstrichen wie durch das verwegene Funkeln seiner haselnussbraunen Augen. Leider war anzunehmen, dass dieses umwerfende Lächeln nicht speziell mit ihr zu tun hatte, sondern lediglich seine übliche Art war, so bei Frauen aufzutreten. Sie konnte sich nur zu gut vorstellen, dass schon etliche Frauen diesem Blick erlegen waren.

Nachdem sie ihre Übungen beendet hatten, ging Laura zur Wand, wo sie die beiden Enden des Sicherungsseils ergriff. Eines davon reichte sie Mario und meinte: »Ich sag's gleich, ich habe keine Ahnung, wie das funktionieren soll. Wenn du dich abseilst, werde ich bestimmt abheben.«

Mario musterte sie mit einem breiten Grinsen. Offenbar stellte er sich gerade lebhaft vor, wie das wohl aussehen würde.

»Das ist nur eine Frage der Technik. Ich kann dir zeigen, wie du es angehen musst, damit du nicht den Boden unter den Füßen verlierst. Aber ich würde sowieso vorschlagen, dass du einmal anfängst.«

»Ich nehme an, du bist in einem fortgeschrittenen Kurs?«

Ein flüchtiger Ausdruck, den sie nicht so recht zu deuten wusste, huschte ganz kurz über Marios Gesicht. Er verschwand jedoch augenblicklich wieder hinter einem umwerfenden Lächeln, bei dem sich in Laura mehr regte, als ihr lieb war. Wow, das hatte er ja echt gut drauf!

»Ich bin Stammgast hier. Von mir aus können wir es gern

so machen, dass nur du kletterst und ich sichere dich.«

»Nein«, lehnte Laura entschieden ab, »das wäre doch langweilig für dich. Für mich hingegen wäre es sicher interessant, dir zuzuschauen.«

Sie befestigten die Seile an ihren Hüftgurten, und Laura begab sich in Startposition. Die Griffe waren hier nicht besonders schwierig gesetzt, sodass sie zügig vorankam und kurz darauf auch schon das obere Ende erreichte. Sie warf einen ganz kurzen Blick zu Mario hinunter, um zu sehen, ob er zum Abseilen bereit war, dann stieß sie sich von der Wand ab. Das Abseilen gefiel ihr immer besonders gut, es war eigentlich fast das Beste am Klettern. So frei schwebend die Wand hinunterzuhüpfen war einfach ein tolles Gefühl. Kaum war sie unten angekommen, hörte sie auch schon Ricks Trillerpfeife, das Signal, zur nächsten Wand zu wechseln.

***

Zu Hause angekommen, leerte Laura ihre Sporttasche im Bad aus und machte sich sofort daran, die Waschmaschine mit den Trainingshosen zu befüllen. Glücklicherweise hatte Mario keine anzügliche Bemerkung über ihr kesses Höschen von sich gegeben. Trotzdem fragte sie sich, was für einen Eindruck sie angesichts ihres gewagten Aufzugs wohl auf ihn gemacht hatte. Was seltsam war, denn eigentlich hätte ihr das egal sein können. Der Grund dafür konnte nicht zufällig sein, dass er so charmant und verdammt gut aussehend war. Weshalb er sicher auch schon entweder eine Freundin hatte, oder es einen guten Grund gab, warum er keine hatte.

Beim Gedanken an Beziehungen wurde Laura ein wenig wehmütig. Es war schon wieder über ein Jahr vergangen seit der Trennung von ihrem letzten Freund. Und obwohl in der Zwischenzeit durchaus einige Männer Interesse an ihr bekundet hatten, war doch keiner dabei gewesen, bei dem sie das Gefühl gehabt hätte, mit ihm könnte es vielleicht klappen. Sie war eine sehr selbstbewusste und zudem auch noch intelligente Frau, eine Kombination, mit der viele Männer offenbar nicht gut zurechtkamen. Und als wäre das alles nicht schon schwierig genug, war da dann zu allem Überfluss noch die Sache mit dem Sex. So selbstsicher sie normalerweise war, so unsicher war sie in sexuellen Dingen. Ehrlich gesagt konnte Laura nicht wirklich nachvollziehen, was die Leute alle so toll daran fanden. Für sie war es immer eine eher lästige Pflichtübung gewesen, und früher oder später lief es eigentlich stets darauf hinaus, dass sie sich nur noch zum Beischlaf – anders konnte man das wirklich nicht nennen – überreden ließ, wenn sie das Gefühl hatte, es ihrem Freund mal wieder schuldig zu sein. Was natürlich erst recht nicht zu sexuellen Höhenflügen führte. Wenn es nach ihr ging, könnte sie gut auf das ganze Theater verzichten, sie würde bestimmt nichts vermissen.

Oh ja, es war wirklich besser, sich Mario schnell wieder aus dem Kopf zu schlagen. Der Typ roch förmlich nach Sex. Was sollte gerade sie mit einem Mann anfangen, der ihr wohl dauernd an die Wäsche ginge? Und warum sollte er sich überhaupt mit einer frigiden Frau wie ihr abgeben? Bestimmt hatte er keine Not an wesentlich enthusiastischeren Bettgespielinnen. Und diese Vermutung gründete nicht nur auf seinem Aussehen, da war noch irgendetwas anderes an ihm, aber sie konnte es nicht genauer benennen. War es seine souveräne Ausstrahlung? Oder hatte es mit der Art zu tun, wie er sie ansah? Sie hatte keine Ahnung, wie sie diesen Blick überhaupt einordnen sollte, den er ihr ein paar Mal zugeworfen hatte. Vielleicht hatte er auch gar nichts zu bedeuten gehabt, und es war nur Wunschdenken von ihr, dass er sie auf eine besondere Art angesehen hatte.

Gedankenverloren bemerkte Laura, dass die Waschmaschine noch immer nicht lief. Sie füllte das Waschpulver ein und drehte sie auf. Dann ging sie ins Wohnzimmer und steuerte das Regal mit den CD's an. Sie suchte eine CD aus, die ihrer melancholischen Stimmung entgegenkam, und legte sie in den CD-Spieler.

2

Es war bereits später Abend, als Mario heimkam. Er hatte den restlichen Nachmittag nach dem Anfängerkurs noch im Kletterzentrum verbracht, und war anschließend mit Freunden in das nahe gelegene Restaurant gegangen, wo sie bei einem ordentlichen Abendessen und ein paar Bierchen den Tag hatten ausklingen lassen. Es war wie immer eine sehr lustige Runde gewesen, aber Mario war heute nicht so recht bei der Sache. Seine Gedanken schweiften ständig ab, und zwar zu Laura. Im ersten Moment, als er sie mit diesem äußerst kessen Höschen stehen gesehen hatte, war er eigentlich ganz und gar nicht begeistert gewesen und hatte sich gefragt, zu was er sich da wieder hatte überreden lassen. Er hatte schon befürchtet, sie wäre eine von denen, die in so einem Aufzug gezielt auf Männerfang gingen, und gleich damit anfangen würde, ihn anzubaggern. Doch ihm lag nichts daran, Frauen abzuschleppen, die sich ihm sofort an den Hals warfen, das war langweilig. Er war vielmehr der Typ, der selber die Initiative ergreifen wollte. Aber zu seiner Überraschung war Laura dann ganz anders gewesen, als der erste Blick hatte vermuten lassen. Klug. Selbstbewusst. Nicht im Mindesten aufdringlich. Und ihr Lachen war bezaubernd. Überhaupt war ihre gesamte Erscheinung sehr seinem Geschmack entsprechend. Sie war schlank, aber nicht zu dünn, und die kurze Hose hatte nicht nur ihre wohlgeformten Beine enthüllt, sondern auch noch ihren knackigen, runden Hintern betont. Auch das T-Shirt war recht eng anliegend gewesen und hatte ihm eine Ahnung von ihren Brüsten vermittelt. B- oder C-Körbchen würde er schätzen, genauso wie er es mochte, nicht zu ausladend, aber immer noch so viel, dass man etwas in der Hand hatte. Ihr schwarzes Haar bildete einen attraktiven Kontrast zu ihrer eher blassen Haut, der vermutlich noch deutlicher hervortrat, wenn sie es offen trug. Aber heute hatte sie die Haare zu einem strengen Knoten hochgesteckt gehabt. Was ihre weibliche Ausstrahlung jedoch in keinster Weise gemindert hatte. Und nicht zu vergessen, diese wunderbaren grünen Augen, mit denen sie ihn jedes Mal so strahlend angesehen hatte, nachdem sie eine Wand erklommen hatte. Oh Mann, diese Frau hatte es ihm wirklich angetan.

Verträumt stellte er sich vor, wie er ihren Haarknoten lösen und ihr dunkles Haar sich in Wellen über ihre Schultern ausbreiten würde. In Gedanken hob er seine Hand und berührte ihre Wange, strich zärtlich zu ihrem Kinn hinunter, ließ sie dann auf ihren Hals gleiten, von wo aus sie wie ganz von allein den Weg zu ihrem Nacken fand. Dann zog er sie zu sich heran und sie blickte mit großen Augen zu ihm auf. Er wollte sie spüren. Sie besitzen. Sie beherrschen.

Mit einem Mal verschwand die schöne Phantasie und Mario musste sich der Tatsache stellen, dass eben dies das Problem war. Den ganzen Abend schon waren seine Gedanken um genau diesen Punkt gekreist. Dass er dominant veranlagt war, wusste Mario schon seit der Pubertät, aber es hatte einige Zeit gedauert, bis er den Mut aufgebracht hatte, auch dazu zu stehen. Was damals nicht wirklich glücklich ausgegangen war. Dabei war er vorsichtig gewesen und bemüht, nicht gleich mit der Tür ins Haus zu fallen. Eines Abends hatte er Handschellen mit Plüschfutter hervorgezaubert und seine Freundin gefragt, ob sie sich von ihm ans Bett fesseln lassen würde. Ihre Reaktion darauf war nicht gerade ermutigend gewesen.

Völlig entsetzt hatte sie ihn angeschaut und kundgetan, dass ihr das gar nicht gefallen würde. Er konnte sich nicht mehr genau daran erinnern, was sie danach noch alles gesagt hatte. Irgendwas von »perversen Spielen«, und dass das doch nicht normal sei. Angesichts ihres totalen Unverständnisses hatte er dann behauptet, es sei ihm ja gar nicht so wichtig, und er hatte einfach gedacht, ein bisschen Abwechslung würde ihr gefallen. Was sie ihm wohl abgenommen hatte, denn am nächsten Tag war für sie alles wieder eitel Sonnenschein. Aber nicht für ihn. Was am meisten an ihm genagt hatte, war ihr offenbar fehlendes Vertrauen in ihn. Was um Gottes Willen hatte sie denn geglaubt würde er mit ihr machen, wenn sie erst ans Bett gefesselt war? Gut, er hatte da schon gewisse Phantasien gehabt. Aber natürlich hatte er ihr davon nichts erzählt, und auch nicht vorgehabt, irgendetwas davon umzusetzen, wenn sie nicht wollte. Aber sie hatte ihm offensichtlich nicht vertraut. Und es war ihm davor nicht einmal aufgefallen. Seine Phantasien nicht mit ihr ausleben zu können, weil sie keinen Gefallen daran fand, hätte er akzeptieren können. Aber dass sie nicht bereit war, sich wenigstens einmal von ihm ans Bett ketten zu lassen, entzog ihrer Beziehung in seinen Augen jede Grundlage.

Danach hatte er begonnen, Kontakte in BDSM-Kreisen zu knüpfen. Er hatte im Laufe der Zeit mehrere Sklavinnen gehabt, war jedoch nie über die reine Meister-Sklavinnen-Beziehung hinausgegangen. Doch er war zufrieden damit gewesen. Also warum zum Teufel musste er sich jetzt ausgerechnet eine Frau aussuchen, die mit seiner Welt vermutlich gar nichts am Hut hatte! Und um ehrlich zu sein, das Stadium, in dem er bereit gewesen wäre, darauf zu verzichten, hatte er längst hinter sich gelassen. Dazu genoss er die Sessions mit seinen Sklavinnen viel zu sehr. Er wusste genau, dass er auf Dauer unzufrieden sein würde, wenn er wieder so tun müsste, als wäre ihm ganz normaler *Vanillasex* genug.

Aber trotz aller Schwierigkeiten wollte er diese Frau. Er würde es einfach riskieren müssen. Und er würde sich schnell Gewissheit verschaffen, wie die Chancen standen. Wenn sie ihn schon für pervers befinden wollte, dann sollte sie es tun, solange sie noch schadlos getrennte Wege gehen konnten.

3

Laura war froh, dass endlich Wochenende war und sie den Stress der vergangenen Tage hinter sich lassen konnte. Es war eine sehr arbeitsreiche Woche gewesen, aber immerhin hatte sie vor lauter Arbeit nicht die Zeit gehabt, zu intensiv über Mario nachzudenken. Nun aber war sie wieder auf dem Weg zu ihrem Kurs und aufgeregt wie ein Teenager. Würde sie ihn heute wiedersehen? Und wie würde dieses Wiedersehen verlaufen?

Als sie die Garderobe betrat, war sie fast ein wenig enttäuscht, Melanie dort anzutreffen. Natürlich war sie froh, dass es ihrer Freundin wieder besser ging, aber die Wahrscheinlichkeit, Mario zu treffen, hatte sich gerade bedeutend verschlechtert. Sie versuchte, den Gedanken zu verdrängen und sich auf das Hier und Jetzt zu konzentrieren.

»Hallo, Melanie, wie geht es dir? Hast du dich schon wieder ausreichend erholt?«

»Es geht so, ich werde mich wohl heute noch ein bisschen schonen müssen. Aber mir fällt zu Hause schon die Decke auf den Kopf. Nach einer Woche wird nur Faulenzen und Fernsehen auch ganz schön öde.«

»Ich weiß genau, was du meinst. Und das, was so in der Flimmerkiste läuft, ist ja auch nicht unbedingt das Gelbe vom Ei.«

»Das kannst du laut sagen. Ein Glück, dass es Serien auf DVD gibt. So habe ich die letzte Woche damit verbracht, mir drei Staffeln ›24‹ auch nahezu in Echtzeit anzusehen. Und was hat sich hier so getan? Habe ich letztes Mal etwas verpasst?«

»Nein, eigentlich nicht.«

Außer, dass ich mich total verknallt habe in einen Mann, den ich kaum zwei Stunden kenne.

***

Obwohl Laura sich wirklich Mühe gab, sich zu konzentrieren, schweiften ihre Gedanken während des Kurses dennoch ständig zu Mario ab. Es ließ sich nicht länger leugnen, sie war zutiefst enttäuscht, ihn nicht getroffen zu haben. Und womöglich würde sie ihn so bald auch nicht wiedersehen. Er hatte zwar gesagt, dass er regelmäßig herkam, aber das musste noch lange nicht während ihres Kurses sein. Vielleicht sollte sie versuchen herauszufinden, wann er üblicherweise anzutreffen war.

»Hallo, Laura.«

Erschrocken zuckte Laura zusammen und hätte beinahe einen Sprung zur Seite gemacht. Sie war so in ihre Gedanken vertieft gewesen, dass sie gar nicht gemerkt hatte, dass sich ihr jemand von hinten genähert hatte. Nein, nicht jemand ... Mario! Sie musste einmal tief durchatmen, um den Schock abzuschütteln, bevor sie etwas erwidern konnte.

»Oh, hallo, Mario.«

Er betrachtete sie, anscheinend ohne die geringste Spur von Reue, sie so erschreckt zu haben. Im Gegenteil, er schien eher belustigt über ihre Reaktion. Laura hatte das Gefühl, etwas dazu sagen zu müssen, um sich nicht völlig zum Affen zu machen. Sonst glaubte er womöglich noch, sie sei paranoid oder hysterisch, oder sonst was.

»Du hast mich ganz schön erschreckt. Ich bin gerade so in Gedanken gewesen, dass ich dich gar nicht bemerkt habe.«

Ein Glück, dass er nicht wusste, woran sie gedacht hatte.

»Das müssen ja interessante Gedanken sein, dass du überhaupt nichts mehr mitbekommst von dem, was um dich herum geschieht. Woran hast du denn gedacht?«

Die Frage klang harmlos, aber Laura bildete sich ein, da einen ganz leisen Unterton herausgehört zu haben. Er konnte doch unmöglich vermuten, dass sie an ihn gedacht hatte. Außer, er war so eingebildet zu glauben, dass alle Frauen ständig nur an ihn dachten. Doch als sie seinem Blick begegnete, hatte sie das Gefühl, er würde bis in ihr Innerstes schauen.

Blödsinn, jetzt wirst du wirklich paranoid.

Sie versuchte sich nichts anmerken zu lassen und bastelte schnell eine Ausrede. »Ach, nichts Besonderes, meine Eltern kommen morgen zum Mittagessen, und ich habe nochmal überlegt, ob ich alles zu Hause habe, oder ob ich nachher noch schnell einkaufen gehen muss.«

Er sah ihr direkt in die Augen, sein Mund verzog sich zu einem leichten Lächeln. Plötzlich fühlten sich Lauras Wangen an, als würden sie in Flammen stehen, und sie befürchtete, gerade knallrot zu werden. Er wusste, dass sie ihn angelogen hatte! Eben war sie noch so stolz auf sich gewesen, dass sie die Situation so souverän gemeistert hatte. Sie hatte das Gefühl gehabt, absolut glaubhaft und unverdächtig geklungen zu haben, aber er hatte sie dennoch durchschaut. Sie wusste nicht einmal genau, woher sie diese Gewissheit überhaupt nahm, es lag irgendwie an der Art, wie er sie ansah. Sein Lächeln schien unverfänglich, aber das war es nicht, da war sie sich ganz sicher. Und selbst wenn sie sich geirrt haben sollte, würde er es jetzt mit Sicherheit wissen. So heiß wie sich ihre Wangen anfühlten, mussten sie einfach rot leuchten.

»Und?«, fragte Mario plötzlich ganz unschuldig.

»Äh, wie und?«

Es war, als wäre jeder klare Gedanke aus ihrem Kopf entwichen und nur noch ein chaotisches Durcheinander zurückgeblieben.

»Musst du?«

»Was?«

»Na, einkaufen gehen.«

»Ach so! Nein, ich glaube, ich hab alles.«

Verlegen wandte Laura den Blick ab. Sie hatte das Gefühl, dass sie gerade dabei war, einen kompletten Idioten aus sich zu machen.

Mario hingegen war durchaus zufrieden mit sich. Es gefiel ihm, dass er die Kontrolle über die Situation hatte. Mit der Zeit hatte er gelernt, auch auf kleine Zeichen zu achten, die viel über das Befinden des anderen aussagen konnten. Und das mit der Einkaufsliste war definitiv erstunken und erlogen gewesen, sonst hätte sie nicht so nervös reagiert. Wie zum Beweis war dann auch noch eine zarte Röte über ihre blassen Wangen gezogen, die ihm letzte Gewissheit gegeben hatte. Es war ein wunderschöner Anblick gewesen, sie so dastehen zu sehen, so unglaublich zart und verletzlich. Allerdings hatte er nicht riskieren wollen, es schon zu früh zu weit zu treiben, indem er genauer nachhakte, was sie denn tatsächlich so beschäftigt hatte. Daher hatte er das Gespräch einfach ganz unbefangen fortgesetzt. Sie wusste ohnehin, dass sie aufgeflogen war, weshalb sie jetzt wohl auch dastand, als wolle sie am liebsten im Erdboden versinken. Interessant wäre es schon gewesen zu wissen, woran sie tatsächlich gedacht hatte. Mario hatte da so eine Theorie, aber wahrscheinlich war hier eher der Wunsch Vater des Gedanken. Als er sie angesprochen hatte, hatte sie ihn für einen Sekundenbruchteil angestarrt, als wäre er ein Geist. Als hätte sich ihr Phantasiebild von ihm plötzlich vor ihren Augen in Fleisch und Blut verwandelt. Aber wie auch immer, es wurde Zeit, Laura aus dieser unangenehmen Situation zu erlösen, bevor sie noch auf die Idee kam, die Flucht zu ergreifen.

»Gut. Das heißt dann wohl, du hast nachher nichts vor und könntest mit mir eine Kleinigkeit essen gehen.«

Laura sah ihn einigermaßen überrascht an. Nach der peinlichen Vorstellung, die sie hier gerade geliefert hatte, war das das Letzte gewesen, womit sie gerechnet hatte.

»Ja, warum nicht. Ich habe heute tatsächlich nichts mehr vor, und hungrig bin ich auch schon.«

»Okay, dann treffen wir uns, wenn du fertig bist, vor den Umkleidekabinen.«

Laura bemühte sich um ein selbstbewusstes Lächeln, aber es kam ihr reichlich schüchtern vor.

Mario hingegen zog äußerst zufrieden mit sich von dannen.

***

Das schrille Geräusch der Trillerpfeife ertönte und beendete damit die Unterrichtsstunde. Eigentlich wollte Laura schnell verschwinden, doch Rick erwischte sie gerade noch vorm Umkleideraum. »Laura, hast du noch eine Minute Zeit?«

Eigentlich nicht. »Klar doch.«

»Nächste Woche werden wir durchnehmen, wie man einen schwereren Partner sichert. Ich habe gesehen, dass du es von Mario letzte Woche schon gelernt hast, und würde es deshalb gern mit dir vorzeigen.«

»Sicher, wenn du meinst, dass ich das kann.«

»Davon gehe ich mal aus, nachdem Mario es dir beigebracht hat. Er ist berüchtigt dafür, seine Schüler immer zur Perfektion zu drillen.«

»Seine Schüler?«

»Ja, er hält einen Kurs für Fortgeschrittene. Wusstest du das nicht?«

»Nein, das hat er irgendwie vergessen zu erwähnen, als ich ihn danach gefragt hab, wie weit fortgeschritten er schon ist.«

Rick grinste wissend. »Das sieht Mario ähnlich.«

Laura wartete darauf, dass der Trainer mehr erzählen würde, doch offenbar wollte er das nicht weiter vertiefen.

»Also dann sehen wir uns nächste Woche.«

»Ja, bis nächste Woche.«

***

Laura war ziemlich aufgeregt, als sie die Umkleidekabine verließ, doch sie hatte vor, sich das auf keinen Fall anmerken zu lassen. Voller Selbstbewusstsein ging sie auf Mario zu, der schon auf dem Gang auf sie wartete. Es gab keinen Grund nervös zu sein, immerhin war das ja bei weitem nicht ihr erstes Date. Außerdem war es nicht einmal wirklich ein Date, sondern nur ein spontanes Essen zusammen. Und im Übrigen war sie noch nie nervös gewesen vor einer Verabredung. Allerdings war ihr auch noch nie so viel daran gelegen gewesen, einen möglichst guten Eindruck zu machen. Umso mehr, als sie heute bereits eindrucksvoll mitten ins Fettnäpfchen getreten war. Zum ersten Mal hatte Laura die Befürchtung, dass heute Abend nicht sie diejenige sein würde, die nach passenden Worten suchte, um ihrer Verabredung zu verstehen zu geben, dass es zwar nett gewesen war, aber auch nicht mehr. Doch darüber wollte sie jetzt nicht länger nachdenken. Sie beschloss, die Dinge auf sich zukommen zu lassen, und einfach sie selbst zu sein. Denn mehr konnte sie ohnehin nicht tun. Sie würde sich sicher nicht dazu herablassen, sich zu verstellen, nur um ihm zu gefallen.

»Und, hast du schon eine Idee, wo wir hingehen könnten?«, fragte Laura.

»Ja, ich hatte da an das ›Lumberjack‹ gedacht.«

»Das sagt mir nichts.«

»Es ist einige Kilometer von Mississauga entfernt am Rand eines Wäldchens gelegen. Ein gemütliches Lokal, wo bodenständige Hausmannskost serviert wird.«

»Hausmannskost klingt gut. Und um dich gleich vorzuwarnen und dir möglicherweise peinliche Aussagen beim Bestellen zu ersparen, nein, ich fürchte mich nicht vor den vielen Kalorien.«

»Das ist gut, für Diätwahn habe ich nämlich nichts übrig.«

Mario war sehr erfreut, dass Laura offenbar schnell zu ihrem Gleichgewicht zurückgefunden hatte und ihm nun wieder so unbefangen begegnete, wie er sie letzte Woche kennengelernt hatte. Er wollte keine Frau, die sich so einfach von ihm unterbuttern ließ. Auf den ersten Blick klang das zwar vielleicht seltsam, wenn man bedachte, dass für ihn der besondere Kick ja genau darin lag, Frauen zu unterwerfen. Aber er wollte nicht, dass sie sich ihm einfach nur aus mangelndem Selbstwertgefühl unterordneten. Es würde viel reizvoller sein, eine Frau wie Laura dazu zu bringen, sich ihm zu unterwerfen. Und falls sie tatsächlich unerfahren in diesen Dingen war, würde der Moment ihrer Unterwerfung sogar noch schöner werden.

4

Auf dem Parkplatz des Lumberjack angekommen, nahm Laura sich nach dem Aussteigen einen Moment Zeit, den Wald um sie herum mit allen Sinnen wahrzunehmen. Die Luft war angenehm, nicht so warm wie in der Stadt, aber es versprach dennoch ein lauer Frühsommerabend zu werden. Sie nahm einen tiefen Atemzug der frischen Luft und genoss die typischen Gerüche des Waldes. Nachdem sie sich nach allen Seiten umgeschaut hatte, um die wunderschöne Umgebung zu betrachten, ging sie los in Richtung des Eingangs des Lokals. Ohne auch nur darüber nachzudenken, wollte sie die Tür öffnen, doch Mario legte rasch seine Hand auf ihre und hielt sie davon ab.

»Eine Frau sollte nicht für einen Mann die Tür öffnen müssen. Es ist viel besser, wenn du mich das machen lässt.«

Obwohl er sie freundlich anlächelte, sagte sein Blick eindeutig, dass er keinen Widerspruch dulden würde. Sanft aber bestimmt zog er ihre Hand von der Türklinke, während er selber mit der anderen Hand danach griff und die Tür öffnete. Er zog die gefassten Hände in Richtung des Eingangs und ließ ihr den Vortritt. Laura fand diese Einstellung zwar ein wenig altmodisch, aber wenn er unbedingt den Gentleman geben wollte, würde sie ihm die Freude lassen.

Mario wählte für sie einen Tisch in einer ruhigen Ecke aus, an dem sie sich ungestört unterhalten konnten. Sofort kam der Kellner mit der Speisekarte. Entgegen ihrer vorherigen Ankündigung entschied sich Laura dann aber doch nicht für eine Kalorienbombe, sondern für einen Chefsalat, woraufhin Mario vielsagend die Augenbrauen hochzog.

»Was denn? Ich hab eben gerade Lust auf Salat. Das hat nichts mit Kalorien zu tun!«

Mario zuckte mit den Schultern und hob leicht abwehrend die Hände, während er mit Unschuldsmiene verkündete: »Ich hab nichts gesagt.«

Laura wollte ihm eigentlich einen strengen Blick zuwerfen, um ihre Worte zu untermauern, konnte sich aber angesichts seines total unschuldigen Gesichtsausdrucks das Lachen nicht verkneifen, was auch Marios Selbstbeherrschung zu Fall brachte.

»Langsam kommt mir der Verdacht, es macht dir Spaß, dich auf meine Kosten zu amüsieren«, mutmaßte Laura.

»Das würde ich nie wagen.«

»Wirklich? Also ich würde wetten, du hast es letzte Woche ziemlich erheiternd gefunden, dass ich keine Ahnung hatte, dass du nicht in einen Kurs gehst, sondern einen hältst. Jetzt weiß ich wenigstens, was dieses sonderbare Lächeln zu bedeuten hatte.«

»Nun, das war tatsächlich amüsant, aber meine Antwort war wahrheitsgemäß, und du willst es mir doch jetzt nicht zum Vorwurf machen, dass ich nicht mit meinem Können geprahlt habe. Das hätte dich bloß verunsichert.«

»Wie lange kletterst denn du schon?«

»Ich habe mit acht angefangen.«

Ach herrje, da hatte sie sich wirklich ganz schön verschätzt. Zeit, das Gespräch in eine andere Richtung zu lenken.

»Und wie alt bist du jetzt?«

Mario lehnte sich in seinem Sessel zurück. Er betrachtete Laura einen Moment, ehe er süffisant antwortete: »Ist es nicht interessant, wie ungeniert Frauen diese Frage stellen, auf die sie selbst so empfindlich reagieren?«

»Das ist doch nur ein dummes Klischee. Ich bin da jedenfalls nicht empfindlich, falls es dich interessiert, ich bin achtundzwanzig.«

»So? Und dass man Frauen nicht nach ihrem Gewicht fragen darf, ist wohl auch nur ein Klischee?«

»Das ist was anderes.«

»Also ist das ein zutreffendes Klischee.«

»Nein, ist es nicht.«

»Warum machen Frauen dann immer so ein Geheimnis daraus?«

»Keine Ahnung, ich mache kein Geheimnis daraus, von mir aus kann jeder wissen, dass ich fünfundfünfzig Kilo wiege.«

Eigentlich wollte Laura noch etwas sagen, aber der Kellner mit dem Essen kam ihr dazwischen und brachte sie aus dem Konzept.

Mario hingegen kam die Unterbrechung sehr gelegen. Eine günstige Gelegenheit spontan das Thema zu wechseln. »Wohnst du eigentlich in Mississauga oder bist du von außerhalb?«

»Ich bin nach meinem Studienabschluss letztes Jahr aus Toronto hierhergezogen.«

Zufrieden damit, das Gespräch dahin gelenkt zu haben, dass

Laura ihm mehr von sich offenbarte, hörte Mario gespannt zu, wie sie von ihrer Arbeit und ihrem Studium erzählte.

***

Obwohl sie nach dem Essen noch einige Zeit sitzengeblieben waren, um sich weiter zu unterhalten, kam es Laura doch viel zu kurz vor, als Mario schließlich nach der Rechnung verlangte und sich anschickte, aufbrechen zu wollen.

»Du schuldest mir noch etwas.«

Überrascht blickte Mario sie an. »Ich wüsste nicht was.«

Jetzt war es Laura, die sich selbstgefällig zurücklehnte. »Zwei Zahlen. Keine große Sache. Du hast doch nicht wirklich geglaubt, du würdest damit durchkommen, mich so zu überrumpeln und dann einfach das Thema zu wechseln.«

Lächelnd zog Mario Laura von ihrem Sessel hoch.

»Ich bin einunddreißig und wiege zweiundachtzig Kilo.«

»Siehst du, das hat doch gar nicht weh getan.«

Triumphierend ging Laura voran. Das war wohl ein Punkt für sie. Aber in Wahrheit gefiel es Mario, dass sie sich nicht von ihm über den Tisch hatte ziehen lassen.

Als sie zur Tür kamen, wollte Laura schon die Hand ausstrecken, zögerte dann aber und blickte mit einem entschuldigenden Gesichtsausdruck zu Mario, der gerade neben sie trat. Zufrieden lächelnd öffnete er für sie die Tür.

Laura glaubte, es gefiel ihm einfach, dass sie ihn den Gentleman spielen ließ. In Wahrheit war es etwas ganz anderes, das ihn erfreute. Sie hatte einen Befehl von ihm befolgt. Zwar nur einen kleinen, und es war auch nicht so direkt ein Befehl gewesen, aber sie hatte sich seinem Willen gefügt. Natürlich war ihm klar, dass das nichts zu bedeuteten hatte, aber er war trotzdem zufrieden. Sehr zufrieden sogar.

5

»Hast du Lust, noch ein bisschen im Wald spazieren zu gehen? Es gibt ganz in der Nähe einen Aussichtsturm, von dem aus man einen tollen Blick über die Umgebung hat.«

Lauras Augen leuchteten angesichts der Möglichkeit, noch etwas mehr Zeit mit Mario verbringen zu können.

»Ja, sehr gern.«

Einladend hielt Mario ihr die Hand hin. Als sie danach griff, schlossen sich seine Finger bestimmt um ihre. Die Geste hatte etwas sehr besitzergreifendes an sich. Unvermittelt kam ihr plötzlich der Gedanke, Mario könnte sie einfach schnappen und davontragen, ohne dass sie eine Chance hätte, sich dagegen zu wehren. Und fasziniert, wie sie von ihm war, hätte sie es wohl auch gar nicht versucht. Ein angenehmes Kribbeln lief bei dieser Vorstellung durch ihren Körper. Ihr Blick wanderte von den gefassten Händen zu Marios Gesicht hinauf. Auf seinen Lippen lag immer noch dieses sanfte Lächeln, aber in seinen Augen schimmerte ein gefährliches Glitzern. Mit einem Mal hatte sie das Gefühl, dass ihre sonderbaren Ideen vielleicht gar nicht so abwegig waren. Während Laura noch versuchte, ihre Gedanken zu ordnen, setzte Mario sich auch schon in Bewegung und zog sie sanft, aber bestimmt mit sich. Verwirrt trottete Laura hinter ihm her und schloss an seine Seite auf, wobei sie immer noch ein klein wenig hinter ihm ging.

Es war eine eigenartige Erfahrung. So etwas war ihr definitiv noch nie passiert, dass ein Mann sie wie ein kleines Kind an der Hand führte. Und noch merkwürdiger war die Tatsache, dass sie sich das widerspruchslos gefallen ließ. Was war nur los mit ihr? Eine leise Stimme regte sich in ihr, die ihr befahl, sich gegen sein überhebliches Verhalten zu wehren und ihm klarzumachen, dass sie sich von Männern grundsätzlich nicht bevormunden ließ. Aber eigentlich wollte sie das gar nicht.

Sich das einzugestehen, fiel ihr schwer, aber die Wahrheit war, dass es ihr im Gegenteil sogar ausgesprochen gut gefiel. Es fühlte sich angenehm an, sich um nichts kümmern zu müssen und einfach ihm die Führung zu überlassen. Und das alles bewirkte er nur mit seiner Art, ihre Hand zu halten. Es gab ihr so ein unglaubliches Gefühl der Geborgenheit und des Beschütztwerdens.

Wovor denn? Du hast es nicht nötig, dich beschützen zu lassen, schließlich bist du eine erwachsene Frau und kannst selbst auf dich aufpassen. Noch dazu, wo es hier nicht einmal irgendetwas gibt, wovor man beschützt werden müsste. Wo bleibt deine Selbstachtung?

Doch Laura wollte die Stimme der Vernunft nicht hören. Ein überwältigendes Bedürfnis überkam sie, sich an Mario anzuschmiegen und ihm willenlos zu folgen, wohin auch immer er sie führen würde.

***

Nach etwa zehn Minuten Fußmarsch kamen sie zur Aussichtswarte. Sie war aus Holz und sehr offen gebaut. Die Stiege bestand aus massiven Holzbrettern, wobei die Stirnseite der Stufen offen war. Zu beiden Seiten wurde sie von einem Geländer begrenzt, das Laura fast bis zur Brust reichte. Nach vier Stockwerken erreichte man die Aussichtsplattform, die den gesamten Turm überdeckte.

Laura hatte nicht damit gerechnet, dass die Warte so hoch sein würde. Aber die Aussicht von da oben musste wirklich phantastisch sein, genau wie Mario es versprochen hatte. Enthusiastisch stieg sie das erste Stockwerk hinauf, dicht gefolgt von Mario.

Anfangs legte sie ein ganz schönes Tempo vor, das jedoch nach der ersten Umrundung deutlich nachzulassen begann. Während ihre Hand vorher noch sehr locker über den Handlauf geglitten war, hatte Mario nun den Eindruck, dass sie ihn immer fester umschloss. Am Fuß der nächsten Stiege zögerte sie. Ganz vorsichtig streckte sie den Kopf ein wenig nach links, um einen Blick über das Geländer werfen zu können. Schnell wandte sie sich wieder der vor ihr liegenden Stiege zu und atmete einmal tief durch, bevor sie weiterging. Mario konnte nun deutlich erkennen, dass sie den Handlauf mit ihren Händen so fest umklammert hielt, als hinge ihr Leben davon ab. Langsam stiegen sie weiter hinauf, doch die letzten paar Stufen vor dem nächsten Eckplateau nahm Laura dann plötzlich im Laufschritt. Dort angekommen, stellte sie sich möglichst mittig hin, ohne dabei jedoch das Geländer loszulassen, den Blick starr auf den Holzboden unter ihr gerichtet. Verwirrt runzelte Mario die Stirn. Laura hatte ganz offensichtlich Höhenangst. Das war ihm beim Klettern gar nicht aufgefallen.

»Alles in Ordnung mit dir?«, wollte er wissen.

»Ja, es geht schon, wir sind ja gleich oben.«

Laura versuchte, ihn zuversichtlich anzulächeln, aber es sah sehr gequält aus.

Sie zwang ihre Füße, sich zu der nächsten Stiege zu begeben. Die offenen Stufen machten es ihr unmöglich, sich auf einen festen Boden vor ihr zu konzentrieren.

Nur nicht nach unten schauen. Schau bloß nicht runter, immer nur nach oben schauen.

Wie ein Mantra wiederholte sie es immer wieder in ihrem Kopf. Auf der letzten Stiege beschleunigten sich Lauras Schritte wieder. Durch das offene Geländer konnte sie eine Bank auf der Aussichtsplattform ausmachen. Ohne den Handlauf eine Sekunde loszulassen, rannte sie hinauf, wirbelte um den abschließenden Pfeiler und ließ sich fix und fertig auf die Bank sinken. Sie hatte zwar nun den Stiegenaufgang im Rücken, aber immerhin war sie möglichst weit vom äußeren Geländer entfernt.

Mario hockte sich vor ihr hin und nahm ihre Hände in seine. Sie waren feucht vom Schweiß und zitterten spürbar. Er streichelte sie beruhigend, und nachdem Laura einige tiefe Atemzüge genommen hatte, begann sie, sich wieder etwas zu entspannen.

Wie hatte ihm das nur entgehen können? So wie sie hier im Moment vor ihm saß, war es ihm rätselhaft, wie sie es schaffte, die hohen Wände im Kletterzentrum zu erklimmen. Und erst recht fragte er sich, was sie überhaupt dazu bewogen hatte, sich ausgerechnet dieses Hobby auszusuchen.

»Wieso hast du mir nicht gesagt, dass du solche Höhenangst hast? Dann hätte ich dich doch nicht hier heraufgescheucht.«

»Das ist schon okay. Ich wollte raufgehen. Ich mag Aussichtstürme. Auch wenn das Rauf- und Runtergehen jedes Mal die Hölle ist. Diesmal war es besonders schlimm wegen der offenen Stufen. Aber die schöne Aussicht ist es mir wert.«

»Und wie kommt man trotz Höhenangst auf die Idee, einen Kletterkurs anzufangen?«

»Beim Klettern ist das anders. Durch den Sicherungsgurt weiß ich, dass ich nicht abstürzen kann. Es ist nicht direkt die Höhe, die mir Angst macht, sondern die Panik davor, runterzufallen. Vor allem, wenn noch andere Leute in der Nähe sind. Das klingt jetzt sicher blöd, aber ich habe immer Angst, dass mich einer anrempelt und ich über das Geländer falle.«

Sie lächelte verlegen. Warum erzählte sie ihm das eigentlich so freimütig? »Wahrscheinlich hältst du mich jetzt für paranoid.«

»Nein, das tu ich nicht«, versicherte ihr Mario sofort aufrichtig.

»Das Klettern funktioniert recht gut, solange ich nicht nach unten schaue und sehe, wie hoch ich eigentlich schon oben bin. Wenn ich einmal hinunterschaue, ist es vorbei, dann kann ich nicht mehr weiterklettern. Ich muss mich dann abseilen und es neu versuchen.«

Mario schalt sich im Stillen selbst einen Idioten. Es war ihm tatsächlich aufgefallen, dass Laura konsequent nur die Wand über ihr angeschaut hatte. Selbst als sie einmal nicht mehr weitergekommen war, hatte sie ihn keines Blickes gewürdigt, als er versucht hatte, ihr zu helfen. Er hatte sich schon gefragt, was dieses merkwürdige Verhalten zu bedeuten gehabt hatte. Vielleicht, dass sie zu eigensinnig war, seine Hilfe anzunehmen. Aber daran, dass sie einfach Angst davor haben könnte, hinunterzuschauen, hatte er überhaupt nicht gedacht.

Eine Weile schwiegen sie, und Laura ließ den Blick über die Umgebung schweifen. Der Ausblick war wirklich phantastisch und rechtfertigte die Mühen des Aufstiegs allemal.

Mario erhob sich und ging auf das Geländer zu. Dann drehte er sich zu Laura um und streckte ihr die Hand entgegen. »Komm zu mir.«

Sein Tonfall war ermutigend, sein Blick zuversichtlich. In Wahrheit war Mario sich aber keineswegs sicher, ob Laura sich wirklich darauf einlassen würde. Sie sah plötzlich sehr blass aus, und ihre Finger krallten sich um die Vorderkante der Bank, auf der sie saß. Er konnte sehen, wie sie mit sich haderte.

Laura wollte ihm diesen Gefallen wirklich gern tun, aber konnte sie es? Schon allein der Anblick von Mario, der so nahe am Geländer stand, ließ ihr den kalten Schweiß ausbrechen. Und nun sollte sie auch noch zu ihm kommen. Aber sie wollte auch nicht als Hasenfuß vor ihm dastehen. Sie würde ihrem Körper ihren Willen aufzwingen, aufstehen und einfach einen Fuß vor den anderen setzten. Ja, genau das würde sie tun. Doch so schlicht es sich anhörte, in der Praxis war es bei weitem nicht so leicht umzusetzen. Als Laura aufstand, zitterten ihre Beine, und sie hatte das Gefühl, auf rohen Eiern zu gehen. Aber sie schob sich langsam und stetig vorwärts, bis sie schließlich mit der ausgestreckten Hand Marios Fingerspitzen berühren konnte.

Mario zog sie sanft zu sich heran und umarmte sie. Er blieb einen Moment so mit ihr stehen, damit sie sich ein wenig entspannen konnte. Dann nahm er sie bei den Schultern und drehte sie um, sodass sie mit dem Rücken zu ihm stand. Sein Arm wanderte über ihren Bauch und drückte sie an sich. Der enge Kontakt mit ihm schien ihr alles andere als unangenehm zu sein, also wagte Mario den nächsten Schritt. Sie so haltend drehte er sich mit ihr zusammen, bis sie dem Geländer zugewandt waren.

Als Laura bewusst wurde, wie nahe sie am Rand stand, versuchte sie automatisch, nach hinten zurückzuweichen, aber Mario war wie eine Wand hinter ihr. Beruhigend streichelte er über ihren rechten Arm. Sie versuchte sich zusammenzureißen, doch gerade als sie begann, sich nicht mehr ganz so unwohl zu fühlen, machte Mario einen Schritt nach vorn und schob sie mit sich. Ein unterdrückter Aufschrei entrang sich ihrer Kehle, während heiße Panik in ihr aufstieg. Ihr Herz raste und ihre Knie wurden weich, sodass sie fürchtete, sie würden ihr den Dienst versagen. Wieder versuchte sie, Mario zurückzuschieben, was aber vollkommen aussichtslos war. Als sie Anstalten machte, sich aus seinem Griff befreien zu wollen, zog er sie noch fester an sich und umfasste mit der anderen Hand ihre Handgelenke, sodass sie sich kaum noch rühren konnte. Dicht an ihrem Ohr flüsterte er ihr beruhigende Worte zu. »Ganz ruhig, Laura. Es kann dir nichts passieren. Entspann dich.«

Sein Tonfall war gebieterisch und Laura wurde klar, dass er erwartete, dass sie sich fügte. Was sie auch ehrlich gern getan hätte, wenn sie es nur vermocht hätte. Sie versuchte sich soweit zu drehen, dass sie ihn anschauen konnte.

»Mario, bitte …«

Getrieben von ihrer panischen Angst war sie sogar bereit ihn anzuflehen. Egal wie peinlich ihr das im Nachhinein sein würde. Aber Mario schien unerweichlich zu sein. Sein Gesichtsausdruck war unergründlich, seine Stimme klang verführerisch, als er ihr zuflüsterte: »Vertrau mir, Laura. Lass dich einfach fallen, ich werde da sein, um dich aufzufangen.«

Bei diesen Worten durchfuhr Laura ein Adrenalinstoß. Mit weit aufgerissenen Augen starrte sie Mario an. Das konnte doch nur ein schlechter Scherz sein, ihr in dieser Situation zu sagen, sie solle sich fallen lassen! Mit aller Kraft versuchte sie noch einmal freizukommen, ohne damit auch nur das Geringste zu erreichen. Sie hatte keine Chance gegen ihn. Er war so groß, so stark. Er würde keinen Millimeter weichen. Er würde sie nicht loslassen. Während diese Erkenntnis ihren Kopf durchdrang, überkam sie eine eigenartige Ruhe. Nein, er würde sie nie loslassen. Er würde sie nicht fallen lassen. Er hatte es ihr versprochen. Seine Worte hallten in ihrem Geist wieder.

Vertrau mir, Laura. Lass dich einfach fallen, ich werde da sein, um dich aufzufangen.

Von einem Augenblick auf den anderen schien die Anspannung von ihr zu fallen, und sie fühlte sich plötzlich viel zu schwach, um ihren Widerstand weiter aufrechtzuerhalten. Ihre Knie gaben nach, und Laura spürte, wie Marios starke Arme ihr Gewicht aufnahmen. Langsam gab er ihre Handgelenke wieder frei und legte auch den zweiten Arm um sie, um sie besser halten zu können. Es war, als würde die Welt um Laura herum versinken. Es gab nur noch Mario und sie. Sie spürte die Wärme seines Körpers und die Kraft seiner Muskeln. Noch nie hatte sie sich so behütet gefühlt.

Laura versuchte ihre Beine dazu zu bringen, ihr Gewicht wieder selber zu tragen. Sie verschränkte ihre Arme über seinen und drückte sich eng an ihn. Es war ihr noch immer alles andere als Geheuer, so nahe an der Brüstung zu stehen, aber sie konnte es ertragen, ohne gleich wieder in Panik auszubrechen. Eine Zeit lang blieben sie so stehen, und Laura genoss den wundervollen Ausblick.

Als Mario sicher war, dass Laura wieder auf eigenen Beinen stehen konnte, sprach er sie mit sanfter Stimme an. »Willst du noch ein wenig hier stehenbleiben oder sollen wir uns langsam auf den Rückweg machen?«

Laura drehte sich in seinen Armen um. Jetzt kam der Moment der Wahrheit. Würde sie ihm übelnehmen, was er mit ihr gemacht hatte? Was, wenn sie sich gerade eben nur so an ihn gedrängt hatte, um Halt zu finden? Das musste keineswegs bedeuten, dass sie ihm keine Vorwürfe machen würde. Sein Herz schien einen Schlag auszusetzen, aber als sie den Kopf zu ihm hob, schenkte sie ihm ein Lächeln. »Letzteres wäre mir ehrlich gesagt lieber.«

»Fühlst du dich schon fit genug für den Abstieg?«

»Es wird schon gehen.«

Das Runtergehen fiel Laura bedeutend leichter, da sie aus dieser Perspektive nicht ständig zwischen den offenen Stufen hindurchblickte. Unten angekommen, war sie trotzdem heilfroh, wieder festen Boden unter den Füßen zu haben.

6

Als Mario nach Hause kam, war seine erste Handlung, sich der Jeans zu entledigen, die er getragen hatte. Normalerweise passte sie ihm ausgezeichnet, aber heute hatte er sie als ziemlich einengend empfunden. Was auch kein Wunder war in Anbetracht des Ständers, den ihm die kleine Episode auf dem Aussichtsturm eingebracht hatte. Obwohl es für ihn sehr unangenehm gewesen war, hatte die feste Hose immerhin den Vorteil gehabt, dass es Laura nicht sofort aufgefallen war, wie erregt er gewesen war. Und dafür war er sehr dankbar. Sie hätte wohl kaum Verständnis dafür gehabt, dass ihre verzweifelte Lage ihn derart in Ekstase versetzt hatte. Wobei das so eigentlich auch nicht ganz stimmte. Zwar konnte er nicht leugnen, dass das durchaus auch seinen Reiz gehabt hatte. Aber viel erregender war der Moment gewesen, als sie ihren Widerstand aufgegeben und sich ihm anvertraut hatte. Es war ein berauschendes Gefühl gewesen zu spüren, wie sie sich an ihn geschmiegt und sich in seine Arme hatte sinken lassen. Die Beherrschung zu behalten, war ihm nicht leicht gefallen, aber es war unerlässlich gewesen sich nichts anmerken zu lassen, um Laura nicht aus dem Konzept zu bringen.

Die Jeans in der Hand, ging Mario ins Bad und zog auch seine restlichen Sachen aus. Er brauchte dringend eine Dusche. Am besten eine kalte. Als er die Unterhose auszog, sprang ihm augenblicklich sein erigierter Schwanz entgegen. Die Erinnerung an die abendlichen Ereignisse hatte ihn schon wieder hart werden lassen. Er würde sich heute unbedingt noch Erleichterung verschaffen müssen, oder er würde wahnsinnig werden. Während er in die Dusche stieg, dachte er nochmal über den Spaziergang durch den Wald nach. Sofort fing sein Schwanz zu pochen an, und Mario begann ihn zu massieren. Wer hätte das gedacht? Es sah fast so aus, als hätte Laura tatsächlich eine devote Ader, die herausgelassen werden wollte. Ihm fiel keine andere Erklärung dafür ein, warum sie sich ihm sonst so widerspruchslos untergeordnet hätte. Sie war eine äußerst selbstständige Frau, für die es sonst sicherlich undenkbar wäre, sich von einem Mann etwas vorschreiben zu lassen. Und ihrem verwirrten Gesichtsausdruck zufolge war sie sich offenbar selber nicht im Klaren darüber gewesen, warum sie das eigentlich getan hatte.

Er würde sich gut überlegen müssen, wie er nun weiter vorgehen sollte. Leider verfügte er auf diesem Gebiet über praktisch keine Erfahrung. Er kannte sich zwar bestens mit BDSM im Allgemeinen aus, und er war ein sehr erfahrener Dom, aber er hatte noch nie eine völlig unerfahrene Sub gehabt. Und schon gar keine, die sich ihrer devoten Seite noch nicht einmal bewusst war. Es würde sehr viel Fingerspitzengefühl verlangen, sie behutsam in seine Welt einzuführen. Doch wenn er Glück hatte, und alles verlief so, wie er es sich vorstellte, würde sie sich ihm schließlich unterwerfen und ihn Meister nennen. Das geistige Bild von ihr, wie sie als Sklavin vor ihm kniete und ihn ehrfürchtig anblickte, brachte ihn zu einem heftigen Orgasmus, der seinen ganzen Körper erschütterte und ihn in andere Sphären zu katapultieren schien.

7

Es war Montagabend. Laura wollte gerade das Abendessen zubereiten, als ihr Handy läutete. Was ihr augenblicklich sehr ungelegen kam. Wer auch immer es war, sie würde ihn schnell abwimmeln. Beim Blick auf das Display spürte sie, wie ihr Herz heftig in ihrer Brust zu klopfen begann. Marios Name leuchtete ihr entgegen. Na gut, vielleicht würde sie sich doch Zeit für das Gespräch nehmen.

»Hallo, Mario.«

Laura bemühte sich bei ihrer Begrüßung nicht zu überschwänglich zu klingen. Sie wollte auf keinen Fall bei ihm den Eindruck erwecken, sie hätte den ganzen Tag neben dem Telefon auf seinen Anruf gewartet. Ob das wohl daran lag, dass das der Wahrheit gefährlich nahe kam? Seit ihrer Verabredung hatte sie tatsächlich mehrmals sehnsüchtig das Telefon angeblickt und sich gefragt, wann er sie endlich anrufen würde. Ihr Herz schien vor Aufregung so laut zu klopfen, dass sie fürchtete, er könnte es durch das Telefon hören.

»Hallo, Laura. Hast du am Samstag schon etwas vor? Ich dachte mir, nachdem dein Kletterkurs die Woche auf den Vormittag verlegt wurde, könnten wir uns am Nachmittag treffen.«

»Ja, prima. Schwebt dir etwas Bestimmtes vor, das du gern machen würdest?«

»Allerdings, ich hätte da an einen Einkaufsbummel in der Stadt gedacht.«

»Veräppelst du mich schon wieder?«, fragte Laura vorwurfsvoll. Sie hörte Mario lachen.

»Nein, wirklich nicht, ich meine es ernst. Ich hätte eigentlich damit gerechnet, dass dir das gefallen würde. Frauen gehen doch gemeinhin gern einkaufen, so sagt man zumindest.«

»Ja, und Männer ergreifen gemeinhin gern die Flucht, sobald das Wort *einkaufen* fällt. Vor allem, wenn es *einkaufen mit einer Frau* bedeutet. In Kombination mit dem Wort *Schuhe* sollen Männer sogar schon mit blanker Panik darauf reagiert haben.«

»Davon habe ich gerüchtweise auch schon mal gehört. Aber ich bin da furchtlos. Ich verspreche dir, ich werde nicht die Flucht ergreifen.«

»Und wo ist der Haken?«

»Warum sollte es einen Haken geben?«

Mario klang betont unwissend. Es entstand eine kurze Pause, dann seufzte er laut und fuhr in resigniertem Tonfall fort. »Na gut, du hast mich überführt. Ich brauche ein paar Sommerhemden, und ich dachte, du könntest mich begleiten, weil … Okay, das ist mir jetzt sehr peinlich, aber ich trau mich nicht allein. Eigentlich hatte ich ja gehofft, das vor dir verheimlichen zu können, aber …«

Laura lachte schallend los. »Du machst dich ja doch lustig über mich!«

»Nein«, antwortete Mario heiter, »es ist wahr, ich brauche wirklich Hemden. Und he, hast du eigentlich eine Vorstellung davon, wie schlimm es für einen Mann ist, allein ein Bekleidungsgeschäft zu betreten? Da stürzen sich sofort die Verkäuferinnen auf einen und behandeln einen, als wäre man allein nicht überlebensfähig. So was kann schon zu traumatischen Erlebnissen führen, vor allem, wenn sie im Rudel daherkommen.«

»Schon gut, schon gut. Ich gehe mit dir einkaufen. Ich will ja nicht dafür verantwortlich sein, dass du ein schweres Trauma erleidest.«

»Gut, dann hole ich dich um eins bei dir ab.«

»In Ordnung, also bis dann.«

»Bis dann.«

8

Es war kurz nach vier, als Laura schließlich beim Verlassen des gefühlten hundertsten Geschäftes verkündete: »Also was mich betrifft, wäre es das jetzt. Willst du noch irgendwohin?«

Mario sah sie mit einem Blick an, der zu sagen schien: »Die Frage ist doch wohl nicht ernst gemeint!«

»Gibt es überhaupt noch ein Geschäft, in dem wir nicht gewesen sind?« Laura stieß ihn leicht in die Seite und lachte. »Also so schlimm war es doch nun auch wieder nicht. Wir waren ja nicht einmal drei Stunden unterwegs. Komm, lass uns nach Hause fahren, bevor du doch noch den Shopping-Koller bekommst.«

Sie machten sich auf den Weg zurück zum Auto, als Mario auf halbem Weg abrupt stehen blieb.

»Da ist tatsächlich ein Geschäft, in dem wir noch nicht gewesen sind.«

Laura rückte näher zu Mario und säuselte mit gesenkter,

aber bestimmter Stimme: »Nein, da waren wir nicht drinnen. Das ist nämlich ein Sexshop!«

Mit dem Kopf die Straße hinunterdeutend versuchte sie Mario zu verstehen zu geben, dass sie weitergehen wollte. Dieser blieb jedoch ungerührt stehen und betrachtete stattdessen die Auslage.

»Mario, können wir bitte weitergehen. Ich möchte nicht unbedingt von jemandem, der mich kennt, vor einem Sexshop gesehen werden.«

Mario wandte den Kopf zu ihr. Er lächelte, aber in seinen Augen lag ein seltsames Glitzern. Zärtlich umfasste er ihre Hand und streichelte mit dem Daumen über ihren Handrücken.

»Nun, wenn dich das so beunruhigt, sollten wir nicht länger hier herumstehen.«

Plötzlich marschierte er los, doch zu Lauras Entsetzen nicht in Richtung Auto, sondern auf den Eingang des Sexshops zu. Sie versuchte sich ihm zu widersetzen, doch Mario zog sie mühelos hinter sich her. Ehe sie sich versah, hatten sie das Geschäft auch schon betreten. Jetzt war es Laura, die vorstürmte. Es war ihr schon peinlich gewesen, möglicherweise vor dem Sexshop gesehen zu werden. Beim Betreten des selbigen erwischt zu werden, wäre eine mittlere Katastrophe gewesen. Eilig versuchte sie so schnell wie möglich aus dem von außen einsehbaren Bereich wegzukommen. Unsicher blickte sie zurück, um sich zu vergewissern, dass sie den Gefahrenbereich verlassen hatte. Sie vernahm ein leises Kichern und warf Mario einen finsteren Blick zu. Ihm schien das überhaupt nicht peinlich zu sein. Wütend drehte sie sich um, um sich einen Überblick zu verschaffen, wo sie hier eigentlich gelandet war. Bei dem, was sie sah, blieb ihr beinahe der Mund offen stehen. Vor ihr breitete sich ein ganzes Regal voll mit Dildos und Vibratoren in allen Farben, Formen und Größen aus. Mit gesenktem Blick drehte sie sich hastig zu Mario.

Dieser legte ihr behutsam den Zeigefinger unters Kinn und zwang sie, ihn anzusehen. Was sie nur widerwillig tat. Doch sein Blick war jetzt wieder ganz sanft und ließ sie beinahe vergessen, dass sie eigentlich wütend auf ihn war. Sein Daumen strich zärtlich über ihre Wange.

»Hier drinnen brauchst du dich vor niemandem zu genieren, Laura. Die kommen selber alle her, weil sie das Zeug anschauen oder kaufen möchten. Und vor mir muss dir das sowieso nicht peinlich sein. Komm, sehen wir uns ein wenig um.«

Er nahm die Hand von ihrem Gesicht und hielt sie ihr einladend hin. Laura griff zunächst nur zögernd danach, war dann aber doch sehr froh, dass sie etwas zum Festhalten hatte. Langsam schlenderten sie durch die Gänge, wobei Laura sich ganz nah an Marios Seite hielt und nur ein paar verstohlene Blicke aus den Augenwinkeln riskierte. Vor allem die Reihen mit den DVDs waren ihr sehr unangenehm. Sie hatte sich noch nie einen Porno angeschaut, und beim Anblick der Titel und der Abbildungen auf den Covers wusste sie auch, warum. Plötzlich schoss ihr die Frage durch den Kopf, ob Mario wohl eine Vorliebe für solche Filme hatte. War das nicht der Grund, warum Männer in Sexshops gingen? Die Dildos, die sie vorhin gesehen hatte, dürften es ja wohl eher nicht sein. Andererseits schien das Geschäft hinter der DVD-Abteilung noch ein gutes Stück weiterzugehen. Vielleicht gab es dort noch andere Dinge, die für Männer interessant waren. Schaudernd dachte sie daran, dass hier mit Sicherheit auch Gummipuppen verkauft würden. Wobei die wohl auch kaum das restliche Geschäft füllen konnten. Und wenn sie sich ihren Begleiter so anschaute, konnte sie sich nicht vorstellen, dass er es nötig hatte, sich eine aufblasbare Frau zu kaufen. Allerdings fiel ihr sonst nichts mehr ein, was in Sexshops verkauft werden und für Mario von Interesse sein könnte, von Kondomen einmal abgesehen. Eine Erkenntnis, die Laura dazu zwang, sich einzugestehen, dass sie eigentlich überhaupt keine Ahnung von diesen Dingen hatte, und alles, was sie zu wissen glaubte, wohl eher auf Vorurteilen beruhte.

Schließlich waren die Reihen mit den DVDs endlich zu Ende, und sie kamen in die Wäscheabteilung. Erfreut stellte Laura fest, dass es hier auch ganz normale Unterwäsche gab. Sie löste sich von Mario und sah sie genauer durch. Nach den Dessous kamen Baby-Dolls und andere aufreizende Kleidchen. Mutig ging Laura um das Regal herum und fand sich auf der anderen Seite auf einmal vor der Lederbekleidung wieder. Sie zögerte kurz, doch dann siegte die Neugier. Zaghaft schob sie die Sachen auseinander, um sie betrachten zu können. Sie war etwas überrascht, hier auch Ledermäntel und Lederhosen vorzufinden. Beim genaueren Betrachten einer dieser Hosen stellte sie zu ihrer noch größeren Überraschung fest, dass diese einen Reißverschluss hatte, der zwischen den Beinen weiterging und erst über dem Hintern endete. Schnell hängte sie sie wieder zurück und ging ein Stück weiter. Hier gab es Röcke in verschiedenen Längen und diverse Korsagen. Schließlich waren da noch lederne Unterwäschestücke, und einige eigenartige Teile, von denen sie zwar nicht wirklich wusste, wie rum man das wo trug, die aber auf jeden Fall mehr zeigen als verdecken sollten.

Das nächste Regal beherbergte die Lackbekleidung, die Laura jedoch schnell hinter sich ließ. Lack schien ihr nicht unbedingt für hohen Tragekomfort zu stehen, darin musste man doch bestimmt schwitzen. Auch die Latexabteilung fand sie wenig spektakulär, da hier alles verpackt war, und sie nichts anschauen konnte, ohne dass es so aussah, als würde sie sich besonders dafür interessieren. Sie umrundete das Regal und kam schließlich in den letzten Gang, wo sie wie angewurzelt stehen blieb.

Sie sah sich unsicher nach Mario um, der ihr die ganze Zeit in ein bis zwei Schritten Entfernung unauffällig gefolgt war. Er schien ganz auf die Lackbettwäsche konzentriert zu sein, die sich auf der Stirnseite des letzten Regals befand. Laura ließ den Blick weiter im Kreis schweifen und stellte fest, dass sonst niemand in der Nähe war. Solchermaßen unbeobachtet rang sie sich dazu durch, zögerlich weiterzugehen. Zu Anfang des Regals hingen einige Gerten und Peitschen, gefolgt von diversen Fesselutensilien. Beim Anblick der Handschellen schoss Laura die Frage durch den Kopf, wie es sich wohl anfühlen würde, die umgelegt zu bekommen. Ein eigenartiger Schauer durchlief sie bei dem Gedanken. Um sich damit nicht näher befassen zu müssen, wandte sie ihre Aufmerksamkeit etwas anderem zu. Als sie die Nippelklemmen entdeckte, glaubte Laura ihren Augen nicht zu trauen. Das sah nicht unbedingt sehr angenehm aus. Und auch bei den Knebeln und Halsbändern kam Laura aus dem Staunen nicht mehr heraus. Im Vergleich dazu wirkten die Handschellen, mit denen sie geliebäugelt hatte, geradezu konservativ.

Obwohl Mario vorgegeben hatte, auf andere Dinge konzentriert zu sein, hatte er Laura doch die ganze Zeit genau beobachtet. Vor allem ihre Reaktionen auf die Artikel im letzten Gang waren für ihn sehr interessant, gehörten diese doch zu seinen bevorzugten Spielzeugen. Zu seiner Erleichterung war sie zwar offensichtlich höchst erstaunt, aber er fand keine Anzeichen von Abscheu in ihrem Gesicht. Sie stand immer noch ganz fasziniert vor dem Regal, als er neben sie trat und ihr zuflüsterte: »Wir sind jetzt durch. Wenn du willst, können wir wieder gehen.«

Laura schaute zu ihm auf und nickte. Betont unschuldig fügte Mario noch hinzu: »Außer, du hast etwas gesehen, das dir gefallen hat. Wenn du willst, kaufe ich es dir.«

Sofort schoss Laura die Röte ins Gesicht, woraufhin sie sich von Mario abwandte und hastig murmelte: »Lass uns gehen.«

Als sie sich der Tür näherten, spähte Laura verunsichert nach draußen, ob sie irgendwo ein bekanntes Gesicht ausmachen konnte. Zu ihrer Erleichterung war das aber nicht der Fall. Rasch huschte sie aus dem Geschäft und entfernte sich einige Schritte davon, bevor sie stehen blieb. Mario schloss zu ihr auf, legte ihr den Arm um die Taille und zog sie zu sich heran. Mit einem leicht selbstgefälligem Unterton befand er: »Du hattest recht. So schlimm war es nun auch wieder nicht.«

9

Pünktlich um neun Uhr läutete der Wecker den Beginn eines neuen Tages für Laura ein. Aufgescheucht von der plötzlichen Störung ihres Schlafes fuhr Laura hoch und tastete hastig nach dem Ausschalter ihres Weckers. Nachdem der Lärm abbrach, ließ sich Laura nochmal ins Bett fallen. Am liebsten hätte sie die Decke wieder hochgezogen und einfach weitergeschlafen. Sie hatte das Gefühl, gestern noch stundenlang wachgelegen zu haben. Ihre Gedanken waren einfach nicht zur Ruhe gekommen. Und sie hatten sich nur um Mario gedreht. Und als ob das nicht schon verwirrend genug gewesen wäre, hatte sie auch noch eigenartige Träume von Mario gehabt. Erotische Träume! Sie hatte noch nie zuvor einen erotischen Traum gehabt. Und schon gar nicht so einen! An die Einzelheiten konnte sie sich nicht mehr genau erinnern, aber sie wusste noch, geträumt zu haben, dass Mario sie mit Handschellen gefesselt hatte. Und sie konnte sich an die Erregung erinnern, die sie dabei empfunden hatte. Wie machte Mario das nur? Obwohl er ständig Dinge tat, die ihr eigentlich gründlich gegen den Strich gehen sollten, ließ sie ihn damit durchkommen. Andere hatten da schon aus wesentlich geringeren Anlässen den symbolischen

Fußtritt von ihr bekommen. Noch schlimmer war, dass sie sich dessen auch noch bewusst war, dass er sie ständig bevormundete. Sie konnte sich also nicht einmal darauf rausreden, dass sie so blöd gewesen war und es vor lauter Verliebtheit nicht bemerkt hatte. Und nicht genug damit, dass sie sich das freiwillig gefallen ließ, sie war nicht einmal sauer auf ihn gewesen, als er ihr gar keine Wahl gelassen hatte. Schaudernd dachte sie an ihr Erlebnis auf dem Aussichtsturm. Sie konnte sich nicht erinnern, jemals zuvor solche Panik erlebt zu haben. Allein zu dem Geländer zu gehen war schon schlimm genug gewesen. Aber dann auch noch jemanden hinter sich stehen zu haben, jemanden, den sie im Prinzip kaum kannte. Und sie hatte ihm vorher auch noch erzählt, dass das ihre größte Angst war! Was doch nur beuten konnte, dass er das absichtlich mit ihr gemacht hatte. Eine angemessene Reaktion wäre gewesen, ihm eine Ohrfeige zu verpassen und ihm mitzuteilen, dass er ein Vollidiot war, den sie nie wieder sehen wollte. Doch was hatte sie stattdessen gemacht? Sie hatte sich an ihn gekuschelt und war ihm geradezu dankbar gewesen, dass er sie aus einer Situation gerettet hatte, in die er sie überhaupt erst gebracht hatte. Das war doch verrückt! Und noch verrückter war, dass das ausgerechnet ihr passierte. Sie war doch nicht eine dieser bemitleidenswerten Frauen, die einem Mann so hörig wurden, dass sie sich alles von ihm gefallen ließen. Das hatte sie überhaupt nicht nötig. Sie war bisher ganz gut ohne einen Mann zurecht gekommen, sie würde auch in Zukunft keinen brauchen.

Doch dann musste sie daran denken, wie wohl sie sich in Marios Gegenwart fühlte. Selbst dann, wenn er sie bevormundete. Oder vielmehr besonders dann. Aber vielleicht war das auch gar nicht so abwegig. Sonst war sie es gewohnt, sich immer um alles selber kümmern zu müssen und für alles die

Verantwortung zu tragen. Die Kontrolle an Mario abzugeben bedeutet auch, jegliche Verantwortung abzugeben. Sie brauchte sich um nichts zu kümmern und konnte sich einfach treiben lassen. Möglicherweise war es das, was Mario so besonders machte. Dass sie sich wirklich vorstellen konnte, ihm die Verantwortung anvertrauen zu können. Verwirrt schüttelte Laura den Kopf und fragte sich, wo dieser sonderbare Gedanke auf einmal wieder hergekommen war. Vermutlich lag es daran, dass sie immer noch im Bett lag und vor sich hin döste.

Entschlossen schlug sie die Bettdecke beiseite und stand auf. Sie war für heute Abend wieder mit Mario verabredet, aber bis dahin hatte sie einen ganzen Tag zu überdauern, den sie bestimmt nicht mit derartig sonderbaren Grübeleien verbringen wollte.

10

Der Kellner des kleinen italienischen Restaurants kam, um die Teller abzuräumen, und stellte die obligatorische Frage, ob sie noch einen Nachtisch wollten.

»Nein, danke«, lehnte Mario ab, »bringen Sie uns bitte die Rechnung.«

Laura schaute ihn fragend an. Dass er das Dessert abgelehnt hatte, war in Ordnung, sie hatte schon beim Hauptgang passen müssen. Aber sie hatte damit gerechnet, dass sie noch ein wenig sitzen bleiben, vielleicht einen Amaretto trinken und sich etwas unterhalten würden. Mario wartete, bis der Kellner verschwunden war, dann beantwortete er Lauras unausgesprochene Frage. »Wie wäre es, wenn wir den Abend bei mir zu Hause fortsetzen? Da können wir uns ungestört unterhalten.«

Er ließ es wie eine Frage klingen, aber Laura bemerkte, dass es eigentlich eher eine Feststellung war. Ob er überhaupt in Betracht gezogen hatte, dass sie möglicherweise ablehnen könnte?

Hast du das überhaupt selber in Betracht gezogen?, spottete eine Stimme in ihr.

Forschend musterte Laura Marios Gesicht. Wollte er wirklich nur eine ungestörte Unterhaltung mit ihr führen oder hatte er vor, sie zu verführen? Die Antwort würde sie wohl nur erfahren, indem sie mit ihm ging. Außerdem war sie neugierig darauf, seine Wohnung zu sehen. Und falls er doch Annäherungsversuche unternehmen sollte, konnte sie immer noch ablehnen.

Außer dein Verstand setzt mal wieder aus, wenn er dir in die Augen schaut ...

Nein, das würde ihr heute Abend bestimmt nicht passieren. Sie würde sich auf keinen Fall zu etwas überreden lassen, das sie eigentlich nicht wollte.

Der Kellner kam mit der Rechnung und Mario zahlte für sie beide. Dann stand er auf und hielt Laura, die sich ebenfalls erhoben hatte, den Arm hin. »Also?«

Laura sah ihn kurz verwirrt an, ehe ihr einfiel, dass sie ihm ja noch gar nicht geantwortet hatte. »Ach so, das.« Sie schüttelte leicht den Kopf, um den verwirrten Gesichtsausdruck zu vertreiben und einem Lächeln Platz zu machen. »Ja, klingt gut.«

Sie hakte sich bei ihm ein und ließ sich von ihm zum Auto führen.

11

Mario hielt Laura die Tür auf und forderte sie mit einer eleganten Handbewegung auf einzutreten. »Das hier ist mein Reich.«

Neugierig blickte Laura sich um.

»Du kannst dich gern überall umsehen, fühl dich ganz wie zu Hause.«

Laura streifte ihre Stöckelschuhe ab und begann ihre Erkundung. Vom Vorzimmer aus zweigte rechts ein Flur ab, links ging es ins Wohnzimmer und geradeaus in die Küche. Nach einem kurzen Blick in die Küche ging Laura ins Wohnzimmer. Sie war auf eine typische Junggesellenwohnung gefasst gewesen, in der eben die notwendigsten Möbelstücke mehr oder weniger wahllos zusammengewürfelt worden waren. Hauptsache, sie erfüllten ihren Zweck, und man musste nicht in mehr als ein Möbelgeschäft gehen, um sie zu kaufen. Umso überraschter stellte sie fest, dass Mario bei der Einrichtung sehr viel Geschmack bewiesen hatte. Offenbar bevorzugte er einen minimalistisch-modernen Stil. Die Couch bestand aus zwei einzelnen Sofas mit niedrigen Polstern als Seitenlehnen. Sie hatte einen elfenbeinfarbenen Lederbezug und silberfarbene Metallfüße, was einen tollen Kontrast zu dem dunkelbraunen Parkettboden bildete. Davor lag ein flauschiger weißer Teppich, auf dem ein gläserner Couchtisch stand, ebenfalls mit silberfarbenen Füßen. Der Esstisch schien eine Großausgabe des Couchtisches zu sein. Darunter lag ein dünner Teppich, der, ebenso wie der Stoffbezug der Sessel, etwa die gleiche Farbe wie die Couch hatte. Die Füße der Sessel waren dunkelbraun, passend zum Boden. Ansonsten gab es noch ein paar niedrige Schränke, die ebenfalls in Weiß und Dunkelbraun gehalten waren und einen schlichten, modernen Stil mit glatten Fronten und ohne Griffe hatten. Die Wand gegenüber der Couch wurde von einem Großbildfernseher geschmückt, darunter stand ein flaches HiFi-Regal, welches die diversen peripheren Geräte beherbergte.

Laura verließ das Wohnzimmer wieder und ging den Flur hinunter. Die erste Tür rechts war das WC, die zweite das Bad. Links war eine Tür, die in ein kleineres Zimmer führte, in dem ein Schreibtisch mit einem Computer und ein paar Trainingsgeräte standen. Am Ende des Flurs befand sich noch eine Tür. Das musste dann wohl das Schlafzimmer sein.

Erstaunen packte sie bei dem, was sie hier vorfand. Sie hatte definitiv noch nie zuvor ein so extravagant eingerichtetes Schlafzimmer gesehen. Die Wände waren dunkelrot gestrichen, der Boden mit einem schwarzen Spannteppich ausgelegt, der sich sehr angenehm unter ihren nackten Füßen anfühlte. Etwas links gegenüber der Tür stand das Bett. Es hatte ein Gestell aus schwarzem Metall mit geschwungenen Mustern an Kopf- und Fußende, und stand auf vier relativ hohen Füßen. Laken und Bettwäsche waren bordeauxrot. Links und rechts vom Bett standen je ein schwarzes Nachtkästchen mit mehreren Schubladen. Über dem Kopfende hing ein Ölgemälde, eine einzelne rote Rose auf schwarzem Hintergrund. Für die Dornen an ihrem Stängel hatte der Künstler die Farbe teilweise so aufgetragen, dass sie als kleine Stacheln aus dem Bild herausragten. Zu beiden Seiten des Bildes waren je zwei schmiedeeiserne Kerzenhalter in aufsteigender Höhe montiert, auf denen sich schwarze Stumpenkerzen befanden. Die kurze Seite des Zimmers rechts von der Tür wurde komplett von einem riesigen Kleiderschrank ausgefüllt, ebenfalls in schwarz. Das einzige in dem Raum, das nicht schwarz oder rot war, war eine dunkelbraune Truhe mit gewölbtem Deckel, die gegenüber der Tür stand. Die zierlichen kleinen Muster, die kunstvoll eingeschnitzt worden waren, sowie die aufwändigen schmiedeeisernen Metallbeschläge ließen darauf schließen, dass sie recht alt war, womit sie sich deutlich von der sonst so modernen Einrichtung abhob. Allerdings passte der verschnörkelte Stil gut zu den geschwungenen Mustern des Bettes. Direkt vor der Tür gab es einen großen freien Bereich. Als Laura nach oben sah, entdeckte sie genau mittig darüber einen massiven Ring, der in die Decke geschraubt war. Stirnrunzelnd fragte sie sich, wozu der wohl gut war. Sie schloss die Tür wieder und kehrte zu Mario ins Wohnzimmer zurück, der inzwischen mittels

Kerzen für stimmungsvolles Licht gesorgt und Getränke für sie beide bereitgestellt hatte.

»Fertig mit deinen Erkundungen?«, fragte Mario grinsend.

Laura antwortete mit einem Kopfnicken. »Du hast eine sehr schöne Wohnung. Und einen ziemlich ausgefallenen Geschmack, wenn ich das mal so sagen darf.«

»Danke, ich fasse das als Kompliment auf.«

Sie nahmen nebeneinander auf der Couch Platz, und kurz darauf waren sie mitten in einer angeregten Unterhaltung. Die Zeit schien wie im Flug zu vergehen.

Als Mario sie kurz allein ließ, um Getränkenachschub aus der Küche zu holen, lehnte Laura sich zufrieden zurück und dachte über Mario nach. In Momenten wie diesen war sie sich ganz sicher, warum sie ihn so mochte. Sie konnte sich einfach prächtig mit ihm unterhalten, und sie hatten so viel Spaß zusammen. Und wenn er ihr dieses besondere Lächeln zuwarf, war sie sich sicher, dass er es genauso empfand. Wenn sie es nicht selbst erlebt hätte, würde sie ihm gar nicht zutrauen, dass er auch ganz anders sein konnte. So ... Sie konnte einfach nicht das richtige Wort dafür finden. Gemein konnte man es eigentlich nicht nennen. Dafür war er, trotz allem, zu liebevoll gewesen. Er war auch definitiv kein typischer Macho, der glaubte, eine Frau habe sich ihm grundsätzlich unterzuordnen. Vielleicht sollte sie ihn einfach mehr oder weniger direkt darauf anzusprechen. Irgendwann im Laufe des Abends würde sich schon eine günstige Gelegenheit ergeben.

Mario kam mit den Getränken aus der Küche zurück und setzte sich wieder neben Laura. Plötzlich fragte er ganz unvermittelt: »Wie hat dir eigentlich unser Einkaufsbummel gestern gefallen?«

Sein Tonfall war so unverfänglich, als hätte er sie nach dem Wetterbericht gefragt. Laura starrte ihn entgeistert an. Sie hatte nicht damit gerechnet, dass die Gelegenheit so schnell kommen würde. Und so direkt. War sie tatsächlich gerade soweit gewesen zu glauben, dass er nichts weiter als einen netten Abend auf der Couch mit ihr verbringen wollte? Nun, das war anscheinend nur eine schöne Illusion gewesen. Sarkastisch antwortete sie: »Oh, das Einkaufen hat mir gut gefallen. Dass du mich auf dem Heimweg in den Sexshop verschleppt hast, hat mir aber überhaupt nicht gefallen! Darüber wollte ich sowieso noch ein ernstes Wörtchen mit dir reden.«

Mario beugte sich näher zu ihr hin und blickte ihr forschend in die Augen. Laura fühlte sich plötzlich ein wenig verunsichert. Es war wieder dieser Blick, bei dem sie das Gefühl hatte, er würde bis in ihr Innerstes schauen. Schließlich erwiderte er mit leicht nachdenklicher Stimme, ohne dabei den Blick von ihren Augen abzuwenden: »Hm, ich finde, wir sollten eher mal ein ernstes Wörtchen darüber reden, dass es mir nicht gefällt, wenn du mich anlügst.«

Laura schnappte empört nach Luft. Noch bevor sie etwas dazu sagen konnte, stellte Mario fest: »Das ist jetzt nämlich schon das zweite Mal, dass du mir auf eine einfache Frage eine faustdicke Lüge servierst.«

Laura wollte gerade den Mund aufmachen, um es abzustreiten, aber Mario brachte sie zum Schweigen, nur indem er ihr einen strengen Blick zuwarf und den Kopf leicht zur Seite neigte. Mit versöhnlicher Stimme fuhr er fort: »Lassen wir das lieber. Du wirst mich doch nicht etwa schon wieder anlügen wollen, indem du es abstreitest. Andererseits habe ich auch Verständnis dafür, dass es wohl zu demütigend für dich wäre, hier ein Schuldeingeständnis vorzubringen. Begnügen wir uns also damit, dass du versprichst, mir in Zukunft immer die Wahrheit zu sagen.«

Laura starrte ihn einfach nur fassungslos an. Sie konnte kaum glauben, was hier gerade ablief. Was bildete er sich eigentlich ein! Und wie beschämend war es, dass er noch dazu recht hatte.

»Laura? Ich warte.« Seine Stimme hatte jetzt einen gebieterischen Unterton.

Zornig funkelte sie ihn an, doch dann murmelte sie trotzig: »Ja, ich verspreche es.«

Auf Marios Gesicht breitete sich ein Lächeln aus. Aber es war nicht das warme Lächeln, mit dem er sie beim Abendessen so verliebt angeschaut hatte. Eine Gänsehaut zog über Lauras Körper. Als er das letzte Mal so gelächelt hatte, hatte er sie anschließend in den Sexshop gezerrt.

»Gut, dann können wir ja jetzt ehrlich miteinander reden. Du wolltest dich über unseren gestrigen Besuch im Sexshop unterhalten. Also, was hat dir dort denn besonders gut gefallen?«

Laura wandte den Kopf zur Seite und biss sich auf die Lippe. Wie dämlich konnte man eigentlich sein? Sie war ihm voll auf den Leim gegangen. Anscheinend hatte er die ganze Show nur deswegen abgezogen, um sie dazu zu bringen, ihm zu erzählen, was sie tatsächlich von ihrem Besuch im Sexshop gehalten hatte. Sie wäre am liebsten hier und jetzt in Grund und Boden versunken. Das alles war so verdammt peinlich. Warum tat er ihr das nur an? Sie schielte aus den Augenwinkeln zu ihm rüber, und da fiel ihr die Antwort wie Schuppen von den Augen. Weil er einfach Spaß daran hatte. Verzweifelt schloss Laura die Augen.

Na, da passen wir ja wunderbar zusammen. Ihm gefällt es, mich in peinliche Situationen zu bringen, und ich bin ihm auch noch dankbar, wenn er mich da wieder rausholt.

Erschüttert von dieser Erkenntnis riss Laura die Augen wieder auf. Erst jetzt bemerkte sie, dass Mario nähergerückt war und ihr nun den Arm um die Schulter legte. Das unheimliche Grinsen war verschwunden und hatte einem scheinbar aufrichtig liebevollen Blick Platz gemacht. Sanft zog er sie an sich, sodass sie ihren Kopf auf seine Brust legen konnte.

»Ist schon gut. Das muss dir nicht peinlich sein. Ich weiß, diese Gefühle können am Anfang ganz schön verwirrend sein. Aber das vergeht, sobald man sie einmal akzeptiert hat.«

Laura blickte fragend zu ihm auf. Wovon sprach er da? Er konnte doch unmöglich von dem Gefühlschaos wissen, das momentan in ihr herrschte. »Mario, warum tust du das? Macht dir das etwa wirklich Spaß, mich so zu quälen?«

Jetzt war es Mario, der schluckte. Was sollte er darauf nur antworten? Würde sie die Wahrheit verstehen? Andererseits konnte er sie nach seiner Predigt von vorhin schlecht anlügen. Und er hatte es schließlich auch extra darauf angelegt, dass es so weit kam. Sorgfältig suchte er nach den richtigen Worten.

»Das ist eine sehr vereinfachte Fragestellung. Weiß du, die ganze Sache ist schon ein wenig komplexer.«

Laura richtete sich auf und blickte ihm verwundert in die Augen. Er hatte ihre Frage nicht beantwortet, eine Frage, auf die doch niemand ernsthaft etwas anderes als »Nein, natürlich nicht« antworten würde. Zumindest nicht, wenn ihm tatsächlich etwas an ihr lag.

Diesmal hatte Mario das Gefühl, von ihr durchleuchtet zu werden. Es war eigenartig für ihn, das einmal von der anderen Seite zu erleben. Das war er nicht gewohnt.

Schließlich forderte Laura mit fester Stimme: »Dann erkläre es mir.«

Ein wenig Erleichterung überkam Mario. Immerhin würde sie ihn anhören und ihm Gelegenheit geben, sich zu erklären. Erst jetzt wurde ihm bewusst, wie weit er sich eigentlich aus dem Fenster gelehnt hatte. Das hätte auch gründlich schiefgehen können. Die gute Frage war nur, wo sollte er jetzt anfangen?

»Hast du schon einmal etwas von BDSM gehört?«

Laura schüttelte den Kopf.

»Es ist ein Akronym und steht für Bondage und Disziplin, Dominanz und Submission, und Sadomasochismus.«

Erschrocken riss Laura die Augenlider hoch. »Wie, Sadomasochismus? Du meinst so mit Auspeitschen und, ... und anderen Sachen, die wehtun?«

Beschwichtigend hob Mario die Hände. »Nein ... Also, ja schon, auch, aber das ist nur ein Teil des Ganzen, neben den beiden anderen. Man sollte das nicht so isoliert betrachten, das führt dann nämlich genau zu den Vorurteilen, die die Leute über SM haben.«

Laura wirkte alles andere als überzeugt, aber wenigstens hörte sie ihm zu. »Na schön, wie ist das mit den anderen beiden Teilen? Ich kann mir darunter nichts vorstellen.«

»Bondage ist eine alte japanische Kunstform, jemanden mit einem Seil zu fesseln. Dominanz und Submission bedeutet vereinfacht gesagt, dass ein Partner sich dem anderen unterwirft, wobei von den Partnern vorher abgesprochen wird, wie weit die Unterwerfung gehen soll. Es ist wohl nur eine Feststellung des Offensichtlichen, wenn ich dir jetzt sage, dass ich stark dominant veranlagt bin.«

Laura schien die Bedeutung dessen, was er gesagt hatte, zu ergründen. Schließlich fragte sie: »Und was bedeutet das für mich?«

Mario seufzte. »Also jetzt kommen wir zu dem Punkt, wo es kompliziert wird.«

»Ach, jetzt erst?«

»Ich hatte das nicht so geplant, Laura, und ich habe das auch vorher noch nie gemacht. Normalerweise suche ich mir Partnerinnen aus der BDSM-Szene, von denen ich weiß, dass sie submissiv sind. Da kann man die Karten einfach auf den Tisch legen und fertig. Ich habe schon seit Jahren keine Frau außerhalb der Szene angesprochen. Aber bei dir musste ich es einfach tun. Ich will ja nicht von Liebe auf den ersten Blick reden, das klingt so kitschig, und außerdem glaube ich nicht daran, aber es hat auf jeden Fall gefunkt, als ich dich gesehen habe. Das Problem war nur, ich konnte natürlich nicht einfach zu dir hingehen und mich vorstellen mit ›Hallo, ich bin Mario. Ich bin dominant. Willst du dich von mir ans Bett ketten lassen?‹ Da würde doch jede schreiend davon laufen.«

»Du hättest es ja etwas weniger direkt ausdrücken können.«

»Glaub mir, es gibt keine Art, es indirekt auszudrücken. Irgendwann muss man die Katze aus dem Sack lassen und es so deutlich sagen, dass die Botschaft auch ankommt. Der Punkt ist der, Laura: Mir gefällt, was ich tue, und habe nicht vor, damit aufzuhören. Aber ich würde es gern mit dir tun. Deshalb habe ich versucht, ein bisschen vorzufühlen, ob ich da eine submissive Ader in dir entdecke.«

»Und, was hast du gefunden?«

Verunsicherung schwang in ihrer Frage mit. Nachdenklich musterte Mario sie. »Weißt du es denn nicht?«

»Ich hab das Gefühl, ich weiß überhaupt nichts mehr. Das ist alles so verwirrend.«

Mario nickte. »Also ich hatte schon das Gefühl, dass da etwas ist. Aber letztlich musst du diese Frage ganz allein beantworten.«

Laura seufzte verzweifelt. »Wenn das so einfach wäre. Wenn ich bei dir bin, fühlt es sich gut an, egal wie unmöglich du dich benimmst, was ich unglaublich verwirrend finde. Und wenn ich dann später darüber nachdenke, kann ich gar nicht glauben, dass ich mir so was von dir habe gefallen lassen.«

Mario grinste wissend. »Das ist am Anfang nicht ungewöhnlich. Ich habe auch eine Zeit lang gebraucht, mich damit abzufinden, dass es mir Freude bereitet, andere zu dominieren. Was aber auch kein Wunder ist. Schließlich läuft es komplett dem zuwider, was einem jahrelang als gesellschaftlich akzeptabel eingetrichtert wurde. Aber irgendwann kommt man dann drauf, dass es auch andere Leute gibt, die genauso empfinden, die einen nicht dafür verurteilen. Und wenn man gemeinsam Spaß daran hat und alles einvernehmlich bleibt, sehe ich daran nichts Verkehrtes.«

»Das ist jetzt gerade alles ein bisschen viel auf einmal.«

»Das verstehe ich.« Mario zögerte ein wenig. Er wollte nicht, dass sie schon ging, doch er hatte das Gefühl, dass sie im Moment etwas Abstand brauchte. »Willst du, dass dich nach Hause fahre?«

Laura antwortete nur mit einem Nicken. Er nahm ihre Hände in seine und drückte sie zärtlich.

»Ich möchte dich zu nichts drängen, Laura. Nimm dir ruhig ein paar Tage Zeit zum Nachdenken. Aber ich hoffe, du gibst mir eine Chance und läufst nicht präventiv vor etwas davon, das du nicht einmal kennst. Ich beantworte dir gern alle deine Fragen, und wir können über alles reden, was dich beunruhigt.«

Eigentlich wollte Laura gar nicht gehen. Aber sie wusste genau, dass sie nicht in der Lage sein würde, logische Entscheidungen zu treffen, wenn er in ihrer Nähe war. Wobei ihr Logik in diesem Fall wohl kaum weiterhelfen würde.

12

Laura hatte eine viel zu kurze Nacht hinter sich, als sie am Montagmorgen ganz verschlafen aus dem Bett taumelte. Sie hatte gestern schon keine Ruhe finden können, aber diese Nacht war es noch viel schlimmer gewesen. Sie hatte über das nachgedacht, was Mario ihr erzählt hatte, und darüber, was sie über sich selbst herausgefunden hatte. Leider hatte sie keine Antworten gefunden auf die Fragen, die sie quälten. Sie wusste nur eines, sie wollte Mario wiedersehen, und zwar so schnell wie möglich. Es spielte keine Rolle, dass ihr Verstand sich wohl sofort wieder verabschieden würde, wenn sie bei ihm war. Die Gefühle, die Mario in ihr auslöste, waren verwirrend, doch sie konnte nicht leugnen, dass es ihr irgendwie gefiel. Auch wenn ihr Verstand sich dagegen wehrte, das zu akzeptieren.

Noch während des Frühstücks tippte sie eine SMS, ob er sich heute Abend mit ihr treffen wolle. Eigentlich hätte sie ihn ja lieber angerufen, aber es war noch zeitig in der Früh, und sie wollte nicht riskieren, ihn aufzuwecken. Und vom Büro aus anzurufen, war wohl auch keine gute Idee.

***

Das Eisgeschäft war gut besucht, trotzdem schaffte Laura es, einen Tisch zu ergattern.

»Anscheinend ist es tatsächlich so, dass man mit schönen Frauen leichter einen Tisch bekommt«, scherzte Mario.

»Ach, das war doch nur Glück, dass gerade jemand aufgestanden ist. Aber trotzdem danke für das Kompliment.«

Mario nahm die Karten aus dem Ständer am Tisch und reichte Laura eine davon. Mit leuchtenden Augen schlug sie sie auf und begann darin zu blättern. Ihr Blick erinnerte Mario an ein Kind im Süßigkeitengeschäft.

Wie immer fiel Laura die Entscheidung schwer. Nachdem sie noch nichts zu Abend gegessen hatte, entschied sie sich schließlich für den Zimt-Crêpe an einem Erdbeerspiegel mit dreierlei Sorten Fruchteis. Mario bestellte sich einen Eiskaffee.

Als sie mit ihrem Dessert fertig waren, fragte Mario geheimnisvoll: »Wie sieht's aus ... Willst du noch mit zu mir kommen oder war der letzte Abend zu abschreckend?«

Laura grinste keck.

»Auch wenn du das vielleicht gern hättest, so furchteinflößend bist du nun auch wieder nicht.«

»Vielleicht hab ich mich bisher ja nur verstellt, um dich in

Sicherheit zu wiegen.«

Lauras freches Grinsen verblasste ein wenig. Er hatte es im Scherz gesagt, aber da mochte durchaus auch einige Wahrheit drin stecken. Doch anstatt dass sie das abgeschreckt hätte, wie es vernünftig gewesen wäre, machte es sie nur umso neugieriger. Anscheinend war tatsächlich etwas dran, dass Frauen auf gefährliche Männer abfuhren.

»Das werde ich ja bald feststellen.«

13

»Hast du schon etwas Ordentliches zu Abend gegessen oder soll ich uns noch einen Snack machen?«

»Nein, ich hatte vorher nichts, weil ich dachte, wir gehen sicher essen.«

»Dann schau ich mal schnell nach, was die Küche hergibt. Willst du mitkommen und meinen Kühlschrank durchstöbern?«

Neugierig folgte Laura ihm in die Küche und öffnete den Kühlschrank. Erstaunt rief sie aus: »He, Wahnsinn! Da sind ja echte Lebensmittel drin.«

Stirnrunzelnd schüttelte Mario den Kopf. »Was hast du denn geglaubt, da drin zu finden?«

»Naja, hauptsächlich Leere. Vielleicht ein paar gekühlte Getränke. Im besten Fall noch Fertiggerichte und Milch.«

Mario richtete sich zu voller Größe auf und stemmte demonstrativ die Hände in die Hüften, um dann mit gespielter Strenge zu verkünden: »Also entweder du hast tatsächlich eine unglaublich schlechte Meinung über allein lebende Männer oder du machst dich gerade lustig über mich.«

Laura blickte ihn mit Unschuldsaugen an, als könne sie kein Wässerchen trüben. »Das würde ich doch nie wagen.«

Mario zog die Augenbrauen hoch. »Na, wart's nur ab!«

Er machte einen schnellen Schritt nach vorn, um Laura zu schnappen, doch Laura war schon weg. Sie rannte aus der Küche und bog ins Wohnzimmer ein, aber ihr Vorsprung war zu gering. Er umfasste sie von hinten mit beiden Armen und warf sich mit ihr zusammen auf die gleich neben ihnen stehende Couch. Laura kreischte kurz auf. Sie sah sich schon eine sehr unelegante Bauchlandung machen, aber Mario löste schnell seinen linken Arm, um die Wucht des Aufpralls abzufangen, während er sie mit seiner Rechten immer noch fest an sich gedrückt hielt. Sie kamen leicht seitlich zu liegen. Mit einer raschen Bewegung zog Mario nun auch den anderen Arm heraus und verlagerte sein Gewicht so, dass er Laura auf die Couch gedrückt festhielt. Er stützte sich dabei allerdings seitlich von ihr mit den Armen ab, damit sie nicht zu viel von seinem Gewicht tragen musste. Sonst wäre ihr vermutlich die Luft weggeblieben.

Laura begann unter ihm zu zappeln und versuchte freizukommen, was ihr jedoch nicht gelang. Die Arme herauszuziehen funktionierte nicht, da Mario sie nach unten drückte und sie außerdem seitlich mit seinen Armen einschloss. Als sie begann, mit den Beinen zu strampeln, zwängte er ihre Oberschenkel zwischen seinen Knien ein und legte seine Unterschenkel auf ihre. Nun konnte sie sich überhaupt nicht mehr bewegen.

Auf die süffisante Frage: »Hast du ein Problem da unten?« bekam er als Antwort ein geknurrtes: »Nein, alles bestens.«

Aufgestachelt von seiner überheblichen Frage, unternahm Laura noch einen letzten Versuch, sich zu befreien, der jedoch ebenso kläglich scheiterte. Resigniert ließ sie sich auf die Couch sinken und gab ihren Widerstand auf. Mario strich ihr einige ihrer dunklen Haarsträhnen aus dem Gesicht und hauchte einen Kuss auf ihre Wange.

»Das gefällt dir so, nicht wahr?« Ihr Tonfall war bemüht vorwurfsvoll, aber die Erheiterung, die darin mitschwang, war deutlich herauszuhören.

»Ja, aber anscheinend nicht nur mir«, stellte Mario schelmisch fest. Laura grinste verlegen und rollte mit den Augen. Mario beugte sich wieder zu ihr hinunter und begann, ihre Wange zu küssen, um sich dann zu ihrem Nacken vorzuarbeiten. Plötzlich bewegte Laura sich heftig unter ihm und kreischte auf. »Wha, das kitzelt!«

»Tatsächlich?«, fragte er interessiert. »Nun, wenn das so ist, wird es mir gleich noch viel mehr gefallen.«

Als er den Kopf wieder nach unten senkte, spürte er, wie Laura sich unter ihm anspannte und zusammenzog. Mario lachte leise und strich mit einer Hand über ihren Kopf. Vorsichtig, aber bestimmt, übte er Druck auf ihren Kopf und die Schultern aus, um ihren Hals wieder freizulegen. Ganz langsam brachte er seinen Mund näher an ihren Hals. Er wollte diesen Moment möglichst lange auskosten. Es gefiel ihm zu spüren, wie sie sich versteifte und darauf wartete, dass etwas passieren würde. Genau in dem Moment, als ihre Spannung anfing ein wenig nachzulassen, hauchte er ihr sanft in den Nacken und streifte sie hauchzart mit seinen Lippen. Sofort war ihre Anspannung wieder da. Mario lächelte zufrieden und kraulte ein wenig Lauras Kopf. Es war an der Zeit ihr zu zeigen, dass sie sich zu Recht fürchtete. Als seine Lippen ihren Hals berührten, versuchte Laura sich aufzubäumen, aber Mario hielt sie eisern fest. Sie quiekte ein wenig, als er begann sie zu küssen. Das stellte Mario jedoch nicht zufrieden. Er nahm seine Zunge zu Hilfe und ließ sie flink über ihren Hals tanzen.

Sofort brach Laura in eine Mischung aus Schreien und Lachen aus. Am liebsten hätte sie wild um sich geschlagen, um dem Reiz an ihrem Hals ein Ventil zu verschaffen. Sie war so schon unglaublich empfindlich dort, aber jetzt, wo sie praktisch vollkommen bewegungsunfähig war, war es noch unerträglicher, die zarten Berührungen über sich ergehen zu lassen. Sie war Mario vollkommen ausgeliefert. Er allein konnte darüber entscheiden, wie lange diese Folter andauern würde. Die Vorstellung war elektrisierend. Sie hatte jetzt schon das Gefühl, es keine Sekunde länger ertragen zu können. Plötzlich zog Mario seine Zunge zurück und entfernte sich von ihrem Hals. Laura atmete auf und sank erschöpft zusammen. Mario rollte sich von ihr herunter und half ihr dabei, sich aufzusetzen. Als er den Arm um sie legte, kuschelte sie sich an ihn, während sie vorwurfsvoll murmelte: »Du bist wirklich ein Sadist, Mario!«

Ihre Aussage brachte ihn zum Schmunzeln.

Du hast ja keine Ahnung!

»Ich weiß«, antwortet er nur gelassen.

Schlagartig setzte Laura sich gerade hin. Sie bemühte sich, ihn tadelnd anzuschauen, aber dennoch musste sie lachen. »Und du genierst dich nicht einmal dafür!«

»Nein, absolut nicht. Warum sollte ich!«

Laura stupste ihn für diese Frechheit mit der Faust leicht auf die Brust und machte ein entrüstetes Gesicht.

Mario schnappte ihre Hand, die sie noch immer zur Faust geballt hatte, und gab ihr einen Kuss darauf. »Komm, ich möchte dir etwas zeigen.«

14

Mario zog Laura auf die Füße und führte sie ins Schlafzimmer. Etwas unsicher trat Laura ein. Mit einem Mal überkam sie die Befürchtung, dass nun alles wesentlich schneller gehen könnte, als ihr lieb war. Doch als das Licht anging, stellte sie fest, dass es etwas anders war, als sie gedacht hatte. Auf dem Bett lagen ein Paar Handschellen mit Plüschfutter sowie ein

Seil. Mario trat hinter sie und legte ihr zärtlich die Hände auf die Schultern.

»Für die hast du dich im Sexshop doch ganz besonders interessiert«, flüsterte er neckend.

Laura drehte sich erschrocken um. Verdammt, sie wurde schon wieder rot. »Wie kommst du darauf?«, fragte sie erstaunt und gleichzeitig verunsichert.

»Weil ich dich beobachtet habe.«

Entsetzten breitete sich in Laura aus angesichts dieser Offenbarung. Sie hatte geglaubt, sie wäre unbeobachtet gewesen, als sie sich diese speziellen Sachen angeschaut hatte. »Ich dachte, du warst mit dieser komischen Bettwäsche beschäftigt!«

»Nein, ich steh nicht so auf Lack. Ich bevorzuge Leder.«

Angesichts der Ruhe, mit der Mario über Lack und Leder sprach, musste Laura fast schon wieder lachen. »Du hast mich reingelegt!«

»Aber nur zu deinem Besten. Hätte ich dich angestarrt, wärst du doch viel zu schüchtern gewesen, dir irgendetwas anzusehen.«

Damit hatte er allerdings recht. Laura ging zum Bett und befühlte zaghaft mit den Fingerspitzen die Handschellen.

»Du kannst sie ruhig in die Hand nehmen«, ermutigte Mario sie.

Warum eigentlich nicht? Er hatte vorhin unumwunden zugegeben, ein Sadist zu sein, da konnte sie ruhig auch mit Handschellen spielen. Und außerdem war sie verdammt neugierig darauf, wie sie sich wohl anfühlen würden. Beherzt griff sie danach und nahm sie genau unter die Lupe.

»Diese Handschellen kann man auch ohne Schlüssel öffnen, indem man den kleinen Hebel hier umlegt«, erklärte Mario.

Laura probierte den Öffnungsmechanismus und zog die beiden Hälften auseinander. Wie sie sich wohl anfühlen würden auf ihrer Haut ... Zur Probe strich sie mit dem Zeigefinger über die Innenseite der Handschellen. Die Kanten hätten für ihren Geschmack ruhig etwas mehr abgerundet sein können. Naja, Tragekomfort dürfte wohl nicht das oberste Ziel des Erfinders gewesen sein. Aber dafür gab es ja den Plüschaufsatz. Sie schloss die Handschellen wieder und legte sie weg. Ihr Blick fiel auf das Seil, das ebenfalls auf dem Bett lag.

»Und was hat es mit dem Seil auf sich?«

»Das ist ein Bondageseil. Man benutzt es ebenfalls zum Fesseln. Der Vorteil ist, dass es wesentlich vielseitiger ist als die Handschellen.«

Angespornt von Lauras Enthusiasmus beschloss Mario, noch einen Schritt weiter zu gehen. »Ich kann dir gern zeigen, wie man es verwendet.«

»Wie?«, fragte Laura argwöhnisch. Marios unschuldiger Tonfall ließ sämtliche Alarmglocken bei ihr läuten.

»Indem du dich von mir fesseln lässt natürlich.«

Gespannt wartete Mario auf ihre Reaktion.

Lauras Gedanken überschlugen sich. Was sollte sie nur tun? Die Vorstellung, sich von Mario fesseln zu lassen war durchaus erregend. Bestimmt auch für ihn! Er war vorhin schon erregt gewesen, das hatte sie deutlich gespürt, als er auf ihr gelegen hatte. Sie zu fesseln, würde ihn bestimmt erst recht scharf machen. Was, wenn er dann mehr von ihr wollte? Auf einmal fühlte sie sich sehr unwohl in ihrer Haut. Sie musste sich setzten, also ließ sie sich auf das Bett sinken.

Mario ging vor ihr in die Hocke und legte ihr die Hände auf die Oberschenkel. Laura schloss die Augen. Mit liebevoller Stimme versicherte er ihr: »Du brauchst keine Angst zu haben. Ich werde nichts tun, womit du nicht einverstanden bist. Wenn es dir nicht gefällt, höre ich sofort auf.«

Ohne darüber nachzudenken, entschlüpfte ihrem Mund

ein bitteres »Ja, klar.« Schockiert riss Laura die Augen auf und schlug sich die Hand vor den Mund, als könnte sie die Worte damit wieder einfangen.

Mario starrte sie mit offenem Mund an. Dann schloss er kurz die Augen und atmete geräuschvoll aus. Als er sie wieder anschaute, war seine Miene wie versteinert und sein Blick eiskalt.

Obwohl Laura natürlich nachvollziehen konnte, dass ihm ihre Worte nicht gefallen hatten, insbesondere wenn man ihren verbitterten Tonfall berücksichtigte, überraschte sie doch, wie heftig seine Reaktion ausfiel. Offenbar hatte sie ihn sehr verletzt mit ihren Worten. Sie wünschte wirklich, sie könnte es zurücknehmen.

»Mario es tut mir leid, dass ...«

»Nein«, fiel er ihr mit grimmiger Stimme ins Wort. »Spar dir das! Ich hab schon verstanden.«

Laura sprang vom Bett auf, als Mario sich von ihr abwandte. »Mario, bitte, lass es mich erklären. Es ist nicht ...«

»Was?«, fuhr er sie barsch an. »Was ist es nicht? Es ist nicht etwa so, dass du mir nicht vertraust, aber du vertraust mir halt einfach nicht genug? Du hast deinen Standpunkt mehr als klar gemacht, Laura, da gibt es nichts weiter zu erklären. Verschone mich jetzt bloß mit deinen Erklärungen!«

Mario stapfte zur Tür. Laura überkam die Befürchtung, wenn er das Zimmer jetzt verließ, würde sie keine weitere Möglichkeit mehr bekommen, das wieder geradezubiegen. Verzweiflung und Wut stiegen in ihr hoch. Das war nicht fair von ihm! Er war bereits dabei, die Tür zu öffnen, als Laura beschloss, ihren Stolz und ihre Scham beiseite zu schieben und ihm, wenn es denn sein musste, alles zu erzählen. Und er würde sich das gefälligst auch anhören! Ihre Stimme zitterte, als sie ihm nachschrie: »Verdammt, Mario! Du hast ja überhaupt keine Ahnung!«

Überrascht von ihrem emotionalen Ausbruch hielt Mario inne, ohne sich jedoch zu ihr umzudrehen.

»Für euch Männer ist das alles so einfach. Ja, Sex ist großartig! Wagt jemand, etwas anderes zu behaupten? Ihr könnt euch doch nicht einmal vorstellen, dass jemand Sex nicht so toll finden könnte. Was für ein absurder Gedanke, wie sollte *mann* denn auf so etwas kommen?!«

Jetzt drehte Mario sich doch langsam zu ihr um. Was er da hörte, gefiel ihm ganz und gar nicht. Und dass sie sich so reinsteigerte, war erst recht kein gutes Zeichen. In ihm stieg das ungute Gefühl hoch, dass er möglicherweise einen gravierenden Fehler gemacht hatte. Aber als sie ihn so zynisch abgewiesen hatte, war ihm einfach eine Sicherung durchgebrannt.

»Laura, auf was willst du hinaus?«

Sie lachte bitter. Ihre Augen schimmerten. Sie würde doch nicht etwa zu weinen anfangen.

»Wer bist du, dass du es wagst, über mich zu urteilen! Du hast doch gar keine Ahnung ...« Laura brach in Tränen aus, sie konnte es einfach nicht mehr zurückhalten. Alles kam wieder hoch in ihr. Sie ließ sich einfach dort wo sie stand niedersinken, weil sie sich zu schwach zum Stehen fühlte.

Mario näherte sich ihr vorsichtig. Er war sich nicht sicher, wie sie darauf reagieren würde, wenn er versuchte, sie zu trösten. So unversöhnlich, wie er sich ihr gegenüber gerade verhalten hatte, wäre es nicht verwunderlich, wenn sie ihn abwies. Aber er musste es dennoch versuchen. Vor allem musste er sie dazu bringen, weiterzureden. Er kniete sich neben sie, wagte jedoch nicht, sie zu berühren. Leise fragte er: »Laura, wovon habe ich keine Ahnung? Sag es mir.«

Keine Antwort. Natürlich nicht, gerade war er sie schließlich noch wütend angefahren, dass er keine Erklärungen hören wollte. Ob sie wohl eine Entschuldigung von ihm annehmen würde, oder würde sie genauso stur reagieren, wie er es getan hatte?

»Es tut mir leid, Laura. Es war unfair von mir, dass ich dich vorhin nicht zu Wort habe kommen lassen. Bitte erzähl es mir, damit ich es verstehen kann.«

Als sie den Kopf hob, zerriss es ihm fast das Herz, sie so verzweifelt zu sehen. Sie schluckte, um den Kloß im Hals loszuwerden, und wischte sich die Tränen von den Wangen, ehe sie mit tonloser Stimme antwortete. »Ich wollte dich nicht verletzen. Ich hatte auch gar nicht beabsichtigt, das zu sagen. Es ist mir einfach so rausgerutscht.«

»Was hast du damit gemeint, Laura?«

Sie verdrehte die Augen und senkte ihre Stimme etwas. »Wenn es dir nicht gefällt, hören wir sofort auf.«

Mario war verwirrt. Warum war ihr gerade dieser Satz so sauer aufgestoßen? Aber noch bevor er seine Verwirrung artikulieren konnte, fuhr Laura auch schon fort. Ihre Stimme war jetzt so leise, dass er sie kaum noch hören konnte. »Aber sie hören nicht auf. Ich glaube, sie merken es nicht einmal.«

Mario spürte, wie sich sein Magen verkrampfte.

»Laura, hat dir jemand Gewalt angetan oder dich zu etwas gezwungen, das du nicht wolltest?«

Ein hohles Lachen entrang sich Lauras Kehle. »Nein, es hat mich nie jemand zu etwas gezwungen. Ich war nur nicht stark genug, dass ich Nein gesagt hätte.«

»Nein wozu?«, bohrte Mario nach.

Zögernd gestand Laura: »Zum Sex. Ich verstehe einfach nicht, was die Leute so toll daran finden. Im besten Fall ist es nicht unangenehm, und im schlimmsten Fall ... na ja.«

»Was ist im schlimmsten Fall?«

»Wahrscheinlich liegt es einfach an mir ...«

»Laura, was ist passiert?«

Am liebsten wäre sie einfach davongelaufen. Sie wollte dieses Gespräch nicht führen. Sie hatte mit niemandem jemals darüber geredet. Aber vielleicht würde es ihr helfen, wenn sie ihr Geheimnis endlich offenbaren könnte. Den Blick auf ihre Hände gerichtet, fuhr sie fort. Ihn dabei anzusehen, würde sie nicht ertragen. »Manchmal tut es weh. Aber ich trau mich dann nie etwas zu sagen, weil ich mich sowieso nur so selten dazu überreden lasse. Dann kommen die Schuldgefühle, weil ich mich immer so rar mache, und ich fühle mich so unfähig und unzulänglich. Als nächstes kommt die Verzweiflung. Warum bemerkt er nicht, wie schlecht es mir dabei geht? Oder ist es ihm einfach egal? So dreht sich die Abwärtsspirale immer weiter, es frisst einen von innen auf und lässt nur eine leere Hülle zurück. Sogar der Schmerz ist schließlich weg, weil einfach alles weg ist. Kein Gefühl mehr, gar nichts. Man blickt in sich hinein und sieht nur Schwärze, ein bodenloses Nichts. Und dann fragt man sich, womit man dieses Nichts jemals wieder auffüllen soll.«

Mario musste erst einmal schlucken, um zu verarbeiten, was Laura ihm gerade erzählte. Und er schämte sich unglaublich dafür, dass er vorhin so hart zu ihr gewesen war. Was war er doch für ein Feigling. Nur weil er Angst davor gehabt hatte, mit Laura noch einmal die gleiche Szene erleben zu müssen, wie mit seiner damaligen Freundin, hätte er sie beinahe aus seinem Leben gejagt. Ohne jegliche Erklärung. Er dachte an seine klägliche Entschuldigung. Wie hatte er ihr nur vorwerfen können, sie würde ihm nicht vertrauen. Es hatte sie ganz offensichtlich viel Überwindung gekostet, ihm das alles zu erzählen. Kein Wunder, so was erzählt man normalerweise auch nicht unbedingt beim vierten Date. Sie hatte ihm heute einen unglaublichen Vertrauensvorschuss gewährt, den er sich überhaupt nicht verdient hatte. Behutsam legte er einen Arm um ihre Schultern und war erleichtert, dass sie ihn gewähren ließ.

»Das, was dir passiert ist, klingt sehr nach einem Absturz.«

Laura sah ihn verwirrt, aber auch hoffnungsvoll an. Die Erkenntnis, dass es genug Menschen betraf, um der Sache einen Namen zu geben, wirkte tröstlich. Sie hatte immer befürchtet, die einzige mit solchen Problemen zu sein.

»Davon habe ich noch nie etwas gehört.«

»Das überrascht mich nicht. Mir war bisher ehrlich gesagt auch nicht klar, dass das auch bei ›normalem‹ Sex vorkommen kann. Bei BDSM gibt es für solche Fälle ein Safeword, mit dem man die Session sofort abbrechen kann. Manche Subs tauchen aber so tief in ihre Rolle ein, dass sie nicht mehr in der Lage sind, einen Abbruch herbeizuführen. Oder sie scheuen sich davor, das Safeword zu benutzen, weil sie ihren Dom nicht enttäuschen oder verletzen wollen. Die Folgen eines Absturzes sind meist Selbstzweifel, Zweifel am Partner, und auch Zweifel daran, ob einem das alles überhaupt wirklich gefällt und ob man es jemals wieder machen möchte.«

Laura nickte nachdenklich. Das schien zu ihren Erlebnissen zu passen.

»Ist dir das auch schon einmal passiert?«, fragte sie plötzlich.

»Zum Glück noch nicht. Weder mir selber noch einer von meinen Subs.«

Ein kurzes Schweigen entstand, bevor Mario fortfuhr. »Ich verstehe jetzt, warum du das vorhin nur für eine wertlose Floskel gehalten hast, als ich dir gesagt habe, ich werde aufhören, wenn es dir nicht gefällt. Ich wünschte, ich könnte dir beweisen, dass es nicht nur leere Worte sind, ohne dass du das Risiko eingehen musst, wieder enttäuscht zu werden.«

»Ich glaube dir schon, dass du es wirklich ernst meinst. Aber was, wenn es dir einfach nicht auffällt und ich es nicht schaffe, es dir zu sagen?«

»Es wird mir mit Sicherheit auffallen. Überhaupt jetzt, wo ich weiß, worauf ich besonders achten muss.«

»Und woher nimmst du diese absolute Sicherheit?«

Tja, wie sollte er das jetzt begründen, ohne sie zu sehr einzuschüchtern? Er konnte ihr wohl schlecht erklären, dass er hinreichend Erfahrung darin hatte, selbst bei einer gefesselten und geknebelten Sklavin genau zu erkennen, wie viel er ihr noch zumuten konnte. Die große Herausforderung war dabei immer, möglichst nahe an die Grenze des Erträglichen zu gehen, ohne sie jedoch zu überschreiten. Und Mario beherrschte diese Kunst ganz vortrefflich.

»Ich muss mich nicht auf das verlassen, was du mir mit Worten sagst. Dein Körper wird mir dein wahres Befinden verraten.«

Laura sah Mario mit großen Augen an. Sie hatte das Gefühl, schon wieder rot zu werden. So wie er das gesagt hatte, klang es verdammt unanständig. Und seinem Gesichtsausdruck zufolge, war es das wahrscheinlich auch. Jedenfalls schien er tatsächlich nicht den geringsten Zweifel an seinen Worten und Fähigkeiten zu haben. Sollte sie es wirklich riskieren, daran zu glauben, dass es mit ihm anders sein würde? Andererseits war mit Mario schon bisher alles anders gewesen. Und sie hatte stets den Eindruck gehabt, dass er die Dinge immer fest im Griff gehabt hatte und genau wusste, was er tat. Statt zu antworten, nickte sie nur, da sie sich nicht sicher war, ihre Stimme wieder voll unter Kontrolle zu haben. Mario zog sie an sich, sodass sie mit ihrem Rücken an seinem Brustkorb lehnte.

»Ich werde dich nicht enttäuschen, das verspreche ich dir.«

Und er war ein Mann, der seine Versprechen einzuhalten pflegte. Das würde sie noch auf vielfältige Art erfahren, wenn sie ihn erst einmal besser kennenlernte.

15

Nervös zupfte Laura an ihrem Oberteil herum und überprüfte, ob ihr Rock ordentlich saß, während sie darauf wartete, dass Mario die Tür öffnete. Was würde heute Abend wohl auf sie zukommen? Eigentlich war sie ja gestern schon darauf gefasst gewesen, neue Erfahrungen zu machen, aber ihr kleiner Zusammenbruch hatte das wirkungsvoll vereitelt. Sie waren dann noch einige Zeit am Boden sitzen geblieben und Mario hatte sie einfach nur in seinen Armen gehalten. Es war bereits kurz vor Mitternacht gewesen, als Mario sie schließlich nach Hause gefahren hatte.

Die Tür öffnete sich, und Laura trat ein. Mario schloss die Tür wieder hinter ihr und lehnte sich lässig dagegen. Schweigend musterte er sie von oben bis unten.

»Gefällt dir, was du siehst?«, fragte sie neckisch. Sie hatte heute ziemlich lange vor dem Kleiderschrank gestanden, ehe sie sich entschieden hatte. Es sollte etwas sein, bei dessen Anblick Mario die Luft wegbleiben würde. Der kurze Rock, den sie schließlich gewählt hatte, müsste diesen Zweck eigentlich erfüllen. Um das Ganze nicht billig aussehen zu lassen, hatte sie als Ausgleich ein weich fließendes Shirt mit einem nicht zu tiefen Wasserfallausschnitt dazu angezogen. Die hochgesteckten Haare gaben ihrem Aussehen ebenfalls einen seriösen Touch. Sie war sich zwar nicht sicher gewesen, ob Mario nicht offene Haare bevorzugen würde, aber zur Not konnte sie sie ja jederzeit aufmachen.

»Zieh dir die Schuhe aus.«

Das war nicht gerade die Reaktion, mit der Laura gerechnet hatte. Nein, das traf es nicht so ganz. Eigentlich gab es überhaupt keine Reaktion von ihm. Gefiel ihm ihr Aussehen etwa nicht? Das konnte doch nicht sein. Und für so konservativ, dass er es missbilligen würde, wenn sie einen Minirock trug, hätte sie Mario eigentlich nicht gehalten. Das schien ihr doch etwas im Widerspruch dazu zu stehen, dass er sie erst vor ein paar Tagen in einen Sexshop gezerrt hatte. Enttäuscht verzog sie das Gesicht, um ihren Unmut darüber kundzutun, dass er ihr kein Kompliment gemacht hatte, ehe sie in die Hocke ging, um die Riemchen ihrer Stöckelschuhe zu öffnen.

»Nicht so«, unterbrach Mario sie. Laura schaute fragend zu ihm auf. Er hatte die Lippen zu einem kaum wahrnehmbaren Lächeln verzogen. In seinen Augen lag wieder einmal dieses bewusste Glitzern. »Steh wieder auf.«

Laura tat, wie ihr geheißen, auch wenn sie keine Ahnung hatte, wieso er das wollte.

»Versuch es noch einmal. Aber diesmal ohne in die Hocke zu gehen.«

Laura sah in ungläubig an. Dann blickte sie demonstrativ auf ihren kurzen Rock hinunter und wieder zu Mario. Dieser verstand offenbar sehr genau, was sie damit zum Ausdruck bringen wollte, was er mit der spöttischen Antwort quittierte: »Wenn du so besorgt bist, dass dir jemand etwas abschauen könnte, solltest du wohl besser nicht in so kessen Sachen rumlaufen.«

Während Laura noch tief Luft holte und darüber nachdachte, was sie auf diese ungeheuerliche Aussage antworten sollte, fuhr Mario schon in strengem Tonfall fort: »Du lässt mich warten, Laura.«

Die unterschwellige Drohung war deutlich herauszuhören. Obwohl sie sich keine Vorstellung davon machen konnte, was er schon tun sollte, wenn sie sich weigerte, beschloss sie, es besser nicht darauf ankommen zu lassen. Immerhin schien er nicht den geringsten Zweifel zu haben, dass sie sich fügen würde. Zögernd bückte sie sich vornüber.

»Dreh dich um«, befahl Mario. »Du weißt, was ich sehen will.«

Widerstrebend gehorchte Laura. Sie konnte spüren, wie der

Rock weiter raufrutschte und sich hinten schließlich aufstellte, als sie die Riemen ihrer Schuhe erreicht hatte. Es war schwer zu sagen, wie viel dieses Manöver tatsächlich offenbarte, aber es war jedenfalls zu viel. Sie öffnete rasch ihre Schuhe und zog sie von ihren Füßen. Als sie sich wieder aufrichtete und zu Mario blickte, war seine Miene immer noch unverändert. Einerseits war sie froh, kein anzügliches Grinsen auf seinem Gesicht zu sehen, aber andererseits verunsicherte sie sein unbeeindruckter Blick.

»Geh ins Wohnzimmer.«

Zaghaft ging Laura voran. Sie machte sich schon darauf gefasst, im Wohnzimmer irgendetwas vorzufinden, das sie schockieren würde. Beim Betreten stellte sie jedoch erleichtert fest, dass es nichts dergleichen gab. Auf dem Tisch standen lediglich zwei Gläser mit Saft, sonst war der ganze Raum perfekt aufgeräumt, es gab absolut nichts, was Lauras Argwohn erweckt hätte. Plötzlich spürte sie, wie Mario ihr die Hand aufs Kreuz legte und neben sie trat. Als sie sich zu ihm wandte, lächelte er, und es sah warm und ehrlich aus. Keine Spur mehr von dem abschätzigen Blick, mit dem er sie vorhin bedacht hatte.

»Komm, setzen wir uns auf die Couch.«

Er schob sie mit der Hand auf ihrem Rücken leicht an, sodass Laura sich etwas verwirrt in Bewegung setzte. Sie nahmen nebeneinander auf der Couch Platz.

»Was verwirrt dich so?«

Die Frage kam überraschend für Laura. Einerseits weil sie nicht damit gerechnet hatte, dass ihr die Verwirrung offenbar so deutlich ins Gesicht geschrieben stand, und andererseits hatte sie nicht damit gerechnet, dass Mario sie direkt darauf ansprechen würde.

»Ich weiß nicht, es ist ...« Laura rang nach den richtigen Worten. »Gerade eben warst du so ... distanziert, und auf einmal stehst du neben mir und bist wieder wie ausgewechselt.«

»Hat dir das vorhin gefallen?«

»Naja, also ... Ich weiß nicht ...«

»Hat es dich erregt?«

Das war eine gute Frage. Es hatte ihr nicht wirklich gefallen. Eigentlich hatte sie es als ziemlich demütigend empfunden. Aber aufregend war es schon irgendwie gewesen.

»Ich glaube schon«, gab Laura kleinlaut zu.

Mario wirkte sichtlich zufrieden.

»Und was ist mit dir?«

Ihre zaghafte Frage gefiel Mario. Sie wirkte so süß und unschuldig, so wie sie das sagte. Er lächelte geheimnisvoll.

»Mir hat es sehr gut gefallen. Du hast gesagt, es verwirrt dich, dass ich von einem Moment auf den anderen so anders bin. Nun, das stimmt eigentlich nicht ganz. Natürlich gefällt es mir, wenn du im Minirock vor mir stehst. Aber wenn ich vor dir auf die Knie gefallen wäre und dir gesagt hätte, wie umwerfend du ausschaust, hättest du wohl kaum meine Befehle befolgt. Dass ich dir meine Gefühle nicht so deutlich zeige, weil sie meine Autorität untergraben würden, heißt nicht, dass sie nicht vorhanden sind.«

Laura nickte nachdenklich. Auf einmal grinste sie breit und sah Mario keck an. »Ich wusste, dass dir der Rock gefallen würde.«

»Was dachtest du denn! Weiß du, was mir noch gefallen würde?«

»Warum habe ich das Gefühl, dass jetzt wieder etwas Unanständiges kommt?«

»Das liegt im Auge des Betrachters.«

»Also ist es unanständig.«

Mario zuckte unschuldig die Schultern. Dann wurde er plötzlich ernst. »Vertrau mir, Laura. Du wirst es nicht bereuen.«

***

Laura war mehr als neugierig, was sie im Schlafzimmer erwarten würde. Sie musste an das Seil und die Handschellen denken, die beim letzten Mal so einladend auf dem Bett gelegen hatten. Mario öffnete ihr die Tür, schaltete jedoch kein Licht ein. Nur der Lichtkegel der Flurlampe erhellte den Raum ein wenig. Nachdem Laura eingetreten war, schloss Mario die Tür hinter ihr und brachte damit auch diese Lichtquelle zum Verschwinden. Einen Moment lang stand Laura in völliger Dunkelheit. Sie hörte ein leises Klicken, woraufhin sich ein schwaches Dämmerlicht im Raum ausbreitete, das ihn jedoch kaum zu erhellen vermochte. Ihre Augen begannen sich an das schummrige Licht zu gewöhnen, doch sie konnte immer noch kaum mehr als die Konturen der Möbel ausmachen. Auf dem Nachtkästchen lag irgendetwas, circa zwei Finger breit und länglich, aber Laura konnte nicht sagen, was es war. Aus den Augenwinkeln nahm sie eine Bewegung wahr. Sie warf einen Blick über die Schulter und konnte schemenhaft erkennen, dass Mario mit langsamen, geschmeidigen Bewegungen in einem Bogen um sie herumschritt, wie ein Raubtier, das seine Beute einkreist. Er zog den Kreis enger, während er sie einmal umrundete, und blieb schließlich dicht hinter ihr stehen, ohne sie jedoch zu berühren. Ein Kribbeln durchfuhr ihren Körper, als sie seinen Atem seitlich an ihrem Hals spürte. Seine leise Stimme dicht an ihrem Ohr war verführerisch und einschüchternd zugleich.

»Es wird Zeit sich zu entscheiden, Laura. Die letzten Tage habe ich versucht, dir einen kleinen Einblick zu geben in das, was dich erwartet, um dir zu helfen, diese Entscheidung zu treffen. Aber um fair zu sein, solltest du wissen, dass das alles lediglich Spielchen waren. Nur ein blasser Abklatsch dessen, was dich erwartet.

Doch ich bin die Spielchen leid. Ich verlange nicht weniger, als dass du dich voll und ganz in meine Hände begibst. Du wirst mir gehören und alles tun, was ich von dir verlange, und erdulden, was ich dir auferlege. Sollte dein Verhalten nicht meinen Vorstellungen entsprechen, werde ich dich bestrafen, und ich werde dabei kein Erbarmen mit dir haben. Aber nicht nur den Schmerz werde ich dir zeigen, auch Lust und Ekstase werde ich dir schenken, in einem Ausmaß, wie du es bisher noch nie erlebt hast.«

Marios Worte jagten Schauer der Erregung durch Lauras Körper. Wieder einmal fragte sie sich, wie Mario das fertig brachte. Sie war nie besonders leicht zu erregen gewesen. Und nun stand sie hier bebend vor ihm, nur weil er ihr erzählt hatte, dass er sie unterwerfen und bestrafen wollte. War das wirklich das, was sie wollte? Ihr Körper schien mit jeder Faser »Ja« zu schreien, aber ihr Kopf rang noch damit, ob er das akzeptieren konnte. Mario war inzwischen langsam um sie herumgegangen und stand nun dicht vor ihr, sodass sie zu ihm aufsehen musste, um ihm ins Gesicht blicken zu können.

»Mach dich mir zum Geschenk Laura. Ich werde gut für dich sorgen.«

Ihre Gedanken überschlugen sich, das Herz schien ihr bis zum Hals zu hüpfen. Laura schloss die Augen und horchte in sich hinein. Ihr Verstand mochte ratlos sein, aber ihr Körper wusste, was er wollte. Nämlich das, was Mario ihr angeboten hatte. Sie atmete tief durch, öffnete die Augen und blickte zu ihm hoch. Ihre Stimme war nur ein Hauch, als sie ihm antwortete. »Ja.«

Wie erstarrt blieb sie stehen und wartet darauf zu erfahren, welche Folgen ihre Antwort nach sich ziehen würde. Sie suchte nach einer Regung in Marios Gesicht, konnte aber nichts erkennen, da es im Schatten der minimalen Beleuchtung lag, während sie genau ins Licht schaute. Ein Umstand, der Mario in diesem Moment sehr dabei half, seine beherrschte Fassade vor Laura aufrecht zu erhalten. Er hatte sich diesen Moment in seiner Phantasie ausgemalt und sich von der Vorstellung berauschen lassen, wie es sein würde, wenn sie sich ihm vertrauensvoll hingeben würde. Dennoch war er überrascht davon, wie heftig die Erregung ihn durchfuhr, als sie ihre Antwort flüsterte. Er fühlte das heftige Pochen seines erigierten Gliedes, das sich schon beinahe schmerzhaft in seiner Hose wölbte. Nur mühsam konnte er ein Stöhnen unterdrücken, als er daran dachte, welch kostbares Geschenk sie ihm gerade gemacht hatte. Sein Körper forderte vehement nach Erlösung von diesen süßen Qualen, und einen Moment dachte er daran, wie schön es wäre, wenn ihre sinnlichen Lippen seinen harten Schwanz umschließen würden. Aber er musste sich beherrschen. Für den Moment zumindest. Widerwillig drängte er den verlockenden Gedanken beiseite, um sich wieder in den Griff zu bekommen. Als er das Gefühl hatte, das glückselige Grinsen aus seinem Gesicht verscheucht zu haben, drehte er sich um und ging zum Nachtkästchen, wo er einige Kerzen entzündete.

Im Schein der Kerzen konnte Laura nun genauer erkennen, was dort lag. Mit leichtem Entsetzen stellte sie fest, dass es frappierende Ähnlichkeit mit einem Hundehalsband hatte. Mario nahm es in die Hand und kam damit auf sie zu. Laura starrte so gebannt darauf, dass sie erschrocken zusammenzuckte, als Mario sie mit fester Stimme ansprach. »Knie nieder!«

Einen Moment blickte Laura verwirrt zu Mario auf, bevor sie sich darauf besann, dass sie gerade eingewilligt hatte, seinen Befehlen Folge zu leisten. Zögerlich ging sie auf die Knie, den Blick fest auf Marios Gesicht geheftet. Doch es zeigte keinerlei Regung. Als sie vor ihm kniete, blickte er mit strenger Miene auf sie herab und verkündete in gebieterischem Tonfall: »Ich werde dir die Gnade erweisen, dich trotz deiner Unerfahrenheit als meine Sklavin zu nehmen und dich auszubilden. Aber glaube nicht, dass ich das als Ausrede tolerieren werde, wenn dein Verhalten nicht meinen Vorstellungen entspricht.«

Er ergriff das Halsband mit beiden Händen an den Enden und hielt es Laura vors Gesicht. »Dieses Halsband wird dich als mein Eigentum kennzeichnen.«

Ein hämisches Grinsen zuckte über sein Gesicht als er hinzufügte: »Wenn du brav bist, werde ich es dir abnehmen, wenn du mir gerade nicht unmittelbar zu Diensten bist. Neig deinen Kopf nach vorn. Du glaubst doch wohl nicht, dass ich mich bücken werde, um es dir anzulegen.«

Mit einem mulmigen Gefühl senkte Laura den Kopf. Sie empfand es als sehr erniedrigend, wie ein Hund ein Halsband verpasst zu bekommen und als Eigentum bezeichnet zu werden. Und diese Demutshaltung, in der sie es empfing, setzte dem Ganzen noch die Krone auf. Es erweckte den Eindruck, als würde sie geradezu darum bitten. Doch als das Halsband ihre Haut berührte, fuhr ein Schauer durch ihren Körper. Sie spürte, wie das Leder sich um ihren Hals legte, und vernahm plötzlich ein heftiges Pochen zwischen ihren Schenkeln. Mit einem Mal empfand sie es gar nicht mehr so demütigend, sondern unglaublich erotisch. Aber das schöne Gefühl verschwand jäh, als ein metallisches Klicken erklang. Mit einem Ausdruck des Entsetzens fuhr Lauras Kopf hoch. Sie wollte gerade die Hände heben, um nach dem Verschluss des Halsbandes zu tasten, als sie den Schlüssel sah, den Mario lässig vor ihr baumeln ließ. Die Erkenntnis, dass er das Halsband offenbar tatsächlich mit einem Schloss gesichert hatte, ließ sie mitten in der Bewegung erstarren.

»So kann ich mir sicher sein, dass du nicht eigenmächtig versuchst, es abzunehmen.«

Immer noch ungläubig zu Mario hochstarrend, wurde Laura sich gewahr, dass sie den Mund schließen sollte und die Hände wieder sinken lassen konnte. Hatte er das vorhin etwa ernst gemeint? Er würde sie mit dem Halsband doch nicht etwa in die Öffentlichkeit schicken! Normalerweise hätte sie das als bösen Scherz abgetan, aber unter diesen Umständen war sie sich da nicht mehr so sicher. Mario ließ ihr jedoch keine Zeit, diesen Gedanken weiter zu verfolgen. Sein eindringlicher Tonfall holte Laura ins Hier und Jetzt zurück und ließ keinen Zweifel daran, dass er ihre volle Aufmerksamkeit erwartete. Bestimmt würde er sich nicht wiederholen.

»Du wirst mich stets mit Meister anreden. Und du wirst nur sprechen, wenn du gefragt wirst. Falls du mir etwas Wichtiges mitzuteilen hast, darfst du um Erlaubnis bitten, sprechen zu dürfen. In deinem Interesse rate ich dir aber, dass es dann auch wirklich wichtig ist. Sollte ich befinden, dass dies nicht der Fall ist, und du mich mit Nichtigkeiten belästigst, werde ich dich dafür bestrafen. Hast du das verstanden?«

»Ja.«

Marios strenger Gesichtsausdruck machte Laura sofort klar, dass das nicht die Antwort war, die er hören wollte.

»Ja, Meister«, korrigierte er sie, wobei er das Wort »Meister« besonders deutlich betonte. Laura wurde einige Zentimeter kleiner, erwiderte aber nichts, also setzte Mario mit ruhiger, aber bestimmter Stimme nach. »Sag es. Und entschuldige dich auch gleich für dein ungebührliches Verhalten.«

Lauras Worte kamen etwas stotternd heraus, da sie fieberhaft überlegte, wie sie es formulieren sollte, sodass Mario diesmal mit der Antwort zufrieden sein würde. Ein einfaches »tut mir leid« würde er wohl kaum für ausreichend befinden. Da er sie ohnehin schon vor sich knien ließ, wollte er mit Sicherheit auch eine Entschuldigung hören, die dieser Position entsprach.

»Ja, Meister. Ich bitte Euch um Entschuldigung für mein schlechtes Benehmen.«

Angespannt wartete Laura auf eine Reaktion von Mario. Es war eigenartig ihn mit Meister anzusprechen. Dass sie auch noch den Adelsplural verwendet hatte, kam ihr im Nachhinein ziemlich lächerlich vor. Hoffentlich würde er sich deswegen nicht über sie lustig machen. Im Moment sah er eher nachdenklich aus, so als würde er abwägen, was er dazu sagen sollte.

»An deinen Ausdrucksformen werden wir eindeutig noch arbeiten müssen. Ausnahmsweise werde ich dieses eine Mal noch gnädig mit dir sein. In Zukunft werde ich solche Respektlosigkeiten aber nicht mehr ungestraft durchgehen lassen. Das wird dich auch lehren, angemessen um Vergebung zu bitten. Ich werde nämlich dafür sorgen, dass es dir tatsächlich leid tut.«

Marios Erklärung war eine Überraschung für Laura. Sie hatte gefürchtet, zu untertänig gewesen zu sein, und nun stellte sich heraus, dass es ihm bei weitem noch nicht genug war. Zu unterwürfig gab es für ihn anscheinend nicht. Mit einer eigenartigen Mischung aus Schrecken und Neugier fragte sie sich, was er wohl mit ihr machen würde, um ihr die von ihm geforderte Demut beizubringen.

»Als Nächstes werden wir uns über deine Bekleidung unterhalten. Um es gleich vorwegzunehmen, das hier ist absolut inakzeptabel.«

Laura sah verwirrt an sich hinab. Er würde ihr jetzt nicht etwa doch noch erklären wollen, dass der kurze Rock zu gewagt sei.

Mario schien mal wieder ihre Gedanken erraten zu haben, denn er erklärte mit einem süffisanten Lächeln: »Es ist nicht zu wenig, sondern zu viel Stoff. Es gehört sich für eine Sklavin nicht, sich so vor ihrem Meister zu verhüllen. Du darfst aufstehen, um dich auszuziehen.«

Laura stand auf und sah sich verstohlen um, was Mario sichtlich erheiterte.

»Was ist, suchst du etwa einen Paravent, hinter dem du dich ausziehen kannst? So etwas wirst du hier bestimmt nicht finden. Ich will schließlich sehen, wie du dich ausziehst.«

Als sie immer noch zögerte, stellte Mario sich hinter sie und flüsterte in ihr Ohr: »Es gibt keinen Grund, schüchtern zu sein. Ich bin dein Meister. Dein Körper gehört mir. Und ich werde schon sehr bald jeden Millimeter davon genau kennen. Also sei eine brave Sklavin und zieh dich so aus, dass dein Meister Freude daran hat.«

Marios samtig weicher Tonfall ließ Laura dahinschmelzen, weckte das Bedürfnis in ihr, ihm jeden Wunsch zu erfüllen. Sie griff nach dem Saum ihres Oberteils und begann es langsam und verführerisch nach oben zu ziehen. In einer fließenden Bewegung zog sie es über den Kopf und warf es von sich. Dann öffnete sie den Reißverschluss ihres Rockes. Um den engen Rock abstreifen zu können, bewegte sie lasziv die Hüfte, bis er schließlich zu Boden fiel, von wo aus sie ihn mit ihrem Fuß elegant zu ihrem Shirt beförderte. Mario hatte ihr aus einigen Schritten Entfernung zugesehen. Nun kam er wieder näher und begutachtete sie von allen Seiten. Laura war froh, sich für die schwarze Spitzenunterwäsche entschieden zu haben. Sie hatte nicht damit gerechnet, sich Mario heute schon halbnackt zu präsentieren. Interessanterweise fühlte sie sich nun wieder etwas wohler, obwohl sie kaum noch etwas an hatte. Das Bewusstsein, dass sie sehr verführerisch aussah in der schwarzen Spitze, gab ihr Selbstsicherheit. Vielleicht konnte sie Mario damit ein wenig um den Finger wickeln. Der genüssliche Blick, mit dem er sie musterte, als er schließlich vor sie trat, ließ Laura siegessicher triumphieren.

»Ja, das ist schon besser. Ich muss sagen, du gefällst mir in

Unterwäsche. Vielleicht werde ich dir erlauben, weiterhin welche zu tragen, wenn du zu mir kommst. Zumindest zeitweise.«

Lauras Triumphgefühl begann sich in böser Vorahnung bereits zu verflüchtigen und wurde schließlich endgültig ausgelöscht, als Mario einen Schritt zurücktrat und befahl: »Jetzt zieh dich fertig aus.«

Die Vorstellung, die schützende Unterwäsche auch noch ausziehen zu müssen, verursachte Laura großes Unbehagen. Was einerseits lächerlich war, da sie praktisch gesehen schon mehr oder weniger nackt war. Die zarte Spitzte war nicht unbedingt ein effektiver Sichtschutz. Dennoch war vor allem das Höschen immer noch so eine Art Barriere, mit der sie sich einigermaßen sicher fühlte. Wenn sie das ausziehen musste, würde sie sich völlig nackt und schutzlos fühlen. Wieder schoss ihr der Gedanke durch den Kopf, was Mario wohl tun würde, wenn sie sich weigerte. Bereits als sie sich diese Frage vorhin im Vorzimmer gestellt hatte, war sie sich nicht sicher gewesen, ob sie es riskieren sollte, sich zu widersetzen. Mittlerweile war sie sich zumindest absolut sicher, dass es auf jeden Fall Folgen haben würde, auch wenn sie nicht wusste, welcher Art. Und es war davon auszugehen, dass es wohl das kleinere Übel sein würde, gleich Marios Befehlen zu gehorchen. Schließlich hatte er vorhin angedroht, er würde dafür sorgen, dass es ihr leid tat, wenn sie sich nicht ordentlich benahm. Andererseits, sollte sie sich wirklich ausziehen, nur weil er es verlangte und sie die Konsequenzen fürchtete? Er würde doch nicht wirklich so weit gehen, sie zu etwas zu zwingen. Wo er ihr doch noch extra versprochen hatte, nichts zu tun, was sie nicht wollte. Die gute Frage war nur, ob sie überhaupt selber noch wusste, was sie eigentlich wollte. Sie hatte auch nicht geglaubt, dass sie ein Halsband würde tragen wollen. Dennoch lag nun eines um ihren Hals, und ihr Körper hatte frohlockt, als sie es bekommen hatte. Laura bemerkte, dass sie einige Zeit gedankenverloren auf den Boden gestarrt hatte. Und dass Mario gar nichts gesagt hatte währenddessen. Sie hob den Blick ein wenig und schielte in Marios Richtung. Wie vorhin im Vorzimmer hatte er sich wieder lässig an die Tür gelehnt. In seinem Blick lag keinerlei Ungeduld, er schien sie einfach nur zu beobachten und darauf zu warten, was sie machen würde. Warum wartete er diesmal so geduldig? Er hatte bereits klargemacht, dass es ihm nicht gefiel, wenn sie ihn warten ließ. Konnte es sein, dass er eine Ahnung davon hatte, was sie momentan empfand? Dass er ihr bewusst Zeit gab, sich zu entscheiden, anstatt sie mit einem weiteren Befehl zu überrumpeln? Warum war das alles so kompliziert und verwirrend? Und warum schien es fast so, als würde Mario sie besser verstehen, als sie sich selbst? Immerhin wusste er anscheinend, was sie erregte, womit er ihr schon um einiges voraus war. Bei dem Gedanken daran, dass er sie nun schon einige Male quasi gegen ihren Willen in Erregung versetzt hatte, stieg ein warmes Gefühl des Vertrauens in ihr auf. Mario wusste offenbar, was er tat. Wusste, wann er streng sein konnte mit ihr, und wann er ihr Zeit geben musste. Er würde sie nicht zu etwas zwingen, das sie überforderte. Sie würde es nicht tun, weil sie Angst davor hatte, sich ihm zu widersetzten, sondern weil sie wusste, dass sie sich nicht davor fürchten musste, ihm zu gehorchen.

Als sie Mario in die Augen schaute, wusste er, dass sie sich entschieden hatte. Äußerlich mochte er ja gelassen wirken, aber in Wahrheit waren seine Nerven mittlerweile zum Zerreißen angespannt. Obwohl er Laura genau beobachtet hatte, wagte er keine Prognose zu stellen. Es lag schon eine gewisse Ironie in dieser Situation. Immerhin bereitete es sonst immer *ihm* großes Vergnügen, seine Sklavinnen auf diese Art zappeln zu lassen. Nun zeigte ausgerechnet Laura ihm, wie nervenaufreibend es war, scheinbar endlos lange in ein unbewegtes Gesicht zu starren. Es war einer der Momente, die einem Dom bewusst machten, wie viel Macht seine Sub in Wirklichkeit über ihn hatte. Denn letztlich lag es an ihr, ihm die Macht über sie anzuvertrauen, oder sie ihm wieder zu entziehen. Er stellte sich aufrecht hin und wartete darauf, was geschehen würde. Als Laura die Hände auf den Rücken gleiten ließ, um ihren BH zu öffnen, breitete sich ein Lächeln auf seinem Gesicht aus, das diesmal auch seine Augen erreichte. Er fand, dass sie es verdient hatte, mit einer ehrlichen Reaktion von ihm belohnt zu werden.

Laura war in der Tat dankbar dafür, dass Mario seine Maske kurz fallen ließ. Es gab ihr die Bestätigung, dass ihm durchaus bewusst war, dass sie auch anders hätte reagieren können. Und sie sah, wie viel ihm ihre Entscheidung bedeutete. Das half ihr, die letzten Zweifel beiseitezuschieben. Sie hakte die Zeigefinger in den Bund ihres Slips und begann ihn langsam nach unten zu ziehen, wobei sie sich Mühe gab, es möglichst verführerisch aussehen zu lassen.

Wieder aufrecht stehend, fand sie sich mit dem Problem konfrontiert, wie sie sich am besten hinstellen sollte in all ihrer Nacktheit. Doch Mario nahm ihr die Lösung dieses Problems ab. Er hatte sich hinter sie gestellt und fuhr nun zärtlich mit den Fingerspitzen an ihren Armen hinunter. Seine Hände schlossen sich um ihre Handgelenke. In einem Halbkreis führte er ihre ausgestreckten Arme nach oben und zog sie dann nach unten, bis ihre Handflächen auf ihrem Hinterkopf lagen. Dann strichen seine Finger wieder ihre Arme entlang, bis sie ihren Oberkörper erreichten und er seine Hände zu ihrer Hüfte hinuntergleiten ließ.

»Spreiz die Beine«, flüsterte er an ihr Ohr.

Überrascht riss Laura die Augen auf, angesichts dieser eindeutigen Aufforderung.

»Als Sklavin hast du deinem Meister jederzeit uneingeschränkten Zugang zu deinem Körper zu gewähren. Egal ob du stehst, kniest, sitzt oder liegst, du wirst deine Beine immer etwas geöffnet halten für mich.«

Langsam begann Laura ihre Beine auseinanderzuschieben. Mario verstand sich wirklich gut darauf, sie von einer peinlichen Situation in die nächste zu bringen. Sie wollte lieber gar nicht darüber nachdenken, was er mit diesem »uneingeschränkten Zugang«, wie er es genannt hatte, machen würde. Vielleicht war sie aber auch einfach zu schamhaft. Mario schien das alles ganz normal zu finden. Allerdings war er auch nicht derjenige, der hier splitternackt herumstand. Sie stellte jedoch auch fest, dass es ihr dadurch leichter fiel, dass Mario ihr Befehle erteilte. Von allein hätte sie sich nie dazu überwinden können, sich so vor ihm zu präsentieren. Aber da er es von ihr verlangt hatte, konnte sie die Verantwortung für ihr schamloses Benehmen einfach auf ihn abschieben.

»Das ist weit genug. Du darfst so stehen bleiben.«

Er löste seine Hände von ihr und ging um sie herum, um sie von vorn betrachten zu können. Laura kam sich vor wie auf dem Präsentierteller, aber Mario schien zufrieden zu sein.

»In Zukunft wirst du immer automatisch diese Position einnehmen, sofern ich dir nichts anderes befehle. Ich erwarte übrigens, dass du diese Haltung auch im Knien einnimmst, verstanden?«

»Ja, Meister.«

»Gut. Ich sehe, du bist lernfähig. Das sollte mir deine Erziehung etwas einfacher machen.«

Mario verschwand aus Lauras Blickfeld. Sie hörte, wie hinter ihr eine Lade geöffnet wurde, wagte aber nicht, sich umzudrehen. Als er zurückkam, hielt er ein Seil in der Hand. Der Anblick des Seils löste ein erwartungsvolles Prickeln in Laura aus. Sie musste zugeben, sie war neugierig zu erfahren, wie es sein würde, gefesselt zu werden.

»Nimm die Hände runter und halte sie mit aufeinandergelegten Handflächen vor deinen Körper.«

Laura gehorchte und beobachte fasziniert, wie Mario das Seil um ihre Handgelenke wickelte. Zuerst schlang er es ein paar Mal außen rundherum, dann fixierte er es mit einem Knoten und zog es zwischen ihren beiden Händen durch, sodass es das quer dazu laufende Seil umschloss. Mit einem weiteren Knoten brachte er sein Werk zum Abschluss. Laura versuchte ihre Hände ein wenig zu bewegen, um festzustellen, wie viel Bewegungsfreiheit sie noch hatte. Es war nicht besonders viel. Sie konnte die Hände zur Faust schließen, aber damit waren ihre Möglichkeiten auch schon ziemlich erschöpft. Und vor allem, so erkannte sie, würde es ihr absolut unmöglich sein, sich allein von diesen Fesseln zu befreien. Sie konnte die Hände nicht einmal drehen, ganz zu schweigen davon, dass sie den Knoten mit ihren Fingern erreichen könnte. Ein Gefühl der Erregung stieg in ihr hoch, und das Pochen zwischen ihren Beinen kehrte heftig zurück. In gespannter Erwartung, was als Nächstes passieren würde, blickte sie zu Mario auf. Sie hatte geglaubt, er wäre fertig damit, sie zu verschnüren. Offenbar ein Irrtum. Er hatte ihr nur kurz Gelegenheit gegeben, sich davon zu überzeugen, wie wirkungsvoll die Fesseln waren. Nun hob er ihre Hände an dem immer noch relativ langen Seilende hoch und zog sie ihr hinter den Kopf. Dadurch, dass sie ihre Unterarme nur wenig auseinandernehmen konnte, wurde sie gezwungen, den Kopf zu senken. Ein netter Nebeneffekt, sicher ganz nach Marios Geschmack. Demutshaltung inklusive, sozusagen. Mario zog das Seil indessen zwischen ihren Schulterblättern nach unten und schlang es unter der Brust einmal um ihren Oberkörper. Schließlich verknotete er es straff auf ihrem Rücken mit dem von ihren Händen nach unten laufenden Seilstück. Laura testete abermals ihre Beweglichkeit aus. Hatte sie vorhin schon das Gefühl gehabt ihm ausgeliefert zu sein, fühlte sie sich nun komplett wehrlos.

Mario erfreute sich daran, Laura zu beobachten, wie sie erfolglos an den Fesseln zerrte. Leider würde er sich noch ein wenig damit gedulden müssen, ihre Hilflosigkeit entsprechend auszunutzen, indem er ihr zeigte, wie sehr sie ihm tatsächlich ausgeliefert war. Aber das waren keine geeigneten Phantasien für ihr erstes Mal. Er wollte ihr nicht gleich zu viel auf einmal zumuten. Sie würde schon noch früh genug erfahren, was es wirklich bedeutete, von seiner Gnade abhängig zu sein.

»Geh zum Bett und knie dich darauf.«

Folgsam ging sie zum Bett, wo sie allerdings feststellte, dass das ohne Hilfe der Arme bei einem so hohen Bett nicht ganz trivial war. Es sah gewiss ziemlich unbeholfen aus, aber wenigstens fiel sie dabei nicht auf die Nase. Mario hatte sich auf der gegenüberliegenden Seite des Bettes aufgestellt und warf ihr einen strengen Blick zu. »Hast du nicht etwas vergessen?«

Laura sah ihn zwar schuldbewusst an, schien aber keine Ahnung zu haben, was sie sich zu Schulden hatte kommen lassen. Also klärte Mario sie auf. »Ich habe dir vorhin verboten, deine Beine zu schließen. Hast du das etwa so schnell schon wieder vergessen? Oder widersetzt du dich mir vorsätzlich?«

»Nein! Ich ... ich hab nur nicht daran gedacht«, antwortete Laura hastig, während sie schon dabei war, ihre Beine auseinanderzuschieben. Ihr Herzschlag beschleunigte sich, als Mario um das Bett herumschritt und sich hinter ihr aufstellte, wo sie ihn nicht sehen konnte. Sie spürte seine Hand auf ihren Armen, dann wurde sie vornüber auf das Bett gedrückt, sodass sie auf der Stirn lag. Die andere Hand legte er auf ihren Hintern, den sie ihm so obszön präsentierte. Sie war sich noch nie so nackt und so hilflos vorgekommen. Bei dem Gedanken daran, dass sie ihm gerade einen ausgezeichneten Blick auf ihre intimsten Stellen bot, begann sie sich unter seinem Griff zu winden, doch er hielt sie eisern fest. Da sie schon nicht loskam, setzte sie sich auf ihre Unterschenkel, um sich zumindest nicht so offen zu präsentieren. Unerwartet zuckte ein brennender Schmerz durch ihren Hintern, begleitet von einem lauten Klatschen, als seine Hand auf sie niedersauste.

»Halt still.«

Er hatte die Stimme nicht erhoben, im Gegenteil, er hatte relativ leise gesprochen. Aber es lag so viel Autorität in seinen Worten, dass Laura sofort jeglichen Widerstand aufgab und ihren Hintern wieder brav in die Höhe streckte. Die Überraschung darüber, dass er sie tatsächlich geschlagen hatte, tat ihr Übriges. Als er wieder die Hand auf ihren Po legte, zuckte sie leicht, doch sie ließ es geschehen. Seine Hand strich über ihre Pobacke und fand den Weg zu der Furche, die ihren wohlgerundeten Hintern teilte. Wieder zuckte sie zusammen, als er sie dort berührte, aber sie widerstand dem Impuls, sich wegzuducken. Seine Finger glitten ihre Spalte hinunter. Als er ihr Geschlecht erreichte, entrang sich ein erstickter Laut ihrer Kehle. Mit zwei Fingern teilte er ihre Schamlippen und begann zärtlich um ihre Klitoris herumzustreicheln. Lauras Anspannung ließ nach, und sie konzentrierte sich ganz auf die Empfindungen, die seine Finger bei ihr auslösten. Doch gerade als sie begann, es so richtig zu genießen, zog er abrupt seine Hand weg.

»Sieh mal einer an. Meine Sklavin ist feucht geworden. Ist es das, was du vor mir verstecken wolltest?«

Laura spürte die Hitze in ihre Wangen schießen und war dankbar dafür, dass Mario in ihrer momentanen Position nicht sehen konnte, wie sie schon wieder knallrot anlief. Verzweifelt rang sie nach Worten, doch er unterbrach sie, bevor sie etwas Sinnvolles hervorbringen konnte.

»Schon gut. Ich habe das Gefühl, dass deine Antwort dich bloß weiter in Schwierigkeiten bringen wird. Du brauchst ausnahmsweise nicht zu antworten. Ich werde die Strafe anhand der offensichtlichen Fakten bemessen. Da es dein erstes Vergehen war, werde ich milde mit dir sein. Du bekommst vier Schläge mit der Hand.«

Gerade noch konnte Laura einen entsetzten Protest zurückhalten. Vermutlich würde die Strafe härter ausfallen, wenn sie sich darüber beschwerte, da Mario dies wohl als weiteren Ungehorsam einstufen würde. Und selbst wenn nicht, würde er wohl kaum mit sich handeln lassen. Soviel hatte sie mittlerweile schon begriffen. Zumal er der Ansicht war, ohnehin schon eine milde Strafe verhängt zu haben. Sie schloss die Augen und versuchte sich für das zu wappnen, was gleich auf sie zukommen würde. Dann traf sie der erste Schlag. Er war nicht so fest wie der von vorhin, aber es tat trotzdem ein wenig weh. Der zweite Schlag landete auf derselben Stelle, und das Brennen wurde intensiver. Auch der dritte und vierte Schlag trafen dort auf und entlockten ihr schließlich einen leisen Unmutslaut. Der unmittelbare Schmerz ließ jedoch sofort nach, und zurück blieb das Gefühl von prickelnder Hitze auf ihrer Haut. Die zarte Berührung von Marios Hand ließ sie unwillkürlich zusammenzucken, da sie mit weiteren Schmerzen rechnete. Doch stattdessen begann er ganz sanft ihr leicht gerötetes Fleisch zu liebkosen. Es war ein unglaublich intensives Gefühl, seine zarten Küsse auf ihrer nun so sensiblen Haut zu spüren. Noch während er sie weiter mit Küssen bedeckte, wanderte seine Hand wieder zwischen ihre Beine. Als er ihre Spalte entlangfuhr, stellte Laura erstaunt fest, dass sie anscheinend noch feuchter geworden war. Sie hätte es nie für möglich gehalten, dass es ihr gefallen könnte, den Hintern versohlt zu bekommen. Seine Finger begannen gekonnt ihre Perle zu umspielen und heizten ihre Lust weiter an. Stöhnend reckte sie sich ihm entgegen. Es dauerte nicht lange, bis ein Zucken ihren Körper durchlief und ein Orgasmus sie erschütterte. Die Anspannung fiel von ihr ab, und sie sank in sich zusammen. Mario löste den Knoten auf ihrem Rücken und entfernte das Seil um ihre Brust. Behutsam hob er ihre immer noch gefesselten Hände über ihren Kopf. Erleichtert, sich wieder relativ frei bewegen zu können, ließ Laura sich zur Seite rollen und streckte sich auf dem Bett aus. Mario legte sich hinter sie, schlang seinen Arm um ihren Bauch und zog sie an sich. Dankbar für diese liebevolle Zuwendung schmiegte sie sich an ihn.

16

Während Mario mit seiner Hand die Kurven ihres nackten Körpers streichelte, überlegte er, was er nun mit ihr machen sollte. Er hätte gern noch ein wenig mit ihr gespielt, aber vielleicht war es besser, es für heute einmal dabei zu belassen. Für seine Begriffe mochte nicht besonders viel passiert sein, aber für Laura gab es sicher einiges zu verarbeiten. Vor allem in Anbetracht dessen, dass sie in sexuellen Dingen generell über die Maßen schüchtern zu sein schien. Natürlich war ihm klar, dass er von ihr nicht erwarten konnte, sich bereits beim ersten Mal so selbstverständlich vor ihm zu präsentieren, wie eine erfahrene Sklavin es tun würde. Aber dennoch war es etwas überraschend für ihn gewesen, dass sie sich gar so vor ihm geniert hatte. Vielleicht sollte er mit ihr darüber reden, um ein besseres Gefühl dafür zu bekommen, was er sich erlauben konnte und was sie schockieren würde. Er musste mit ihr sowieso noch das Gespräch über Sicherheit und Grenzen nachholen. Normalerweise führte er das immer gleich zu Beginn, aber in diesem Fall hatte er es für vertretbar gehalten es aufzuschieben, bis Laura sich auch wirklich über die Bedeutung dessen, was sie zu besprechen hatten, im Klaren war.

Er zog den Schlüssel zu dem Halsband aus seiner Tasche, öffnete den Verschluss und entfernte es von Lauras Hals. Verwunderung lag in ihrem Gesicht, als sie sich zu ihm drehte.

»Fürs Erste bin ich zufrieden mit dir. Ich werde dich jetzt aus meinen Diensten entlassen.«

Er legte seine Hand auf ihre Wange und gab ihr einen sinnlichen Kuss, den sie ohne Zögern erwiderte. Dann machte er sich daran, ihre Hände zu befreien. Das Seil hatte leichte Abdrücke unterhalb ihrer Handgelenke hinterlassen. Ein Hauch von Faszination lag in Lauras Blick, als sie mit den Fingerkuppen über das Muster auf ihrer Haut strich.

»Wenn man zum Fesseln ein Seil verwendet, bleiben meistens Abdrücke auf der Haut zurück. Das muss dich nicht beunruhigen. Es ist nicht anders, als wenn deine Sportsocken ein Rippenmuster auf den Beinen hinterlassen. Falls du allerdings einmal das Gefühl haben solltest, das Seil sitzt zu fest und behindert die Durchblutung, musst du es mir sofort sagen. Wenn wir schon dabei sind, sollten wir uns sowieso noch ein wenig über die Themen Sicherheit und Einvernehmlichkeit unterhalten.«

Laura setzte sich auf und betrachtete Mario skeptisch. »Was bedeutet das?«

»Nun, ich habe dir doch erzählt, dass die Bandbreite bei BDSM ziemlich groß ist. Jeder hat unterschiedliche Vorlieben und Grenzen. Normalerweise frage ich meine Partnerin zu Beginn, was sie besonders erregt und was für sie auf keinen Fall in Frage kommt. Ich gehe allerdings davon aus, dass du dazu noch nicht allzu viel sagen kannst. Oder gibt es etwas, das du grundsätzlich ablehnen würdest?«

Nachdenklich fuhr Laura mit den Zähnen über ihre Unterlippe, ehe sie verlegen fragte: »Wirst du ... wirst du mich wieder schlagen?«

»Ja.«

Überrascht über seine unverblühmte Antwort, weiteten sich ihre Augen. Mit einem Schmunzeln fügt er hinzu: »Ich werde dir die Frage ersparen, ob es dir denn gefallen hat, zumal ich die Antwort ohnehin schon kenne. Ich muss nur wissen, ob du mir erlaubst, es wieder zu tun.«

»Du fragst mich um Erlaubnis?«

»Nur außerhalb der Sessions«, erwiderte Mario grinsend. Etwas ernster erklärte er: »Einvernehmen ist ein sehr wichtiges Prinzip bei BDSM. Wenn du irgendwo eine Grenze ziehst, bei der du sagst, bis hierher und nicht weiter, kannst du dich darauf verlassen, dass ich sie respektieren werde. Am Anfang muss man natürlich erst ein wenig experimentieren, bevor man sagen kann, was einem gefällt und was nicht. Manches wirkt zuerst vielleicht eher abschreckend, wenn man noch keine Erfahrung hat, aber nicht selten stellt es sich dann als äußerst anregend heraus.«

»Und wenn es mir aber nicht gefällt?«

»Davor musst du dich nicht fürchten.« Seine Augen funkelten schelmisch. »Ich werde dich zwar ins kalte Wasser schmeißen, aber ich lasse dich dort nicht absaufen. Wenn sich abzeichnet, dass du nicht schwimmen kannst, hole ich dich sofort wieder heraus.«

Das konnte Laura sich lebhaft vorstellen, vor allem den Teil mit dem Reinschmeißen. Sarkastisch fragte sie nach: »Muss ich dazu erst untergehen?«

»Wir werden in seichten Gewässern anfangen. Die Schläge mit der Hand, die ich dir heute gegeben habe, sind ein gutes

Beispiel dafür. Wir werden uns langsam vortasten, bis wir wissen, wie du darauf reagierst. Du brauchst dir keine Sorgen machen, dass ich gleich zu Beginn mit einer Bullenpeitsche über dich herfallen werde.«

»Du hast echt eine Peitsche?!«

Laura wirkte so ehrlich überrascht und schockiert, dass Mario gleich wieder der Hafer stach. »Tatsächlich habe ich sogar mehrere. Und zu gegebener Zeit wirst du mit ihnen allen Bekanntschaft machen. Ich glaube, du wirst sie mögen. Vor allem im Vergleich zu einigen wesentlich bösartigeren Schlaginstrumenten, die ich besitze.«

Ein eigenartiger Schauer lief durch Lauras Körper. Seltsamerweise schien es sie tatsächlich zu erregen, dass Mario davon sprach, sie auspeitschen zu wollen. Aber gleichzeitig hatte sie auch große Angst davor. Es hatte bereits weh getan, als er sie das eine Mal fest mit der Hand geschlagen hatte. Würde sie da eine Peitsche aushalten können? Sie konnte nicht so recht daran glauben. Andererseits schien Mario durchaus Erfahrung auf diesem Gebiet zu haben, was wohl bedeuten musste, dass es Frauen gab, die das sehr wohl aushielten. Aber wer weiß, das waren vielleicht lauter eingefleischte Masochistinnen gewesen, denen so etwas Spaß machte. Daran würde sie sich wohl kaum messen können.

Seine Hand fuhr zärtlich durch ihr Haar und lenkte damit ihre Aufmerksamkeit wieder auf ihn.

»Rede mit mir Laura. Worüber machst du dir Sorgen?«

Langsam fand sie es fast unheimlich, dass er immer genau zu wissen schien, wie sie sich fühlte. Aber vermutlich gab ihre Mimik einfach mehr preis, als sie immer angenommen hatte.

»Ich fürchte, dass ich das nicht aushalten kann.«

Seine Hand streichelte liebevoll über ihren Kopf, und auf seinem Gesicht breitete sich ein geheimnisvolles Lächeln aus.

»Du wirst überrascht sein, was du alles aushalten kannst. Aber das bringt uns zu einem anderen wichtigen Punkt. Wir müssen noch über die Codewörter reden.«

»Was für ein Code?«

»Wenn der *Top* sich während der Session über das Befinden seines *Bottoms* erkundigen will, werden gern die Ampelfarben als Code verwendet. Grün heißt alles in Ordnung, gelb bedeutet, dass es momentan noch okay ist, man aber nicht mehr weiter gehen möchte. Rot heißt sofort aufhören.«

»Das klingt ziemlich umständlich. Warum sagt man nicht einfach ›aufhören‹?«

»Weil es nicht immer ernst gemeint ist. ›Nein‹ oder ›aufhören‹ oder etwas in der Art entrutscht einem schon einmal. Es kann durchaus sein, dass ein Sub anfängt, um Gnade zu betteln, in Wirklichkeit aber gar nicht wirklich will, dass sie ihm gewährt wird. Mitunter gehört das auch explizit zum Spiel dazu. Deshalb nimmt man ein Wort, das normalerweise in einer Session nicht vorkommen würde. Du kannst dir ein beliebiges Wort aussuchen, das für mich dann sofortigen Abbruch bedeutet. Manche Leute lassen sich da komische Dinge einfallen, mir wurde zum Beispiel schon einmal *Aktenvernichter* als Safeword vorgesetzt. Such dir aus, was immer dir gefällt. Ausgefallene Wörter haben jedenfalls den Vorteil, nicht so leicht unterzugehen. Solange du es dir merken kannst, ist mir alles recht. Ich muss es nur wiedererkennen, wenn du es sagst. Ich würde aber vorschlagen, zusätzlich auch die Ampel zu verwenden, da es einfacher für dich ist. Dann brauchst du dir nicht so viele Gedanken zu machen, was du antworten sollst, wenn ich dich nach deinem Befinden frage.«

Laura nickte. Ihr Blick war nachdenklich und auf das Bett gerichtet. Mario hob seine Hand an ihre Wange und zog sanft ihren Kopf in seine Richtung, sodass sie ihm in die Augen sah. Seine Stimme war eindringlich, und auch ohne dass er es darauf anlegte, besonders dominant zu klingen, zog sie Laura in ihren Bann.

»Du musst mir versprechen, das Safeword auch zu benutzen, wenn es notwendig wird. Ich möchte nicht, dass du still vor dich hin leidest, weil du glaubst, du müsstest meine Erwartungen erfüllen. Gerade du weißt ganz genau, wo das hinführt. Man muss sich nicht dafür schämen, die Notbremse zu ziehen, wenn man auf einen Abgrund zurast.«

Stumm blickte Laura mit großen Kulleraugen zu ihm auf. An seiner Hand spürte er, wie sie leicht nickte, aber es war praktisch nicht zu sehen. Nicht gerade überzeugend, damit konnte er sich nicht begnügen.

»Versprich es mir«, forderte er nochmals mit Nachdruck.

Das war so leicht gesagt. Laura versuchte, den Kloß in ihrem Hals runterzuschlucken. Sie hatte auch bisher nie Nein sagen können. Würde es da etwas helfen, wenn er ihr das Versprechen abnahm, es in Zukunft zu tun? Es war ein Versprechen, bei dem sie nicht dafür garantieren konnte, es auch zu halten. Andererseits weckten seine Worte schon wieder den dringenden Wunsch in ihr, sich ihm zu beugen und zu tun, was immer er verlangte. Wenn das nicht kurios war. Das Bedürfnis, ihm gehorchen zu wollen, war ihre beste Chance darauf, ihn zurückweisen zu können. Entschlossen drückte sie die Schultern durch und nickte fest.

»Ich verspreche es dir.«

17

Die restliche Woche schien sich endlos hinzuziehen, und am Freitag hatte Laura das Gefühl, die Zeit würde überhaupt nicht mehr vergehen. Normalerweise machte ihr ihre Arbeit viel Freude und ehe sie sich versah, war auch schon wieder

Wochenende. Aber heute konnte sie sich überhaupt nicht konzentrieren. Was wohl vor allem daran lag, dass sie ständig das Telefon anstarrte und darauf wartete, dass es endlich klingelte. Eigentlich hatten sie ausgemacht, sich am Freitag wiederzutreffen, und Mario hatte gesagt, er würde sie anrufen. Jetzt war es schon fast drei Uhr, und er hatte sich noch immer nicht gemeldet. Mit jeder Minute, die verging, wurde Laura nervöser. War es ihr gerade noch so vorgekommen, als würde die Zeit stillstehen, hatte sie nun das Gefühl, sie würde ihr davonlaufen. Denn je später es wurde, desto geringer wurde in ihren Augen die Wahrscheinlichkeit, dass das mit ihrer Verabredung noch etwas werden würde. Inklusive heute waren es drei Tage, seit sie Mario zuletzt gesehen hatte. Drei endlos lange Tage. Eigentlich war es peinlich, dass sie sich so sehr nach ihm sehnte. Sie war eine erwachsene Frau und kein Teenager mehr. Auch wenn Mario es regelmäßig schaffte, dass sie sich so grün hinter den Ohren vorkam, als wäre sie noch einer. Und im Vergleich zu ihm war sie das wohl auch. Sie hatte die letzten Tage genutzt, um über das, was sie bisher mit ihm erlebt hatte, nachzudenken. Und um sich Gedanken darüber zu machen, was wohl auf sie zukommen würde. Ihre Gefühle fuhren immer noch Achterbahn mit ihr. Wenn sie die Sache nüchtern betrachtete, konnte sie immer noch nicht fassen, was sie da eigentlich tat. In diesen Momenten des Zweifels wollte sie lieber gar nicht daran denken, dass er ihr wie einem ungezogenen Kind den Hintern versohlt hatte. Sie fühlte sich unbehaglich in Anbetracht dessen, wie leicht sie sich von ihm hatte verführen lassen, und wie bereitwillig sie sich untergeordnet hatte. Das entsprach doch gar nicht ihrer Natur. Und das alles nur für einen kurzen Moment sexueller Erfüllung? Dennoch sehnte sie sich so sehr danach, es wiederzuerleben. Es war so ein befreiendes Gefühl, für nichts verantwortlich zu sein. Sie hatte sich keine Gedanken darüber machen müssen, wie sie ihn anfassen sollte, was ihm gefallen könnte, und was er sich von ihr wünschen würde. Er sagte ihr einfach, was sie zu tun hatte. Es spielte keine Rolle, dass sie so unerfahren und unsicher war. Letztes Mal hatte er sich noch ganz auf sie konzentriert, hatte seine eigene Befriedigung hinten angestellt, was sie ihm auch sehr hoch anrechnete. Aber das würde gewiss nicht so bleiben. Er würde ihr schon bald beibringen, was er von ihr erwartete und wie sie ihn zufriedenstellen konnte. Und sollte sie das nicht hinbekommen, würde er eben Freude daran haben, sie für ihr Versagen bestrafen zu können. Wenn das nicht total verrückt war. Ihre Unerfahrenheit rührte daher, dass sie bisher beim Sex immer zu schüchtern gewesen war, mal etwas Neues auszuprobieren. Und nun stürzte gerade sie sich Hals über Kopf in eine SM-Beziehung. Hier würde sie nun dazu gezwungen werden, ihre Hausaufgaben zu machen, aber das war offenbar genau das, was sie brauchte. Ohne ein wenig Druck würde sie nie den Mut dazu aufbringen. Und sie wollte etwas dazulernen. Immer nur auf dem Rücken zu liegen und darauf zu warten, dass er endlich fertig war, konnte wohl kaum als befriedigendes Sexualleben durchgehen. Allerdings hätte sie nie damit gerechnet, dass die Antwort auf ihre Probleme BDSM heißen könnte. Die Vorstellung, es könnte erregend sein, jemandes Sklavin zu sein, wäre ihr sicher absurd vorgekommen. Aber es war tatsächlich erregend gewesen. Und dies war erst der Anfang. Wobei sie sich noch nicht entschieden hatte, ob sie das jetzt für gut oder schlecht befinden sollte. Bisher mochte es aufregend gewesen sein, doch sie war sich sicher, dass Mario sich einstweilen in Zurückhaltung bei ihr übte. Würde sie es noch als genauso erregend empfinden, wenn er eine härtere Gangart anschlug? Sie hatte keine Antwort auf diese Frage. Und sie hatte auch keine Vorstellung, was eigentlich auf sie zukommen würde. Aber die Neugier war definitiv größer als die Angst. Und sie hatte Vertrauen zu Mario. Vielleicht war es dumm, sich so auf dieses Gefühl zu verlassen, ohne einen Beweis dafür zu haben. Aber sich zu verlieben, war sowieso noch nie eine rationale Angelegenheit gewesen.

Das Läuten des Telefons holte Laura so unvermittelt aus ihren Gedanken, dass sie erschrocken hochfuhr. Sie warf dem Gerät einen missmutigen Blick zu.

Klar, ein bewachter Milchtopf kocht nie!

Ein Blick auf das Display, auf dem tatsächlich Marios Name aufleuchtete, erhellte ihre Miene aber sofort wieder.

»Hallo, Mario!« Diesmal machte sie sich nicht die Mühe, ihre Freude über seinen Anruf zu verhehlen. Ebenso wenig, wie sie mit ihrem Frust hinterm Berg halten würde, dass er sich ewig nicht gemeldet hatte. »Du rufst ganz schön spät an, dafür, dass wir uns heute noch treffen wollen.«

»Ich weiß.«

Das klang ziemlich selbstgefällig, von Reue keine Spur. Der Teufel sollte ihn holen, das hatte er vorsätzlich gemacht! Er hatte sie einfach nur schmoren lassen, vermutlich weil er das amüsant fand.

»Kann ich dich um fünf abholen? Ich dachte mir, wir könnten uns heute schon etwas früher treffen, und uns ein bisschen sportlich betätigen.«

Lauras Enthusiasmus über Marios Vorschlag hielt sich in Grenzen. Nicht, weil sie so unsportlich war, aber mit Mario konnte sie sich definitiv nicht messen. Was ein ziemlich großes Potential für weitere Späße auf ihre Kosten darstellte. Außerdem war sie sauer, dass er sie nun so überfiel. Vielleicht sollte sie einfach aus Rache seinen Vorschlag ablehnen.

Mario bemerkte ihr Zögern und fügte hinzu: »Keine Angst, es wird nicht in Extremsport ausarten. Ich bin mir sicher, es wird dir gefallen.«

»Verrat mir, was du vorhast, dann kann ich dir sagen, ob es mir gefällt oder nicht.«

Ihrer schnippischen Antwort nach war sie wohl etwas verärgert, dass er sie so lange hatte warten lassen. Aber das hatte er einkalkuliert. Laura war eine attraktive Frau, bestimmt war sie es nicht gewohnt, dass Männer, die etwas von ihr wollten, sie einfach auf die lange Bank schoben. Und vor allem war sie viel zu stolz, um das einfach so hinzunehmen. Ihr war durchaus zuzutrauen, dass sie ihn dafür abblitzen ließ, und sei es nur, damit er sich bei ihr entschuldigen musste. Aber er hatte etwas geplant, was sie garantiert neugierig machen würde.

»Nimm deine Klettersachen mit. Ich dachte mir, du würdest gern einmal eine echte Felswand erklimmen. Allerdings würde ich dir raten, eine Hose anzuziehen, die etwas länger ist als die, die du letztens angehabt hast.«

»Wieso, die sollte doch genau nach deinem Geschmack sein. Oder willst du nicht, dass ich meine schönen Beine so ungeniert in der Öffentlichkeit zeige?«

Ja, sie war wirklich sauer auf ihn. Im Gegensatz zu ihr fand er das allerdings höchst amüsant.

»Ich möchte nur nicht, dass du dir deine schönen Beine aufschürfst. Aber wenn es dir ein Anliegen ist, kannst du sie gern einmal anziehen, wenn wir nicht gerade klettern gehen.«

»Das hättest du wohl gern.«

»Kannst du es mir verdenken? Ich hole dich dann also um fünf bei dir zu Hause ab.«

Eigentlich hätte er es wirklich verdient gehabt, dass sie ihm absagte, vor allem, da er schon wieder so selbstgefällig annahm, dass er damit durchkommen würde. Wäre der Kletterausflug nicht so ein attraktiver Köder gewesen, hätte sie ihm gesagt, er solle sich zum Teufel scheren. Zähneknirschend stimmte

Laura zu. »Na schön, ich werde rechtzeitig fertig sein.«

Vorerst sollte er seinen Willen haben. Aber das letzte Wort war hier noch nicht gesprochen.

18

Mario verlangsamte das Tempo und bog von der Landstraße in einen kleinen Forstweg ein. Der Weg führte ein Stück in den Wald hinein und endete schließlich in einem etwas größeren Platz, auf dem etwa fünf oder sechs Autos parken konnten. Heute waren sie allerdings allein. Über einen Trampelpfad gingen sie zu Fuß weiter, bis sie eine Felswand erreichten. Mario ließ die Tasche mit ihrer Ausrüstung auf den Boden fallen und kramte ein paar Seile und die Sicherungsgurte daraus hervor.

»Dort drüben gibt es einen größeren Felsen, hinter dem du dich umziehen kannst. Ich werde inzwischen die Seile befestigen gehen. Es gibt hier ein paar fix montierte Haken, die wir benutzen können.«

Laura hielt es für besser, sich ihre Verwunderung nicht anmerken zu lassen, und marschierte mit ihren Sachen hinter den Felsen, bevor Mario noch auf die Idee kam, dass es ihm eigentlich doch besser gefallen würde, wenn sie sich gleich hier, mitten auf der Lichtung, umzöge. Während er bereits im klettertauglichen Aufzug erschienen war, hatte sie es doch vorgezogen, sich für die Fahrt eine kurze Hose anzuziehen. Allerdings nicht die von Mario favorisierte Hot Pants, sondern eine stinknormale kurze Jeans. Ihre Verärgerung über sein Verhalten am Nachmittag hatte sich inzwischen größtenteils gelegt. Es war einfach nur ein weiteres seiner Spielchen gewesen, die er so gern mit ihr trieb. Dem sinnlichen Kuss nach, mit dem er sie begrüßt hatte, hatte er sie wohl ebenso vermisst, wie sie ihn. Wobei sie natürlich nicht so naiv war, das als eindeutigen Beweis anzunehmen. Was sie viel mehr überzeugt hatte, war, dass das ganz zu ihm passte.

Es sah ihm ähnlich, dass er sie rein aus Spaß an der Freude hatte schmoren lassen. Vielleicht machte es ihn ja scharf, dass er nur einmal mit dem Finger schnippen musste, und sie kam schon angerannt. Irgendwie nagte mal wieder das Gefühl an ihr, ob sie das nicht viel mehr stören sollte. Eigentlich sollte sie ihm wohl deutlich verklickern, dass er sich nicht einbilden brauchte, sie stehe stets auf Abruf für ihn bereit. Die Motivation dafür war jedoch erstaunlich gering. Sie versuchte sich einzureden, dass Mario eine Wiederholung des Ganzen wohl nicht sonderlich interessant finden würde, und daher auch keine Notwendigkeit dazu bestand, sich groß aufzuregen. Ja, so musste es sein, es lag ganz sicher nicht daran, dass es ihr irgendwie gefiel, sich derart von ihm behandeln zu lassen.

Als sie hinter dem Felsen wieder hervorkam, war Mario mit den Seilen schon fertig. Bei ihrem Anblick legte sich ein liebevolles Lächeln auf sein Gesicht, und als sie nahe genug war, ergriff er die Schlaufe vorn an ihrem Gurt, um sie zu sich heranzuziehen. Sanft umfing er ihren Kopf mit der anderen Hand und küsste sie zärtlich. Es war wirklich verdammt schwer, einem Mann länger böse zu sein, der so küssen konnte. Also gab Laura es auf. Ausnahmsweise würde sie ihn einfach so damit durchkommen lassen. Aber nur ausnahmsweise.

Mario entließ sie aus seinem Griff und reichte ihr eines der Seile. »Dann wollen wir mal loslegen.«

19

Wie erwartet, schlug Mario den Weg zu seiner Wohnung ein, als sie zurückfuhren. Laura hatte fest damit gerechnet, dass er sie noch mit zu sich nach Hause nehmen würde. Immerhin war der Abend noch jung. Ein klein wenig überrascht war sie erst, als Mario beiläufig bemerkte: »Ich möchte, dass du heute über Nacht bei mir bleibst.«

Es war keine Frage, sondern eine Feststellung. Überraschend daran war für Laura vor allem ihre Reaktion auf die plötzliche Veränderung in Marios Verhalten ihr gegenüber. Hatte sie es vor kurzem noch als sehr irritierend empfunden, stellte sie nun fest, dass sie augenblicklich darauf ansprach. Sie spürte, wie ihr Körper erwartungsvoll zu prickeln begann, und hatte das plötzliche Bedürfnis, irgendetwas zu tun, um ihre Unterwürfigkeit zu demonstrieren.

Mario warf einen flüchtigen Blick zu ihr rüber, woraufhin er feststelle: »Aber zuerst werde ich dich waschen müssen. So wie du ausschaust, kann ich dich unmöglich in meiner Wohnung herumlaufen lassen.«

Etwas beschämt sah Laura an sich hinab. Es ließ sich nicht leugnen, sie hatte in der Tat dringend eine Dusche nötig. Allerdings hatte Marios Formulierung schon sehr uncharmant geklungen. Fast so, als wäre sie ein Hund, dem man erst die schmutzigen Pfoten abwischen musste, bevor er ins Haus durfte. Dabei sah er um keinen Deut besser aus als sie. Der Gedanke, dass Mario sich sicher ebenfalls duschen würde, ließ Laura frohlocken. Es war ihr zwar ein bisschen peinlich sich einzugestehen, dass sie so begierig darauf war, ihn nackt vor sich zu haben, aber andererseits war das nur legitim, nachdem er sie schon komplett hüllenlos gesehen hatte.

***

In der Wohnung angekommen, gab Mario Laura die Anweisung, ins Bad zu gehen und dort auf ihn zu warten, während er sich in Richtung Schlafzimmer begab. Es dauerte nicht lange, ehe er zu ihr zurückkehrte. Und er hatte etwas mitgebracht: vier lederne Handgelenksmanschetten, zwei Doppelkarabiner und ein kurzes Seil.

»Zieh dich aus.«

Diesmal hatte sie keine Scheu mehr, sich vor ihm zu entblößen. Außerdem war sie froh, die verschwitzten Sachen loszuwerden. Als sie sich wieder aufrichtete, stand Mario mit einer der Manschetten in der Hand direkt vor ihr. Ohne seinen Befehl dazu abzuwarten, streckte sie ihm ihre Arme entgegen. Sein Blick drückte Zufriedenheit aus. »Du bist eine gelehrige Sklavin. Das gefällt mir.«

Laura fand indes Gefallen daran, Mario dabei zuzusehen, wie er die Fesseln um ihre Handgelenke schloss. Das Leder fühlte sich gut an auf ihrer Haut und brachte sie dazu, sich noch mehr als Sklavin zu fühlen. Zu ihrer Überraschung legte Mario die anderen beiden Fesseln nicht um ihre Beine, sondern um ihre Oberarme.

»Nimm die Hände auf den Rücken«, befahl er, während er nach einem der Karabiner griff, um damit die beiden D-Ringe an ihren Handgelenken zusammenzuhängen. Dann nahm er das Seil und legte ihr seine Hände auf die Oberarme.

»Zieh die Schultern so weit wie möglich nach hinten«, flüsterte er ihr zu, während seine Hände begannen, sanften Druck auf ihre Arme auszuüben. Laura bemühte sich, seinem Wunsch zu entsprechen, hatte aber nicht das Gefühl, dass sich ihre Oberarme wesentlich annäherten. Ihr Blick fiel auf den zweiten Karabiner, den Mario mitgebracht hatte. Der war doch nie lang genug, dass er ihre Oberarme damit zusammenhängen könnte. Inzwischen hatte Mario das Seil durch die beiden Ringe gefädelt und begann nun, sie zusammenzuziehen. Ein Schub der Erregung schoss durch Lauras Körper, als sich das Seil fester spannte und merklichen Zug auf ihre Arme und Schultern ausübte. Ja, sie fand mittlerweile eindeutig Gefallen daran, sich ihm so hilflos auszuliefern. Mario nahm den anderen Karabiner zur Hand, hängte die Ringe damit zusammen und positionierte sie so, dass sie sich im Spiegel betrachten konnte. Von Stolz erfüllt, musterte sie ihr Abbild. Sie hätte nicht gedacht, dass sie gelenkig genug war für solche Verrenkungen. Eigentlich war sie das auch nicht, denn ohne die Hilfe der Fesseln hätte sie ihre Arme niemals in diese Position bringen, geschweige denn dort halten können. Dass Mario ihren Körper nach seinen Wünschen formte, indem er ihm diese Haltung aufzwang, wirkte ausgesprochen erregend auf sie. Und offensichtlich war sie mit diesem Gefühl nicht allein.

Marios Spiegelbild ließ seinen Blick hungrig über ihren Körper wandern, um schließlich an ihren wohlgeformten Brüsten hängenzubleiben, die sich ihm so einladend darboten, da die Fesseln sie zwangen, ein Hohlkreuz zu machen. Als er hauchzart mit seiner Hand darüberstreichelte und ihre bereits hart gewordenen Brustwarzen streifte, wurde sie von einem wohligen Schauer durchlaufen, was ihm ein sardonisches Lächeln entlockte. Sie war jetzt schon erregt, dabei hatte er noch nicht einmal richtig angefangen. Der Gedanke daran, welche Freude es ihm heute Abend noch bereiten würde, ihre Lust weiter anzufachen, bis sie ihn um Erlösung anflehte, brachte sein Blut in Wallungen. Wie schon des Öfteren in ihrer Gegenwart kam ihm seine Hose auf einmal viel zu eng vor, und er hatte das dringende Bedürfnis, sie schnell loszuwerden. Er legte ihr eine Hand in den Nacken und schob sie in die Duschkabine.

»Knie nieder«, forderte er sie auf und unterstrich den Befehl, indem er sie leicht nach unten drückte. Nachdem sie beide Knie sicher auf den Boden der Dusche gebracht hatte, drückte er sie etwas bestimmter hinab, bis sie in demütiger Haltung vor ihm kauerte.

Obwohl sie wusste, dass er von ihr erwartete, in dieser Position zu verharren, konnte Laura doch nicht widerstehen, den Kopf ein wenig zu heben, um ihm beim Ausziehen zuzusehen. Noch dazu, wo er mit dem Rücken zu ihr stand und es ohnehin nicht bemerken würde. Fasziniert beobachtete sie die

Bewegung seiner Muskeln, als er das T-Shirt über seinen Kopf zog. Seine muskulösen Arme hatte sie ja dank der ärmellosen Shirts schon bewundern können, und sein Oberkörper stand ihnen in nichts nach. Dann begann er seine Hose auszuziehen, wobei er die Unterhose gleich mit abstreifte. Beim Anblick seines knackigen Hinterns hätte Laura beinahe aufgestöhnt. Momentan fand sie es gerade sehr frustrierend, gefesselt auf dem Boden knien zu müssen, obwohl sie nichts lieber tun wollte, als zu erkunden, wie sich Marios nackte Haut unter ihren Händen anfühlen würde. Und dieses Gefühl wurde keineswegs besser, als er sich umdrehte. Ihr Blick wanderte seinen Oberkörper hinab und blieb an seinem erigierten Penis hängen. Es dauerte einige Sekunden, bis Laura klar wurde, dass sie ihn anstarrte, was ihn aber nicht zu tangieren schien. Verlegen wandte sie den Blick ab, während sie daran dachte, wie unangenehm es ihr gewesen war, sich erstmalig nackt vor ihm zu präsentieren. Zu ihrem Glück war Mario da etwas taktvoller gewesen als sie gerade eben. Als sie wieder zu ihm aufblickte, fragte sie sich, ob sie auch jemals so unbefangen mit ihrer Sexualität würde umgehen können. Aber immerhin hatte sie schon einige Fortschritte gemacht, seit sie mit Mario zusammen war. Vielleicht bestand ja noch Hoffnung für sie.

Ohne Laura eines Blickes zu würdigen, drehte Mario die Brause auf, stellte das Wasser auf eine ihm angenehme Temperatur ein und trat unter den warmen Wasserstrahl. Laura zog den Kopf ein, um zu verhindern, dass ihr das herabplätschernde Wasser in die Augen spritzte. Als Mario das Wasser abdrehte, um sich einzuseifen, hob sie ihren Kopf wieder und blickte sehnsüchtig zu ihm hoch, doch er ignorierte sie weiterhin. Wie schön wäre es, wenn nun nicht seine, sondern ihre Hände über seinen Körper gleiten würden, um die Seife auf seiner Haut zu verteilen. Aber dieses Privileg gestand er ihr nicht zu, stattdessen tat er so, als wäre sie gar nicht vorhanden. Als ihr bewusst wurde, was sie da gerade gedacht hatte, hätte sie beinahe aufgelacht.

Das ist ja ganz was Neues, jetzt muss ich mich schon privilegiert fühlen, falls er mir gestattet, ihn einzuseifen.

Aber der eigentliche Witz daran war, dass sie es tatsächlich so empfand. Ganz so, wie es sich für eine Sklavin gehörte. Sie gestattete sich, den Blick noch einmal über seinen Körper schweifen zu lassen, ehe Mario das Wasser wieder aufdrehte und sie demütig den Kopf senkte.

Auf einmal änderten sich die Empfindungen auf ihrer Haut. Aus dem unsteten Herabprasseln des Spritzwassers war ein durchgehender Schwall warmen Wassers geworden, der zunächst über ihren Rücken und dann über ihren Kopf floss. Mario ging vor ihr in die Hocke und hob ihren Kopf an. Kurz blinzelte sie ihm entgegen, ehe er den Wasserstrahl auf ihr Gesicht richtete und sie die Augen zusammen kniff. Während er ihren Kopf unter dem Wasserstrahl leicht in verschiedene Richtungen neigte, erklärte er: »Ich schätze es gar nicht, wenn mein Spielzeug so dreckig ist. So wie du aussiehst, werde ich dich erst einmal von Kopf bis Fuß gründlich reinigen müssen, damit du meinen Ansprüchen genügst.«

Der Wasserschwall in ihr Gesicht verebbte, und Laura öffnete blinzelnd die Augen. Etwas unsicher studierte sie Marios Gesicht. Irgendwie hatte sie das ungute Gefühl, dass die Ansage harmloser klang, als sie eigentlich war. Den Blick fest auf ihn geheftet, sah sie ihm zu, wie er sich wieder erhob und die Brause in die Halterung hängte.

»Du darfst jetzt aufstehen.«

Laura richtete sich auf und versuchte aufzustehen, doch das stellte sich als nicht so einfach heraus. Ihre Beine fühlten sich vom Knien steif an und der nasse Boden war sehr rutschig.

Nachdem sie es geschafft hatte sich zu erheben, zückte Mario das Waschgel.

Es fühlte sich unglaublich gut an, seine Hände auf ihrer Haut zu spüren, wie sie die Seife auf ihrem Oberkörper verteilten, wobei seine Berührungen jedoch keineswegs zärtlich waren, sondern ganz seiner Ankündigung entsprachen, sie gründlich reinigen zu wollen.

Mit geschlossenen Augen genoss Laura, wie seine starken Hände sie mit festem Druck abschrubbten, und als er begann, ihre Brüste zu kneten, stöhnte sie wohlig auf. Seine Finger wanderten zu ihren aufgerichteten Brustwarzen. Mit Genugtuung beobachtete er, wie sie überrascht die Augen aufriss und ein erstickter Laut aus ihrer Kehle drang, als er ihre zarten Knospen fest zwischen Daumen und Zeigefinger nahm und daran zog. Sowie er sie freigab, senkten sich ihre Lider wieder, während sie zufrieden seufzend ausatmete. Seine Hände setzten ihre Reise über ihren Körper fort und erreichten das Dreieck schwarzer Locken zwischen ihren Beinen. Ihre Augen öffneten sich wieder ein wenig, um zu beobachten, wohin seine Hände nun wandern würden.

Etwas schockiert musste Laura feststellen, dass er auch vor ihren intimsten Zonen nicht haltmachen würde. Wenn er gründlich sagte, meinte er das offensichtlich auch so. Er ließ sich in die Hocke hinab und begann sie sorgfältig zwischen ihren Beinen zu waschen. Seine Finger strichen zunächst über ihre äußeren Schamlippen, dann teilte er sie und fuhr die Falte zischen den äußeren und inneren Schamlippen nach, bis er ihre Klitoris erreichte. Mit Druck ließ er seine Finger darübergleiten. Laura stöhnte auf und versuchte sich ihm zu entziehen, indem sie sich auf die Zehenspitzen stellte. Mario blickte zu ihr hoch und warf ihr einen strengen Blick zu. Augenblicklich drückten seine Finger auch schon zu, und Laura jaulte auf, als ihre sensible Perle unbarmherzig gequetscht wurde.

Während sie noch keuchend dastand, erhob sich Mario wieder. Seine Hände glitten über ihre Hüften, um dann Kreise auf ihrem Po zu ziehen, wobei sie ihrer Spalte immer näher kamen. Dabei konnte er spüren, wie sich ihre Muskeln anzuspannen begannen. Die Aussicht, dass er seine Hände zwischen ihre Pobacken schieben könnte, um sie dort auch zu waschen, war ihr sichtlich unangenehm. Ein diabolisches Lächeln huschte über sein Gesicht. Wenn ihr das schon so widerstrebte, würde sie erst recht keine Freude mit dem haben, was danach kommen würde. Entschlossen schob er eine seiner Hände vom Ansatz ihres Pos aus nach unten.

Laura zuckte erschrocken zusammen bei dieser mehr als intimen Berührung. Ihm ihre Weiblichkeit zu zeigen, war ihr ein klein wenig peinlich gewesen, aber das hier war demütigend. Auf einmal fühlte sie sich wirklich als das, als was er sie vorher bezeichnet hatte: als sein Spielzeug. Sein willenloses Püppchen, das von ihm gewaschen werden musste, weil sie es nicht selber konnte, wenn er es nicht zuließ. Ihre Gefühle drohten wieder einmal Achterbahn zu fahren mit ihr. Haltsuchend lehnte sie sich an ihn und ließ ihren Kopf auf seine Brust sinken. Zu ihrer Erleichterung wies er sie nicht zurück, sondern nahm sie fürsorglich in seine Arme. Er streichelte ein wenig über ihren Rücken, ehe er ihr einen Kuss auf die Stirn gab und einen Schritt zurücktrat.

»Es wird Zeit dich abzuwaschen, damit die Seife nicht zu brennen beginnt.«

Sein liebevoller Tonfall brachte Laura wieder in die rechte Bahn und vertrieb das Chaos, das sich gerade eben noch in ihr auszubreiten gedroht hatte. Was hatte sie nur auf die Idee gebracht, sie wäre nur ein Spielzeug für ihn?

Ein zartes Lächeln erschien auf ihrem Gesicht, das Mario

dazu veranlasste, ihr einen leichten Nasenstubser zu geben und in neckendem Tonfall hinzuzufügen: »Nicht, dass mein Lieblingsspielzeug noch beschädigt wird.«

Lächelnd schüttelte Laura den Kopf. Vielleicht war sie sein Spielzeug. Aber solange er sie so liebevoll pflegte, konnte sie sich wohl nicht beschweren.

Während Mario sorgfältig sämtliche Seifenreste von ihrem Körper wusch, kam Laura zu dem Schluss, dass die Vorstellung, sein willenloses Spielzeug zu sein, eigentlich gar nicht so übel war. Sie musste endlich aufhören, wegen allem immer gleich so peinlich berührt zu sein. Mario schien jedenfalls gar nichts peinlich zu sein. Also gab es folglich auch keinen Grund, dass sie dauernd Scham empfand bei Dingen, die er als völlig normal erachtete. Sie hatte diesen Gedanken kaum zu Ende gedacht, als ihr Vorsatz auch bereits auf die Probe gestellt wurde. Mario hatte die Brause wieder weggehängt und stand nun mit einer Dose Rasierschaum in der Hand vor ihr.

»Du bist immer noch nicht nackt genug für eine Sklavin. Sag mir, hast du dich schon jemals komplett rasiert?«

Einen Augenblick war Laura etwas verwirrt, doch als sie Marios Blick nach unten folgte, wurde ihr schnell klar, was er meinte.

»Äh, nein«, stammelte sie. Natürlich rasierte sie immer ihre Bikinizone und stutzte ihr Haar so zurecht, dass es nicht aus ihren Höschen hervorlugte, aber mehr hatte sie noch nie gemacht.

»Nun, dann solltest du dich umso glücklicher schätzen, dass ich dich jetzt so zurechtmachen werde, wie ich mir das vorstelle. Darauf zu achten, dass es auch so bleibt, wird dann deine Pflicht sein.«

Denk an deinen Vorsatz, keine falsche Scham mehr, ermahnte sie sich.

Sorgfältig begann Mario den Rasierschaum in ihren Löckchen zu verteilen. Gleich würde auch dieser letzte lästige Sichtschutz der Vergangenheit angehören. Bestimmt würde ihre unbedeckte, zarte Haut zauberhaft aussehen. Bei dem Gedanken daran, wie nackt sie sich dabei gewiss vor ihm fühlen würde, frohlockte ein kleines Teufelchen in ihm.

Laura beobachtete gespannt, wie Mario mit dem Rasierer hantierte. Das Dreieck über ihrer Mitte war rasch erledigt. Dann schob er ihre Beine etwas weiter auseinander, um seine Arbeit dort fortzusetzen. Es kitzelte ein wenig, als er die Haare am Ansatz ihrer Beine entfernte, und Laura musste sich bemühen, ganz stillzuhalten. Auf einmal erstarrte sie. Sie fühlte, wie der Rasierer in unmittelbarer Nähe ihrer zarten Spalte aufgesetzt wurde. Ihr stockte der Atem, als Mario begann, ihre äußeren Lippen zu rasieren. Obwohl er sehr behutsam vorging und seine Bewegungen sich versiert und sicher anfühlten, machte es sie doch äußerst nervös, dass er mit der scharfen Klinge so nahe an ihrer empfindlichsten Stelle hantierte. Als er einen Finger zwischen die weichen Hautfalten ihrer Lippen schob, seufzte sie wohlig. Irgendwie war es sehr erregend, obwohl sie immer noch ein klein wenig Angst davor hatte, er könnte sie schneiden. Oder war es vielmehr gerade das Wissen, wie sehr sie ihm ausgeliefert war, das sie so erregte? Egal, die philosophischen Fragen würde sie auf später verschieben, im Moment wollte sie einfach nur das Gefühl genießen.

Schließlich war Mario mit seinem Werk soweit zufrieden und nahm die Brause zur Hand, um den restlichen Rasierschaum abzuwaschen. Gewissenhaft kontrollierte er noch einmal, ob er auch kein Haar übersehen hatte. Dann stand er auf und trat ein klein wenig zurück, um sie zu mustern. Auch Laura nutzte die Gelegenheit, ihren neuen Haarschnitt zu betrachten. Beim Anblick ihres überraschten Gesichtsausdrucks musste

Mario sich das Lachen verkneifen. Anscheinend hatte sie, im Gegensatz zu ihm, noch nie eine Frau ohne Schambehaarung gesehen. Dass der Anblick ihrer eigenen glatten Haut für Laura eine wesentlich größere Überraschung war als für ihn, fand er ausgesprochen amüsant. Er griff wieder nach dem Rasierschaum, was Laura dazu veranlasste, aufzublicken und ihn fragend anzuschauen.

»Komm her und dreh dich um«, wies er sie an. Nachdem sie die gewünschte Position eingenommen hatte, legte er ihr die Hand in den Nacken und flüsterte an ihr Ohr: »Ich bin noch nicht ganz fertig mit dir.«

Er zwang sie, sich vornüberzubeugen und schob ihre Beine weiter auseinander. Die Hände auf ihre Pobacken gelegt, zog er auch diese etwas auseinander, um ihre Pofalte offenzulegen.

»Hm, wenn du nicht gefesselt wärst, könntest du mir jetzt ein wenig assistieren und mir den Zugang zu deinem Hintern erleichtern. Aber es wird auch so gehen.«

Ein Glück, dass sie gefesselt war! Sie hatte sich zwar fest vorgenommen, selbstbewusster im Umgang mit ihrem Körper zu werden, aber so weit war sie nun doch noch nicht. Wenn Mario schon an ihrem Hintern rumfummeln wollte, sollte er das gefälligst ohne ihr Zutun machen! Was er natürlich auch tat. Allen guten Vorsätzen zum Trotz fand Laura es extrem beschämend, als Marios Finger über ihren Anus glitten, um ihn mit Rasierschaum zu bedecken. Sie erinnerte sich daran, dass Mario gesagt hatte, er würde bald jeden Zentimeter ihres Körpers kennen, und sie musste erkennen, dass er das tatsächlich genauso gemeint hatte, wie er es gesagt hatte. Im Endeffekt stellte Laura fest, dass das Rasieren hier zwar mehr kitzelte, aber bei weitem nicht so nervenaufreibend war. Und zum Glück war Mario auch relativ schnell fertig, und sie durfte sich wieder aufrichten.

Nach der Demütigung des Rasierens war das Abgetrocknetwerden wieder eine sehr angenehme Erfahrung. Sorgfältig rubbelte Mario ihren gesamten Körper ab, bis sie vollständig trocken war. Nachdem er sich selbst auch abgetrocknet hatte, ließ er sie allein im Bad zurück, mit der Anweisung, sich nicht vom Fleck zu rühren.

Es dauerte nicht lange, ehe er zurückkam. Er hatte sich eine kurze Hose angezogen, aber kein Oberteil, und in der Hand hielt er das ihr bereits vertraute Halsband, sowie ein weiteres Lederteil, das verdächtig nach einer Hundeleine aussah. Demütig neigte sie den Kopf vor, damit er ihr das Halsband anlegen konnte. Es war tatsächlich eine Leine, die er da an dem Ring ihres Halsbandes einhängte. Gehorsam folgte sie ihm, als Mario sie daran ins Wohnzimmer führte.

20

Mario befahl ihr, sich vor der Couch auf den Boden zu knien, wo er ihren Oberkörper zwischen ihren geöffneten Schenkeln zu Boden drückte, und sie mit der Leine an einem der Füße der Bank so kurz anband, dass sie den Kopf kaum heben konnte.

»Du wartest hier schön brav, während ich uns etwas zu essen hole.«

In Anbetracht ihrer nicht ganz bequemen Haltung, schien es ihr eine Ewigkeit zu dauern, bis Mario endlich mit einem Glas Saft und einem Teller mit mehreren belegten Broten zurückkam. Er stellte die Sachen auf den Tisch und ging noch einmal in die Küche. Als er wiederkam, glaubte Laura ihren Augen nicht zu trauen. Das war nicht wirklich eine Hundefutterschüssel, die er da in Händen hielt!

»Du bist sicher durstig«, erklärte Mario in ganz selbstverständlichem Tonfall, als er die mit Wasser gefüllte Schüssel neben dem Teppich abstellte. Entsetzt starrte Laura ihn an, als er die Leine von der Couch löste. War das sein Ernst, dass sie wie ein Hund aus einem Napf trinken sollte? Offensichtlich, denn als sie fragend zu ihm hochblickte, deute er nur mit dem Kopf darauf. Da sie tatsächlich sehr durstig und nichts zu trinken keine Option war, senkte Laura widerstrebend ihren Kopf. Sie tröstete sich mit dem Gedanken, dass die Schüssel wenigstens bestimmt noch nie von einem Hund benutzt worden war. Ihre Lippen berührten die Wasseroberfläche, die Gier nach dem kühlen Nass siegte über alles andere. Mit großen Schlucken sog sie das Wasser ein, ehe Mario noch auf die Idee kam, ihr die Schüssel wieder wegzunehmen, weil sie nicht ordentlich trinken wollte. Nachdem sie fertig war, tätschelte er ihr zärtlich den Kopf.

»So ist es brav. Und jetzt werden wir etwas essen. Setz dich hierher.«

Laura rutschte zu der Stelle, auf die Mario gezeigt hatte, und ließ sich auf ihre Unterschenkel sinken. Sie war ausgesprochen dankbar dafür, dass er nicht so sadistisch war, sie auf dem harten Parkettboden knien zu lassen. Selbst auf dem weichen Teppich empfand sie es mittlerweile als relativ unbequem. Ob sie sich mit der Zeit wohl daran gewöhnen würde, wenn sie das öfter machen musste? Mario hatte es sich inzwischen auf der Couch bequem gemacht und begann das erste Brot zu verspeisen. Er hatte nur einen Teller mitgebracht, und Laura fragte sich, was sie wohl zu essen bekommen würde. Aber immerhin hatte er gesagt »wir werden etwas essen«, das ließ darauf schließen, dass er nicht beabsichtigte, sie hungern zu lassen. Außer er sprach von sich selbst jetzt schon im Plural. Als nur noch ein Brot übrig war, fragte er: »Hast du Hunger?«

Schnell nickte Laura.

Mit strengem Blick neigte sich Mario etwas zu ihr hinab.

»Ich wünsche, dass du deine Antworten laut und deutlich formulierst.«

»Ja, Meister.«

»Also, hast du Hunger?«

»Ja, Meister.«

Mario stellte den Teller auf den Tisch, nahm die Wurst vom Brot und begann beides in kleine Stückchen zu zerteilen. Mit einem der Brothäppchen fütterte er sie von der Hand, dann stellte er den Teller vor ihr auf den Boden, begleitet von den warnenden Worten: »Wenn du den Teppich bekleckerst, darfst du zur Strafe heute nicht im Bett schlafen.«

Entgeistert starrte Laura ihn an, während sie versuchte, die Bedeutung dieser Aussage zu erfassen, um schließlich zu realisieren, dass »nicht im Bett« praktisch alles heißen konnte. Und die Couch war dabei vermutlich auszuschließen. Wahrscheinlicher war, dass er damit *am Boden* meinte.

Es dauerte eine Weile, bis Laura aufgegessen hatte. Das Brot war unproblematisch gewesen, aber die Wurst vom Teller zu bekommen, war gar nicht so einfach gewesen. Die kleinen, dünnen Scheiben hatten die lästige Angewohnheit, ziemlich hartnäckig am Teller haften zu bleiben.

Mario hatte sie dabei die ganze Zeit geduldig beobachtet und sich daran erfreut, wie sie sich mit der Wurst abmühte. Eigentlich war das der einzige Grund gewesen, warum er ihr überhaupt Wurst gegönnt hatte. Hätte er nicht gewusst, wie sehr sie sich damit plagen würde, hätte er ihr nur ein trockenes Brot gegeben. Als der Teller endlich leer war, stellte Mario ihn auf den Tisch. Dann stand er auf und holte aus einem Kästchen eine Decke hervor. Verwundert beobachtet Laura, wie er die Decke über dem Esstisch ausbreitete, ehe er zu ihr zurückkam und die Leine ergriff.

»Steh auf«, befahl er und führte sie zum Esstisch, wo er sie so platzierte, dass sie mit den Oberschenkeln an der Tischkante der kurzen Seite stand.

»Mach die Beine breit«, raunte er ihr ins Ohr, während er sich von hinten an sie drückte. Laura schob ihre Beine auseinander, so wie er ihr gezeigt hatte, dass sie stehen solle, doch diesmal wollte er mehr. »Weiter. Bis du an den Tischbeinen stehst.«

Seine Hände strichen an ihren gefesselten Armen hinauf bis zu den Schultern. Auf einmal legte sich seine linke Hand mit festem Griff um ihren Nacken und drückte sie nach unten. Durch die breite Grätsche, in der sie vor dem Tisch stand, hatte sie die Tischkante nun in Hüfthöhe und lag mit dem gesamten Oberkörper flach auf dem Tisch. Die Hand in ihrem Nacken zog sich zurück, dafür beugte Mario sich über sie und hielt sie mit seinem Körper gefangen, während er das freie Ende der Leine unter dem Tisch durchschwang. Praktischerweise hatte diese Leine an beiden Enden einen Karabiner, und wenn sie voll geöffnet war, reichte sie genau um den Tisch herum, sodass er den zweiten Karabiner ebenfalls in den Ring des Halsbandes einhängen konnte. Laura versuchte den Kopf ein wenig zu heben, um zu sehen, was Mario hinter ihr gerade machte. Die straff gespannte Leine verhinderte das jedoch wirkungsvoll. Nur aus den Augenwinkeln konnte sie erkennen, dass Mario etwas aus einer seiner Hosentaschen holte. Bevor sie jedoch ausmachen konnte, was es war, ging er in die Hocke und verschwand aus ihrem Blickfeld. Dann spürte sie seine Hand, die mit festem Griff an ihrem Bein hinunterstreichelte und es dann so verschob, dass ihr Unterschenkel das Tischbein berührte.

Beim Kontakt mit dem kalten Metall zuckte Laura ein wenig zurück und versuchte ihren Fuß davon zu entfernen, aber Mario hinderte sie daran. Unter seiner um ihren Unterschenkel liegenden Hand konnte er fühlen, wie ein Anflug von Gänsehaut sich darunter ausbreitete. Aber das würde sehr bald wieder vergehen. Voller Vorfreude dachte er daran, wie er dafür zu sorgen beabsichtigte, dass ihr ordentlich warm würde. Er nahm das Seil zur Hand, das er gerade aus seiner Tasche geholt hatte, und band Lauras Bein damit am Tischfuß fest. Dasselbe tat er auch mit ihrem anderen Fuß. Zufrieden betrachtete er sein Werk sowie Lauras Versuche, die Stabilität der Fesseln auszutesten. Es war doch immer wieder ein wunderschöner Anblick ihr dabei zuzusehen, wie sie sich in den Fesseln wand und daran zerrte, nur um schließlich festzustellen, dass sie nicht die geringste Chance hatte, sich daraus befreien zu können.

Bereits als Mario begonnen hatte, ihre Füße an den Tisch zu binden, spürte Laura das ihr mittlerweile vertraute erotische Prickeln in ihrem Körper aufsteigen, das mit dem Fesseln einherging. Und der Versuch, ihre nicht vorhandene Bewegungsfreiheit auszuloten, ließ das Gefühl noch intensiver werden. Zwischen ihren gespreizten Schenkeln pulsierte es, und sie wünschte sich, Mario würde sie dort berühren. Wie mochte es sich wohl anfühlen, wenn seine Finger über ihre glatt rasierte Haut strichen? Plötzlich verschwand das angenehme Prickeln, und ein eiskalter Schauer rollte über ihren Körper. Trotz ihres Vorsatzes unbefangener zu werden, fühlte sie sich auf einmal sehr unbehaglich bei dem Gedanken daran, welch einladenden Anblick sie momentan wohl bot. Und war sie letztes Mal noch mehr oder weniger freiwillig in der Haltung geblieben, die Mario gefordert hatte, ließ er ihr nun gar keine andere Wahl. Sie war ihm vollkommen ausgeliefert. Seltsamerweise schien dieser Gedanke ihren Körper wieder in Erregung zu versetzen.

»Alles in Ordnung bei dir?«

Erschrocken zuckte Laura zusammen. Sie hatte gar nicht bemerkt, dass Mario sich über sie gebeugt hatte.

»Ich, äh ...«

Was sollte sie ihm nur sagen?

»Du wirkst etwas angespannt. Sag mir, was dich beunruhigt.«

Es ihm sagen? Dass sie Angst hatte, dass es wieder schieflaufen würde? Das konnte sie nicht. Dazu fehlte ihr der Mut.

»Wirst du ... heute mit mir schlafen?«, brachte sie schließlich verunsichert hervor.

»Willst du es denn?«

»Ich weiß nicht so recht.«

»Das klingt nicht sehr überzeugend«, kommentierte Mario abfällig. »Vergiss nicht, du bist nichts weiter als eine Sklavin, und Sklavinnen steht es nicht zu, nach Belieben Wünsche zu äußern und auch noch zu erwarten, dass diese einfach so erfüllt werden. Wenn du mich um etwas bitten möchtest, wirst du dir schon wesentlich mehr Mühe geben müssen, mich hinreichend gnädig zu stimmen, damit ich überhaupt in Betracht ziehe, dir deinen Wunsch zu erfüllen. Und natürlich haben solche Gefälligkeiten auch ihren Preis. Denk das nächste Mal daran, bevor du eine Bitte vorbringst, oder ich werde dich daran erinnern, wo dein Platz ist.«

Laura sah zwar etwas verwirrt aus, aber Mario spürte, wie sich unter ihm etwas entspannte. Anscheinend war seine Botschaft, dass er keinen Sex mit ihr haben würde, solange sie es nicht wirklich wollte, angekommen. Sie ahnte nur noch nicht, wie bald sie schon darum betteln würde, denn er hatte noch ein Ass im Ärmel.

»Und da wir schon bei gebührlichem Verhalten sind, noch eine Kleinigkeit, die ich vielleicht erwähnen sollte. Eigentlich versteht es sich von selbst, aber da du noch so unerfahren bist, werde ich dich sicherheitshalber darauf hinweisen. Da dein Körper mir gehört, obliegt mir natürlich auch das Recht zu entscheiden, ob und wann du zum Höhepunkt kommen darfst. Um es gleich einmal klarzustellen, deine oberste Pflicht ist es, meinem Vergnügen zu dienen, deine eigene Befriedigung spielt dabei keine Rolle. Wenn ich zufrieden mit dir bin und in gnädiger Stimmung, werde ich dir vielleicht erlauben, auch einen Orgasmus zu haben. Aber bilde dir bloß nicht ein, du würdest irgendwas bekommen, wenn es mir nichts bringt. Ich kann mich genauso gut mit dir amüsieren und dich dann unbefriedigt zurücklassen.«

Marios eindringlicher Blick schien eine Erwiderung zu fordern, sodass Laura sofort untertänig antwortete: »Ja, Meister.«

Was für eine Erleichterung, dass ihre vermeintliche Bitte nach Sex abgelehnt worden war. Und der einzige Haken dabei schien zu sein, dass sie erst wieder einen Orgasmus haben würde, wenn sie bereit war, mit ihm zu schlafen. Aber da sich ihre bisherigen Höhepunkte sowieso an einer Hand abzählen ließen, sollte diese Auflage kein sonderliches Problem für sie darstellen.

Zufrieden stellte Mario fest, dass Laura nun wieder ganz entspannt vor ihm lag. Seine sadistische Ader frohlockte bei dem Wissen, dass sie nicht ansatzweise ahnte, was ihr bevorstand. Nämlich dass er sie noch heute Abend soweit bringen würde ihn anzuflehen, sie zu nehmen und ihr Erlösung zu verschaffen. Seine Hände legten sich auf ihre wohlgeformten Pobacken und begannen sie zu massieren.

»Gut. Nachdem das nun geklärt wäre, können wir uns wieder interessanteren Dingen widmen.«

Der Druck seiner Hände auf ihrem Hintern wurde stärker, und das Massieren ging eher in ein Kneten über.

»Ich nehme nicht an, dass dir schon einmal jemand ordentlich den Hintern versohlt hat?«

Laura schien es auf einmal heiß und kalt gleichzeitig zu werden. Der herausfordernde Unterton in Marios Frage verhieß nichts Gutes. Sie erinnerte sich an seinen Befehl, sie möge laut und deutlich antworten, und versuchte ihrer Stimme einen festen Klang zu geben.

»Nein, Meister.«

Ein leises Lachen war zu vernehmen.

»Nun, dann wird es mir eine besondere Freude sein, deinen jungfräulichen Hintern als Erster zum Leuchten zu bringen.«

Seinen Mund dicht an ihrem Ohr fügte er noch in zartem Flüsterton hinzu: »Du brauchst dir keine Sorgen zu machen, heute werde ich noch keine Striemen auf deiner zarten Haut hinterlassen.«

Aus weit aufgerissenen Augen starrte Laura ihn entsetzt an. Meinte er das etwa ernst? Vermutlich, denn nach ihrer bisherigen Erfahrung sprach Mario keine leeren Drohungen aus. Und sollte sie diese Aussage etwa beruhigen? Nein, wahrscheinlich gefiel es ihm einfach, sie so aus der Fassung zu bringen. Sehr zu ihrem Leidwesen war das jedoch ein äußerst einseitiges Amüsement. Allerdings schien er nun doch etwas Mitleid mit ihr zu haben, denn in seinem Gesicht erschien ein liebevolles Lächeln, als er sanft mit der Rückseite seines Zeigefingers über ihre Wange streichelte.

»Ich werde ganz langsam anfangen. Du wirst überrascht sein, wie viel du aushalten kannst, wenn dein Hintern erst einmal gut aufgewärmt ist. Und wenn es dir doch zu viel wird, zögere nicht, es mir zu sagen.«

Viel zu aufgeregt, um etwas antworten zu können, nickte Laura nur. Diesmal gab Mario sich damit zufrieden und verzichtete darauf, eine verbale Antwort einzufordern. Als er sich hinter ihr in Position begab, schloss sie die Augen und wartete angespannt auf den ersten Schlag. Reflexartig zuckte sie zusammen als er sie traf, doch zu ihrer Überraschung tat es überhaupt nicht weh. Eigentlich war es eher ein leichtes Tätscheln gewesen.

Während Mario sie in einem stetigen Takt sanft durchklopfte, konnte er sehen, wie die Anspannung von Laura abfiel. Sie wirkte nun ganz gelöst und atmete ruhig und gleichmäßig.

Also konnte er die Intensität ein wenig erhöhen. Ein tieferer Atemzug von ihr verriet ihm, dass sie die Steigerung bemerkt hatte. Nach wenigen Schlägen ging ihr Atem aber bereits wieder normal. Er begann das Muster der Schläge zu variieren und erhöhte deren Stärke fortwährend, sobald sie sich daran gewöhnt hatte. Bald schon leuchtete ihr Hintern in einem schön gleichmäßigen Rot.

Auf einmal hörte das regelmäßige Herabprasseln der Schläge auf ihren Hintern auf. Laura blinzelte ein wenig, doch sie wollte die Augen nicht aufmachen. Eigentlich war sie fast enttäuscht, dass es schon vorbei war.

»Ich denke, das reicht zum Aufwärmen«, verkündete Mario, während er über ihren leuchtenden Po streichelte.

Okay, sie war anscheinend etwas vorschnell gewesen. Eigentlich hätte ihr klar sein müssen, dass das noch nicht alles gewesen sein konnte.

Mario ließ seine Hand über ihren Po hinabgleiten, zur Innenseite ihrer Schenkel. Er fand ihre feuchte Spalte und fuhr sie mit zwei Fingern nach. Als er mit einem Finger in sie eindrang, stöhnte Laura lustvoll auf. Um ihre Lust weiter anzuheizen, stimulierte er sie ein wenig, zog sich aber bald wieder zurück. Den enttäuschten Protestlaut, der darauf folgte, quittierte er mit einem harten Schlag auf ihren Hintern.

Laura japste auf. Ihr war zwar schon klar gewesen, dass Mario fester zuschlagen konnte, als er es bisher getan hatte, aber damit hatte sie nicht gerechnet. Und sie hatte die Befürchtung, dass er noch nicht einmal mit voller Kraft zugeschlagen hatte. Sein Gesicht tauchte neben ihrem auf, sodass sie ihm in die Augen schauen konnte. Eigentlich wäre sie seinem strengen Blick lieber ausgewichen, aber das würde er sicher nicht tolerieren.

»So etwas will ich nicht noch einmal hören. Du wirst dankbar annehmen, was immer ich dir gebe und ebenso zufrieden sein, wenn ich sage, es ist genug. Sollte das wieder vorkommen, wird die Strafe deutlich härter ausfallen.«

»Ja, Meister.«

Ein Grinsen huschte über Marios Gesicht, als er sich von Laura abwandte und wieder hinter sie trat. Er war sich ziemlich sicher, dass Laura sich noch nicht soweit im Griff hatte, dass ihr nicht doch noch einmal so ein Unmutslaut entschlüpfen würde. Spätestens wenn er sie ein paar Mal an den Rand des Höhepunkts gebracht hatte, würde der Frust mit Sicherheit zu groß werden. Und dann würde es ihm ein großes Vergnügen sein, sie angemessen zu bestrafen für ihr Vergehen. Aber bis es soweit war, hatte er noch einiges an Arbeit vor sich. Mit der Aufwärmrunde war er zwar fertig, aber der vorherige Probeschlag hatte deutlich gezeigt, dass Laura immer noch ein gutes Stück davon entfernt war, die Strafe, die er angedacht hatte, aushalten zu können. Und er wollte auf keinen Fall das Risiko eingehen, dass es ihr zu viel werden könnte, und sie über einen vorzeitigen Ausstieg nachdenken musste. Um sie nach der kurzen Pause nicht gleich zu sehr zu erschrecken, gab er ihr zunächst ein paar sanftere Schläge, ehe er dort anknüpfte, wo er aufgehört hatte.

Es dauerte nicht lange, bis Laura feststellte, warum Mario gesagt hatte, das Aufwärmen wäre jetzt vorbei. Das angenehme Prickeln von vorhin begann nun in ein veritables Brennen überzugehen, vor allem, wenn mehrere Schläge auf dieselbe Stelle folgten. Aber erstaunlicherweise stellte Laura fest, dass sie den Schmerz aushalten konnte. Sie hatte das Gefühl, dass er in Wellen wechselnder Intensität über sie kam, konnte aber nicht sagen, ob Mario sie zwischenzeitlich schonte, oder ob sie sich mit der Zeit an eine bestimmte Stärke gewöhnte. Diesmal war sie nicht mehr so enttäuscht, als Mario eine Pause einlegte, zumal sie nun auch schon wusste, dass er noch keineswegs mit ihr fertig war. Sie atmete ein paar Mal tief durch, um neue Kraft zu schöpfen. Obwohl sie nichts getan hatte, außer auf dem Tisch zu liegen, war sie bereits schweißgebadet. Doch Mario schien ihr keine wirkliche Pause gönnen zu wollen, denn seine Finger teilten gerade ihre Schamlippen, um sich ungehinderten Zugang zu ihrer Perle zu verschaffen. Geschickt umspielte er ihr Lustzentrum, bis sie hemmungslos zu stöhnen anfing. Wenn er so weitermachte, würde sie zum Höhepunkt kommen, egal, ob er es gestattete oder nicht. Ohne Vorwarnung zog er seine Hand zurück. Laura schnappte nach Luft, doch kein Laut entwich ihrer Kehle.

Braves Mädchen. Sie schien sich wirklich Mühe zu geben, seine Anweisung zu befolgen. Es würde interessant werden herauszufinden, wie lange sie es schaffte.

»Es hat ja fast den Anschein, als würde es dir gefallen, den Hintern versohlt zu bekommen. Aber vergiss nicht, kein Orgasmus, ohne meine ausdrückliche Erlaubnis.«

Langsam dämmerte es Laura, dass Mario ihr eine Falle gestellt hatte. Und wieder war sie blindlings hineingelaufen. War sie tatsächlich so naiv gewesen, nicht darauf zu kommen, dass Mario schon dafür Sorge tragen würde, dass sie sich unbedingt einen Orgasmus wünschte? Wollte er sie dazu bringen, ihn um Erlösung anzuflehen? Womöglich sogar darum zu betteln, dass er mit ihr schlafen solle? Das kam ja gar nicht in Frage! Sie war mit Sicherheit keine Frau, die um Sex bettelte. Immerhin hatte sie ihren Stolz! Naja, in Anbetracht dessen, dass sie gerade gefesselt auf Marios Esstisch lag, und sich von ihm den nackten Hintern versohlen ließ, konnte sie höchstens von einem Rest Stolz reden. Aber den würde sie sicher nicht so einfach aufgeben. Sie würde Mario beweisen, dass sie nicht ganz so einfach zu manipulieren war, wie er sich das vielleicht vorstellte. Er wollte ihr keinen Orgasmus gönnen? Auch gut.

Sie brauchte keinen.

Doch trotz ihrer Entschlossenheit zweifelte ein leises Stimmchen in ihr daran, ob ihre Willensstärke gegen Marios geschickte Finger tatsächlich bestehen konnte.

Nach zwei weiteren Runden Schlägen und Stimulation musste Laura sich eingestehen, dass Mario den längeren Atem haben würde. Sie fühlte sich bereits ziemlich erschöpft, was ihren Rebellionsgeist deutlich ins Wanken brachte. Und sie hätte nie gedacht, dass es so frustrierend sein könnte, keinen Höhepunkt haben zu dürfen. Dass es vorbei war, und sie eben einfach nicht gekommen war, kannte sie zur Genüge. Zwar konnte einen das schon ein bisschen wurmen, aber das war es dann auch schon. Dies hingegen war die reinste Folter. Ihre Knospe war so geschwollen, dass sie es kaum ertragen konnte, wenn Mario auch nur darüber blies. Vermutlich würde schon eine hauchzarte Berührung reichen, um sie zu einem explosiven Orgasmus zu bringen. Aber immer wenn sie dachte, nun würde sie endlich erlöst werden, zog Mario sich wieder von ihr zurück. Wie bewerkstelligte er das überhaupt, sie so lange am Rande des Höhepunkts zu halten, ohne dass sie es über die Schwelle schaffte? Gerade als sie glaubte, nun würde sie gleich kommen, waren Marios Finger auch schon wieder verschwunden. Frustriert stöhnte Laura auf und zerrte an ihren Fesseln, ehe sie abrupt innehielt. Unsicher wandte sie den Kopf zur Seite, wo sie auch tatsächlich Marios Blick begegnete. Doch hinter seinem oberflächlich strengen Gesichtsausdruck entdeckte sie noch etwas anderes. Er wirkte so ... zufrieden! Verdammt, das konnte doch wohl nicht wahr sein! Hatte er etwa die ganze Zeit nur darauf gewartet, dass sie seinen Befehl missachten würde, um sie anschließend bestrafen zu können? Mit einem Mal fühlte Laura sich ziemlich klein und hilflos. Sie war ihm wirklich ausgeliefert, und er konnte nach Belieben mit ihr spielen, ganz wie es ihm gefiel. Und sie hatte tatsächlich geglaubt, sie könnte ihn in seinem eigenen Spiel schlagen.

»Ich habe dich gewarnt, dass ich solche Laute nicht hören möchte«, begann Mario mit ernster Stimme. »Zur Strafe wirst du zwanzig Schläge bekommen. Du wirst sie laut und deutlich mitzählen. Wenn du einen zu zählen vergisst, gilt er nicht.«

»Ja, Meister«, antwortete Laura resigniert. Immerhin klangen zwanzig Schläge nicht so schlimm. Sie hatte inzwischen wesentlich mehr bekommen. Der erste Schlag, der auf sie herabsauste, belehrte sie allerdings eines Besseren. Obwohl ihr Hintern schon mehr als aufgewärmt war, brannte Marios aufschlagende Hand wie Feuer. Es war ihm wirklich ernst damit, dass dies eine Strafe werden sollte.

»Hast du nicht etwas vergessen?«

Einen Augenblick war Laura verwirrt, doch dann fiel es ihr wieder ein. »Eins!«, rief sie aus, aber da traf schon der nächste Schlag auf ihren Hintern.

»Das war zu spät. Der erste zählt nicht. Am besten wir fangen noch einmal von vorn an, sonst kommst du nur mit dem Zählen durcheinander.«

Ein weiterer harter Schlag traf sie.

»Eins!«

»Na bitte, es geht doch. So schwierig ist es ja auch nicht.«

Die Ansicht konnte Laura nicht unbedingt teilen. Jede weitere Zahl kam ihr schwerer über die Lippen. Als sie bei zwölf angekommen waren, fing sie zu schreien an, wobei sie selbst nicht wusste, ob es eher ein Lachen oder ein Weinen war. Aber irgendwie schaffte sie es, auch die restlichen Zahlen noch halbwegs verständlich hervorzubringen.

»Das hast du gut gemacht«, flüsterte Mario ihr zärtlich zu, während er ihren malträtierten Po liebkoste. Als seine Hände sich anschickten, wieder tiefer zu wandern, stöhnte Laura auf.

»Nein, bitte nicht!«, flehte sie ihn verzweifelt an, »ich halte das nicht länger aus!«

»Willst du, dass ich dich erlöse?« Seine Stimme war die pure Verführung.

»Ja! Bitte!«

»Wie soll ich dich erlösen? Sag mir, was du dir wünschst.«

Er wollte sie also wirklich betteln lassen. Aber das war ihr inzwischen auch egal. Sie war mittlerweile so weit, dass sie fast alles getan hätte. »Bitte schlaf mit mir. Ich bin mir ganz sicher, dass ich es will. Bitte!«

Höhnisches Gelächter war zu vernehmen, begleitet von den Worten: »Ich schlafe nicht mit meinen Sklavinnen.«

Bei diesen Worten fiel Laura die Kinnlade runter. Das konnte doch nur ein schlechter Witz sein!

»Was soll das heißen?« Die Worte schienen ihr im Hals steckenzubleiben. Was wollte er denn noch von ihr?

Mit höhnischer Stimme klärte er sie auf: »Mit Sklavinnen schläft man nicht. Sklavinnen fickt man. Ist es das, was du willst? Willst du deinem Meister zu seiner Befriedigung deinen Körper anbieten?«

Laura konnte kaum glauben, dass sie dazu gleich Ja sagen würde, aber sie hatte nicht mehr die Kraft, sich über Marios Ausdrucksweise zu empören. Sollte er es doch nennen, wie er wollte, Hauptsache er würde ihr endlich den erlösenden Orgasmus verschaffen.

»Ja.«

»Wie bitte?«

»Ja, Meister!«

»Gut, dann erlaube ich dir jetzt, deine Bitte vorzubringen.«

Verärgert biss Laura die Zähne zusammen. Ficken war ein Wort, das bisher nicht zu ihrem Wortschatz gehört hatte. Sie hatte es immer als ziemlich derb empfunden. Irgendwie klang es so, als wäre die Frau dabei für den Mann nur ein Gebrauchsgegenstand. Also eigentlich verdammt passend für das, was Mario gerade beschrieben hatte.

»Bitte Meister, ich möchte von Euch gefickt werden.«

Es war kaum mehr als ein Flüstern gewesen. Hoffentlich würde er sie nicht dazu zwingen, es noch einmal lauter zu sagen.

»Na schön, da du mich heute Abend schon erfreut hast, will ich mal nicht so sein.«

Aus den Augenwinkeln beobachtet Laura, wie Mario sich rasch seine Hosen abstreifte. Beim Anblick seines voll erigierten Penis fiel ihr plötzlich ein, dass sie mit ihm noch gar nicht über Verhütung geredet hatte, da sie nicht davon ausgegangen war, so bald schon mit ihm zu schlafen. Doch zu ihrer großen Erleichterung zog er ein Kondom aus seiner Hosentasche sowie eine Tube, auf die sie sich allerdings keinen Reim machen konnte.

Mario streifte sich das Kondom über, dann hielt er kurz inne. Eigentlich war sie schon ausreichend feucht, sodass er kein Gleitgel brauchen sollte, aber er wollte beim ersten Mal lieber kein Risiko eingehen. Ein bisschen Gel konnte auf keinen Fall schaden. Langsam glitt er in sie hinein. Ihr Körper war mehr als bereit, ihn aufzunehmen. Diesmal würde sie den Sex als lustvoll empfinden, dessen war er sich sicher.

»Ein klein wenig musst du noch durchhalten, bevor ich dir erlaube, dich fallenzulassen. Ich weiß, du kannst das.«

Der raue Ton seiner Stimme verriet Laura, dass seine Erregung ihrer in nichts nachstand. Offenbar hatte es ihn auch ganz schön scharf gemacht, was er da mit ihr getrieben hatte. Mit geschlossenen Augen kostete Laura es aus, endlich seinen Schwanz in sich zu spüren. Sie hätte nie gedacht, dass sie sich jemals so danach sehnen würde. Es fühlte sich wunderbar an, wie er sich in ihr bewegte.

Mario zwang sich, es ganz langsam und vorsichtig angehen

zu lassen. Das widersprach zwar voll und ganz seinen eigenen Bedürfnissen, aber entgegen seiner großen Worte von vorhin, würden die sich heute hinten anstellen müssen. Ihr wohliges Stöhnen gab ihm die Gewissheit, dass es ihr gefiel, und er wurde etwas fordernder. Angespornt von ihrem anhaltenden Stöhnen, fand er zu einem Rhythmus, der auch ihm die nötige Stimulation brachte.

»Du machst das großartig. Und jetzt komm für mich.«

Seine Hand an ihrer Perle brachte ihr die lang ersehnte Erlösung. Der Orgasmus riss Laura in einer gewaltigen Woge mit sich, und als sich ihre Muskeln um ihn krampften, kam auch Mario. Er ließ sich über sie sinken und machte sie von der Leine los, damit er ihren bebenden Körper in seine Arme schließen konnte. Einige Minuten verharrten sie so, während denen Laura langsam wieder zur Ruhe kam.

»Ich bin gleich wieder bei dir«, flüsterte Mario ihr zärtlich ins Ohr, ehe er auf einmal aufstand und davonging. Der Verlust des Körperkontakts zu Mario traf Laura völlig unvorbereitet. Am liebsten hätte sie aufgeschrien, er solle sie jetzt nicht allein lassen, aber sie fühlte sich zu schwach dafür. Hoffentlich würde er wirklich gleich zurückkommen, denn sie würde es nicht ertragen können, hier länger allein liegen zu müssen. An ihr Ohr drang das Geräusch von fließendem Wasser aus dem Badezimmer, und wenige Augenblicke später war Mario auch schon wieder zurück. Seine Hände streichelten zärtlich ihre Arme entlang, dann öffnete er die Fesseln. Erschöpft ließ Laura ihre Arme einfach neben ihrem Oberkörper auf den Tisch sinken. Sie fühlten sich steif an, und sie hatte das Gefühl, sie nie wieder bewegen zu können. Inzwischen hatte Mario auch ihre Füße freigemacht. Laura versuchte sich aufzurichten, doch sie kam nicht hoch. Irgendwie schaffte sie es, von dem Tisch runterzurobben, und Mario half ihr, sich aufrecht hinzustellen.

Ihr war schwindlig, alles drehte sich um sie, und ihre Beine schienen aus Gummi zu sein. Aber es war ein gutes Gefühl.

Mario nahm sein taumelndes Mädchen auf die Arme und trug sie ins Badezimmer, wo er sie gleich in die bereits halbvolle Badewanne stellte. Er half ihr beim Hinsetzen, dann nahm er ihr noch das Halsband ab. Mit einem zufriedenen Seufzen ließ sich Laura in das warme Wasser gleiten, das ihre verspannten Schultern spürbar lockerte. Als sie die Augen wieder öffnete, sah sie, dass Mario am Rand der Badewanne saß und sie beobachtete.

Neckend säuselte sie: »Willst du mir jetzt beim Baden zuschauen?«

»Ich kann dich ja wohl schlecht allein lassen, nicht dass du mir noch absäufst.«

Laura brach in Gelächter aus. »Als ich noch ein kleines Mädchen war, haben meine Eltern mir auch immer gepredigt, dass schon viele Leute in der Badewanne ertrunken sind. Aber jetzt bin ich groß und kann allein baden.«

»Da bin ich mir nicht so sicher. Du kommst mir ziemlich high vor.«

»Wovon denn?«, gluckste sie. »Ich rauche nicht, ich saufe nicht, die einzige Droge, die ich mir gönne, ist Schokolade, und selbst davon hatte ich heute noch nichts.«

Plötzlich verstummte sie und ihr Blick wurde unsicher. »Du hast mir doch nichts ins Wasser gemischt, oder?«

Eine Sekunde lang wusste Mario nicht, ob er jetzt empört oder erheitert sein sollte, entschied sich dann jedoch für Letzteres und gab ihr einen kleinen Nasenstubser. »Natürlich nicht. Du scheinst mir ja alles zuzutrauen.«

»Wundert es dich? Du tust ja auch alles, um dieses Image zu pflegen.«

Nun musste er wirklich lachen. Es stimmte, er hatte wohl

tatsächlich einiges dafür getan, dass sie nun so von ihm dachte. Und solange das ihr Vertrauen in ihn nicht beeinträchtigte, hatte er nicht das Geringste dagegen.

»Ich weiß überhaupt nicht, was du meinst«, antwortete er schließlich mit übertriebener Unschuld. »Aber um wieder zum Thema zurückzukommen, ich halte mich strikt an das Motto: Nur körpereigene Drogen.«

Laura schaute ihn ungläubig an. »Davon kann man high werden?«

»Offensichtlich«, gab Mario mit einem breiten Grinsen zurück.

Den Mund schon halb geöffnet, um etwas darauf zu erwidern, hielt Laura dann doch inne. Sie hatte sich tatsächlich etwas eigenartig gefühlt, fast als wäre sie beschwipst gewesen. Allerdings begann das Gefühl bereits nachzulassen.

»Wie?«

»Durch das Schmerzempfinden beginnt der Körper nach einiger Zeit Endorphine auszuschütten.«

»Hast du schon mal so einen Endorphinrausch erlebt?«

Ein verführerisches Lächeln legte sich über seine Lippen. »Nein, ich stehe lieber am anderen Ende der Peitsche.«

Mario erhob sich vom Rand der Badewanne und ging zum Badezimmerschrank, um einen Schwamm daraus hervorzuzaubern. »Ich denke, du hast genug Zeit gehabt, dich zu strecken und da drinnen breit zu machen.«

Er ließ sich hinter ihr in der Wanne nieder und begann ihren Körper mit dem Schwamm zu verwöhnen.

***

Nach dem Bad legte Mario ihr das Halsband wieder um und wies sie an, im Schlafzimmer auf ihn zu warten.

Zaghaft öffnete Laura die Tür und tastete nach dem Lichtschalter. Ein helles Licht erfüllte den Raum. Zu hell für ihre

Begriffe. Sie drehte ein wenig an dem Dimmschalter, bis das Zimmer in ein stimmungsvolles Licht getaucht war. Etwas unsicher warf sie einen Blick über die Schulter, ob Mario schon kam, aber der war noch im Wohnzimmer beschäftigt. Also trat sie ein paar Schritte weiter vor, bis sie mitten im Zimmer stand. Unschlüssig blickte sie sich um. Ihr Blick fiel auf das Bett, aber sie wagte nicht, sich darauf zu setzten, geschweige denn, sich reinzulegen.

***

Mario hatte sich absichtlich Zeit gelassen, ehe er Laura ins Schlafzimmer folgte. Nun war er gespannt, was er dort vorfinden würde. Nicht dass er annahm, dass sie gerade dabei war, seine Schränke zu durchwühlen. Vielmehr erwartete er, dass sie sich einfach in seinem Bett breit gemacht hatte und dort auf ihn wartete. Als er die Tür öffnete und Laura erblickte, musste er lächeln. Er hatte nicht damit gerechnet, dass sie so schnell lernen würde. Die Hände hinter dem Kopf verschränkt, stand sie mit geöffneten Beinen und demütig gesenktem Blick vor ihm. Genau wie er es ihr beigebracht hatte. Sie erschauerte ein wenig, als seine Hand federleicht von ihrem Nacken beginnend ihre Wirbelsäule nachzog.

»Ich muss sagen, ich bin sehr zufrieden mit dir.«

Er schlenderte zum Nachtkästchen und legte die Ledermanschetten in eine der Laden. Die Seile räumte er jedoch nicht weg.

»Stell die Beine zusammen«, forderte er sie auf, um dann ihre Füße zu fesseln. Die Arme fesselte er ihr vor dem Körper, so wie er es beim ersten Mal schon getan hatte. Diesmal ließ er ihr allerdings ein klein wenig mehr Spiel, sodass sie die Hände auch über Kreuz drehen konnte. Er wollte ihr die erste Nacht in Fesseln nicht gleich zu unbequem machen. Dafür würden sich noch genug andere Gelegenheiten bieten. Mit einer schwungvollen Bewegung, die Laura überrascht aufquieken ließ, hob er sie hoch, um sie ins Bett zu tragen.

Laura spürte die wohlige Wärme von Marios Körper an ihrem Rücken, als er näher an sie heranrutschte. Obwohl sie von ihren vorherigen Eskapaden eigentlich ziemlich müde war, war sie skeptisch, ob sie so nackt und gefesselt neben ihm liegend bald erholsamen Schlaf finden würde. Die Müdigkeit siegte jedoch rasch, und begleitet von erotischen Bildern entschwand sie ins Reich der Träume.

21

Es war bereits zehn Uhr vorbei, als Mario entschied, dass es Zeit war aufzustehen. Eine Ansicht, die Laura nicht unbedingt teilte. Sie war noch so richtig schläfrig, und es hatte sich so gut angefühlt, beim Aufwachen in Marios Armen zu liegen. Der Versuch, sich einfach umzudrehen und wieder in die Decke zu kuscheln, war jedoch nicht von Erfolg gekrönt. Mario nahm ihr einfach die Decke weg und hob sie aus dem Bett. Er stellte sie jedoch nicht auf die Füße, sondern setzte sie auf den Boden. Mit verschlafenem Blick sah sie ihm zu, wie er sich anzog. Ehe er das Zimmer verließ, drehte er sich noch einmal kurz zu ihr um.

»Ich gehe jetzt Frühstück machen. Wenn ich damit fertig bin, erwarte ich, dich unter dem Couchtisch liegend vorzufinden.«

Verdattert blickte Laura ihm nach, wie er den Flur hinunterging und in der Küche verschwand. Missmutig zerrte sie ein wenig an ihren Fesseln, doch die hatten sich über Nacht nur unwesentlich gelockert. Die Fußfesseln könnte sie zwar theoretisch gesehen allein aufbekommen, aber Mario wäre bestimmt *not amused,* wenn sie daran herumspielen würde. Einen Moment lang kam ihr der Gedanke aufzustehen und sich in hüpfender Weise fortzubewegen. Er hatte nur gesagt, dass sie im Wohnzimmer sein sollte, wenn er fertig war, er hatte nichts darüber erwähnt, wie sie dorthin kommen sollte. Aber irgendwie gefiel ihr die Vorstellung, wie ein Hase durch die Wohnung zu hoppeln, auch nicht so recht. Da würde sie lieber wie die Sklavin, die sie war, auf allen vieren kriechen.

An der Küchentür hielt sie kurz inne, um zu sehen, wie weit das Frühstück schon war. Die Kaffeemaschine gab noch gurgelnde Geräusche von sich, und Mario war gerade dabei, Toasts mit Butter zu bestreichen. Also noch kein Grund zur Hektik. Ohne große Eile rutsche Laura weiter, bis sie schließlich den Teppich vor der Couch erreichte. Eine echte Wohltat für ihre Knie. Wie befohlen kroch sie unter den Tisch und ließ sich auf Unterschenkeln und Unterarmen ruhend nieder.

Endlich gab die Kaffeemaschine ihren letzten Seufzer von sich und verstummte. Geschirr klapperte, dann kam Mario mit einem Tablett ins Wohnzimmer. Leider konnte sie aus ihrer geduckten Position nicht genau erkennen, was sich alles darauf befand, aber sie meinte, zwei Tassen gesehen zu haben. Mit etwas Glück würde sie nicht wieder aus der Hundeschüssel trinken müssen. Mario stellte das Tablett auf dem Tisch ab und setzte sich auf die Couch.

»Komm hier neben mich.«

Laura kroch unter dem Tisch hervor und kniete sich neben Mario. Nun konnte sie sehen, dass er tatsächlich zwei Becher mit Kaffee und zwei Teller mit Buttertoast gebracht hatte. Das sah doch vielversprechend aus. Denn leider war sie ein kleiner Kaffee-Junkie. Sie trank zwar nicht viel Kaffee, aber ohne ihren Morgenkaffee ging bei ihr gar nichts. Nur gut, dass Mario das nicht wusste. Sonst hätte es ihm sicher Vergnügen bereitet, sie um ihren Kaffee betteln zu lassen.

Warum erzählst du ihm dann nicht, wie abhängig du von deinem Kaffee bist?, schlug ein Stimmchen in ihr vor. Verlegen senkte sie den Kopf, damit Mario ihr Gesicht nicht sehen konnte.

Wozu versteckst du dich? In Wahrheit bist du doch ganz scharf darauf, dich von ihm erniedrigen und demütigen zu lassen, spottete das Stimmchen weiter.

Das mag ja sein, aber soweit, dass ich ihn dazu animieren würde, bin ich nun auch wieder nicht!

Noch nicht ..., hänselte das Stimmchen sie, ehe es Ruhe gab.

Mario hielt sie davon ab, diesen verwirrenden Gedanken weiter nachzuhängen, indem er ihr die Modalitäten des Frühstücks erklärte. »Ich habe für dich auch Kaffee und Toast mitgebracht, aber du wirst dir das erst verdienen müssen. Leg dich auf deine Unterarme und Unterschenkel.«

Stirnrunzelnd kam Laura der Aufforderung nach und blickte dann fragend zu Mario empor. Der hatte indes das Tablett vom Tisch genommen.

»Kopf runter und Rücken gerade, damit ich das Tablett darauf abstellen kann. Du darfst mir heute als Frühstückstisch dienen. Wenn du deine Sache gut machst und nichts verschüttest, bekommst du wenn ich fertig bin den zweiten Kaffee. Falls du aber ungeschickt bist und etwas danebengeht, bekommst du nur das Tablett, um es sauberzulecken.«

Laura sah ihren Morgenkaffee in weite Ferne rücken. Beide Tassen waren gut gefüllt. Da würde es nicht viel Bewegung brauchen, damit sie überschwappten. Sie begab sich in eine stabile Position, in der sie lange bewegungslos verharren können sollte. Hoffentlich war ihr Rücken gerade, sonst würde der Kaffee schon beim Abstellen allein aufgrund der Schräge auslaufen. Sie spürte, wie das Tablett ihren Rücken berührte. Es fühlte sich kalt an auf ihrer nackten Haut, mit Ausnahme von zwei heißen Stellen, an denen die Tassen standen. Eigentlich hätte sie gern tief durchgeatmet, um dem Drang zu widerstehen, sich von diesen Hitzepunkten möglichst schnell zu befreien, aber sie wagte es nicht aus Angst, sich dabei zu viel zu bewegen.

Mit großem Interesse beobachtete Mario Lauras Reaktionen. Er war sich dessen wohl bewusst, dass das Metalltablett die Wärme der Tassen an Lauras Haut weiterleiten würde. Weshalb er auch überprüft hatte, ob er sie in Händen halten konnte, ohne sich zu verbrennen. Natürlich war davon auszugehen, dass Lauras Rücken wesentlich empfindlicher sein würde, als seine vom Klettern abgehärteten Hände. Bestimmt wäre das anfangs unangenehm, aber es würde ihr keinen Schaden zufügen. Gespannt verfolgte er, wie sie sich abmühte, ganz stillzuhalten. Schließlich ließ ihre Anspannung nach. Offenbar hatte sich ihre Haut an die Wärme gewöhnt. Mario griff nach seinem Teller und lehnte sich damit auf der Couch zurück. Bisher hatte sie nichts verschüttet. Aber es würde noch ein Weilchen dauern, bis er mit dem Frühstück fertig war. Auf jeden Fall lange genug, dass ihr diese Haltung unangenehm werden würde. Es war schon eine interessante und für ihn bisweilen auch sehr praktische Tatsache, dass es eigentlich kaum Positionen gab, in denen man lange reglos verharren konnte, ohne dass es mehr oder weniger unbequem wurde. Vor allem, wenn man nicht daran gewöhnt war. Wahrscheinlich würde es eine Überraschung für Laura sein, dass diese eigentlich sehr einfache Haltung, die weder besondere Verrenkungen noch Kraftaufwand erfordert, nach einiger Zeit ganz schön mühsam werden würde.

In der Tat musste Laura recht bald feststellen, dass diese Übung keineswegs so einfach war, wie sie gehofft hatte. Sie war davon ausgegangen, dass die größten Probleme überwunden waren, nachdem das Tablett einmal sicher auf ihrem Rücken gestanden und sie sich an die heißen Stellen gewöhnt hatte. Aber mittlerweile hatte sie das Gefühl, dass dieses Frühstück nun schon ewig dauerte. Wie lange konnte es denn schon dauern, eine Tasse Kaffee zu trinken und ein paar Scheiben Toast zu essen? Wahrscheinlich machte es ihm einfach Spaß, sie warten zu lassen, weil er genau um ihr dringendes Bedürfnis nach Bewegung wusste.

Schließlich wurde sie dann doch erlöst. Mario nahm das Tablett von ihrem Rücken und stellte es auf den Tisch zurück. Gespannt richtete sich Laura auf, um zu sehen, ob sie nun wenigstens für ihre Mühe belohnt werden würde. Das Tablett war sauber, kein Tropfen war darauf zu sehen.

»Du hast deine Sache gut gemacht, ich bin zufrieden mit dir. Als Belohnung darfst du am Tisch frühstücken.«

Laura wartete einen Moment ab, ob Mario ihr die Fesseln abnehmen würde, aber so weit ging seine Gnade nun auch wieder nicht. Also kniete sie sich vor den Tisch und griff sich ihren Kaffee, bevor er ganz kalt wurde.

Sie hatte gerade den ersten Toast verdrückt, als ein unwillkommenes Geräusch ertönte.

»Das ist dein Handy«, bemerkte Mario.

»Ja«, antwortete Laura desinteressiert und nahm einen weiteren Bissen.

»Du solltest rangehen«, entschied Mario und ging ins Vorzimmer, um ihr Handy aus ihrer Handtasche zu holen, worüber Laura alles andere als glücklich war. Sie wusste schon, wer dran war, es war der Klingelton ihrer Mutter. Im Moment wollte sie mit überhaupt niemandem telefonieren, aber ihre Mutter war definitiv diejenige, mit der sie gerade am allerwenigsten sprechen wollte. Sie jetzt praktisch live dabei zu haben, war ihr peinlicher als alles, was Mario hätte inszenieren können. Die beste und einfachste Lösung würde sein, ihr zu sagen, dass es gerade ungünstig war und sie später zurückrufen würde. Hoffentlich würde sie es schaffen, ganz normal zu klingen.

Das Letzte, was sie brauchen konnte, war, dass ihre Mutter nachzufragen begann, ob bei ihr alles in Ordnung sei.

»Deine Mutter ist dran«, teilte Mario ihr mit, als er mit dem Telefon zurückkam. Er reichte es ihr hinunter, und als Laura danach griff, trafen sich ihre Blicke. Einen Moment lang schauten sie sich an, ehe Laura begriff, dass das gerade ein großer Fehler gewesen war. Das unheimliche Funkeln glitzerte wieder in Marios Augen und seine Mundwinkel verzogen sich zu einem kaum wahrnehmbaren Lächeln. Offenbar hatte er ihr angesehen, wie sehr es ihr zuwider war, dieses Telefonat jetzt zu führen. Das hatte ihr gerade noch gefehlt! Verzweifelt schaute sie zu ihm hoch und flehte ihn stumm an, dass er sie jetzt bitte nicht blamieren sollte. Er ließ das Handy in ihre Hände gleiten und flüsterte ihr zu: »Dreh den Ton lauter, damit ich auch etwas hören kann.«

Mit zitternden Fingern drückte Laura die Annahmetaste und stellte die Lautstärke auf Maximum.

»Hallo, Mama«, meldete sie sich. Hoffentlich merkte ihre Mutter nicht, wie nervös sie war.

»Hallo, Laura. Ich hoffe, ich störe nicht.«

»Äh, naja, ich bin ehrlich gesagt gerade noch beim Frühstücken, ich ...«

Marios ernster Blick ließ sie verstummen. Offenbar hatte er ihre Absicht erkannt und etwas dagegen, dass sie ihre Mutter auf später vertröstete. Die hingegen nutzte Lauras kurzes Zögern sofort, um da gleich nachzuhaken. »Du bist jetzt erst beim Frühstücken? Es ist schon fast elf.«

»Ja, ich hab heute ein bisschen länger geschlafen.«

»Warst du gestern noch so lang mit deiner neuen Bekanntschaft aus?«

»Ja, wir waren im Wald klettern, und nachher haben wir noch zusammen zu Abend gegessen.«

Laura ignorierte Marios fragenden Blick. Es war nicht einmal gelogen, was sie gerade erzählte, und ihre Mutter musste schließlich nicht alle Einzelheiten wissen.

»Wer ist denn dran, Laura?«, fragte Mario auf einmal. Laut genug, dass ihre Mutter es garantiert gehört hatte. Sie warf ihm einen vernichtenden Blick zu, dem er mit einem charmanten Lächeln begegnete.

»War das dein neuer Freund?«

Laura verdrehte verzweifelt die Augen.

Na schön, was soll's, lassen wir die Katze aus dem Sack: »Ja. Ich bin gerade bei ihm.«

»Oh.« Ihre Mutter verstummte kurz. Vermutlich zählte sie gerade eins und eins zusammen. »Das scheint ja wirklich ernst zu sein mit euch.«

Was sollte sie darauf schon sagen? Für ihre Mutter war die Tatsache, dass sie bei ihm übernachtet hatte, ein eindeutiger Beweis dafür, dass es so sein musste. Jeder Versuch, es abzustreiten, würde ihr nur eine Moralpredigt einbringen, dass sie doch nicht einfach so bei irgendwem übernachten könne.

»Ja, sieht so aus.«

Zumindest, wenn sie ihm nach diesem Gespräch nicht den Kopf abriss.

»Und wann wirst du ihn uns vorstellen?«

Das hatte sie schon befürchtet. Es war wohl egal, wie alt sie war, ihre Eltern würden immer der Meinung sein, sie müsste ihre Verehrer möglichst bald zur Begutachtung mitbringen, damit sie sicher sein konnten, dass ihre Tochter auch gut aufgehoben war.

»Ich weiß noch nicht, momentan habe ich gerade ziemlich viel um die Ohren.«

»Wie wäre es, wenn ihr beide nächsten Sonntag zum Mittagessen zu uns kommt?«

»Das muss ich zuerst mit Mario besprechen.«

»Was musst du mit mir besprechen, mein Schatz?«

Wenn Blicke töten könnten ... dann hätte sie jetzt eine Sorge weniger. So aber musste sie Marios lästige Zwischenrufe weiterhin ertragen. Sie nahm das Telefon vom Ohr und drückte es an ihren Oberkörper. Ihre Mutter musste ja nicht auch noch wissen, dass Mario sowieso das ganze Gespräch mithörte.

»Meine Eltern wollen, dass wir sie nächsten Sonntag besuchen kommen.«

Flehend schaute sie Mario an und schüttelte den Kopf, ihre Lippen formten das Wort Nein.

»Ich hab nichts vor nächsten Sonntag. Es wäre mir eine Freude, sie kennenzulernen.«

Am liebsten hätte Laura ihm das Telefon an den Kopf geschmissen.

»Okay, wir kommen. Mario hat gesagt, er freut sich schon darauf, euch kennenzulernen.«

»Wunderbar. Wir sind ja schon so neugierig auf deinen neuen Freund.«

»Ja, ich weiß«, seufzte Laura. »Gut Mama, ich werde dann Schluss machen, sonst wird mein Kaffee kalt.«

»Gott behüte, dann will ich dich nicht länger stören, ich will nicht dafür verantwortlich sein, dass dein Freund deine miese Laune ertragen muss, wenn du nicht zu deinem Kaffee kommst. Wir telefonieren noch, ja?«

»Ja, Mama, bis bald.« Mit einem Stöhnen drückte Laura auf die Auflegetaste. Es war absolut furchtbar gelaufen, aber wenigstens war es vorbei.

»So«, begann Mario gedehnt, ein schelmisches Lächeln im Gesicht, »du brauchst also unbedingt deinen Morgenkaffee?«

Laura verdrehte die Augen und ließ das Handy zu Boden gleiten. Also jetzt war die Katastrophe wirklich perfekt.

22

Nach dem Frühstück hatte Mario Laura aus ihren Sklavendiensten entlassen und sie nach Hause gebracht. Sie war immer noch ziemlich verärgert gewesen wegen des Telefonats, hatte aber trotzdem zugestimmt, sich am Abend wieder mit ihm zu treffen. Allerdings nur unter der Bedingung, dass sie ihm ordentlich die Meinung geigen durfte, bevor er ihr wieder das Halsband umlegte und sie seine gefügige Sklavin wurde. Mario hatte ihr lachend zugesichert, dass er sich alles, was sie zu sagen hatte, aufmerksam und geduldig anhören würde.

***

»Was hast du heute mit mir vor?«, wollte Laura wissen, als sie sich zu Mario ins Auto setzte.

»Mein Plan war, in eine Cocktailbar zu gehen, wo ich mir geduldig alles anhören werde, was dir auf der Seele liegt.«

»Ich hoffe, du spekulierst nicht darauf, mich abzufüllen, damit ich dann netter zu dir bin. Das wird nämlich nicht funktionieren.«

»Ich glaube nicht, dass ich das nötig haben werde.«

***

In der Cocktailbar hatten sie Glück und fanden ein gemütliches Plätzchen in einem ungestörten Eck, wo sie sich in Ruhe unterhalten konnten. Wie immer war Laura leicht überfordert, als der Kellner die Karte brachte. Das Angebot war riesig, und die meisten Sachen kannte sie nicht. Um die Auswahl etwas einzugrenzen, beschränkte sie sich zumeist auf Drinks mit Wodka, aber auch das waren noch etliche. Als der Kellner zurückkam, studierte sie immer noch die Karte. Mario war die Entscheidung wesentlich leichter gefallen, da er sich mit dem Alkohol sowieso zurückhalten musste. Für den Anfang bestellte er ein Corona. Später würde er sich dann an die alkoholfreien Cocktails halten.

Der Kellner notierte Marios Bestellung und wandte sich dann an Laura. »Und was darf ich Ihnen bringen?«

»Tut mir leid, ich brauch noch ein bisschen«, antwortete Laura entschuldigend und vertiefte sich wieder in die Karte. Mit einem knappen Nicken verabschiedete sich der Kellner.

Nachdem Laura die Liste bereits zweimal durchgelesen hatte, fragte Mario: »Willst du die Karte auswendig lernen?«

»Ich kann mich immer so schwer entscheiden. Da sind einige dabei, die gut klingen. Soll ich einen nehmen, den ich schon kenne oder soll ich etwas Neues ausprobieren?«

»Auf jeden Fall solltest du dich schnell entscheiden, der Kellner kommt nämlich gerade mit meinem Bier.«

Laura wechselte einen Blick zwischen dem näher kommenden Kellner und der Karte.

»Dann schick ich ihn eben noch einmal weg.«

»Wenn es dich überfordert, eine Wahl zu treffen, kann ich dir das abnehmen.«

Verärgert über seinen gönnerhaften Tonfall funkelte sie ihn böse an. »Danke, aber das schaffe ich schon allein.«

»So, ein Corona bitteschön. Wissen Sie schon, was Sie bestellen möchten?«

Eigentlich wollte sie gerade sagen, dass sie sich noch immer nicht entschieden hatte, aber Marios durchdringender Blick ließ sie innehalten. Sie hatte keine Lust, sich vor dem Kellner mit ihm zu streiten, und noch weniger Lust hatte sie, irgendein ekliges Gesöff vorgesetzt zu bekommen, das ihr überhaupt nicht schmeckte. Also rang sie sich zu einer Entscheidung durch und bestellte einen *Sex on the Beach.*

»Interessante Wahl«, konstatierte Mario, während er sich in seinen Sessel sinken ließ. Irgendwie hatte Laura schon befürchtet, dass Mario einen Kommentar dazu abgeben würde. Doch vermutlich war es besser, ihn einfach zu ignorieren, ehe sie etwas sagte, das sie kurz darauf wieder bereuen würde. Stattdessen überlegte sie, wie sie am besten auf dieses furchtbare Telefonat zu sprechen kommen sollte. Und vor allem, ob es eine Möglichkeit gab, den Besuch bei ihren Eltern doch noch abzuwenden.

Mario nahm es ihr ab, eine Antwort auf den ersten Teil ihrer Frage zu finden. »Also, worüber wolltest du mit mir reden? Was liegt dir auf dem Herzen?«

Sein unbefangenes, freundliches Lächeln und der interessierte Tonfall verärgerten Laura. Er wusste verdammt gut, dass sie sauer auf ihn war, und er wusste auch warum. Außerdem hatte sie ihm gesagt, dass sie ein ernsthaftes Gespräch mit ihm führen wollte. Wehe ihm, wenn er vorhatte, wieder eines seiner Psychospielchen mit ihr zu treiben und sie zu manipulieren. Sie war fest entschlossen, sich das diesmal nicht gefallen zu lassen.

»Du brauchst gar nicht so unschuldig tun!«, zischte sie ihn mit gesenkter Stimme an. »Was hast du dir eigentlich heute Morgen dabei gedacht? Das, was wir machen, geht nur uns beide etwas an!«

Mario zuckte nur mit den Schultern und antwortete unschuldig lachend: »He, ich hab doch gar nichts gemacht.«

»Und wie kommt es dann, dass wir nächste Woche meine Eltern besuchen müssen, wenn du gar nichts gemacht hast?«

»Weil deine Mutter uns eingeladen hat.«

»Weil du dazwischengequatscht hast! Du hättest dann wenigstens behaupten können, du hast keine Zeit!«

»Das wäre aber sehr unhöflich gewesen. Deine Mutter wäre sicher enttäuscht gewesen, wenn wir abgesagt hätten. Und ich kann nicht ewig keine Zeit haben. Sonst kommen deine Eltern noch auf die Idee, ich würde mich davor drücken wollen, sie kennenzulernen.«

»Und wenn schon!«

Dass Mario sich so reuelos zeigte, trieb Laura auf die Palme. Außerdem ließ es in ihr den Verdacht keimen, dass er wieder etwas ausheckte. Es wirkte fast so, als würde er sich schon darauf freuen, ihre Eltern kennenzulernen. Wenn das nicht verdächtig war. Niemand freute sich auf einen langweiligen Verwandtenbesuch. Schon gar nicht, wenn man den Eltern der neuen Freundin Rede und Antwort stehen musste. Ein flaues Gefühl regte sich in ihrem Magen.

»Warum bist du so erpicht darauf, zu meinen Eltern zu fahren?«

»Das bin ich überhaupt nicht. Du hingegen scheinst mir ein sehr großes Interesse zu haben, dieses Treffen auf jeden Fall zu verhindern. Mich würde interessieren, woran das liegt.«

»Sag du es mir.«

»Wer? Ich?« Mario wirkte wie die Unschuld in Person. Wenn das kein Schuldbekenntnis war.

»Ja, du! Sollte ich denn einen Grund haben, dich meinen Eltern besser nicht vorzustellen?«

Jetzt brach er in Gelächter aus.

Laura war nicht zum Lachen zumute. »Es ist schön, dass du das so lustig findest.«

»Du solltest lieber froh sein, dass ich das so humorvoll aufgenommen habe. Immerhin hast du gerade angedeutet, dass du dich mit mir genieren wirst.«

»Nein, ich fürchte viel mehr, dass du mich wieder in eine peinliche Situation bringst, in der ich mich dann ganz allein in Grund und Boden schämen werde. Weil dir sowieso nichts peinlich ist!«

Mario blieb unbeeindruckt. »So, du hältst mich also für so peinlich, dass man mich bei den Eltern nicht herzeigen kann?«

Laura stöhnte verzweifelt. Er spielte schon wieder mit ihr. Und sie kam einfach nicht dagegen an. »Ich habe nicht gesagt, du bist peinlich, sondern du bringst mich ständig in peinliche Situationen. Und leugne das jetzt bloß nicht, ich weiß doch genau, welchen Spaß dir das macht.«

»Und nun machst du dir Sorgen, dass es mir auch Spaß machen könnte, dich vor deinen Eltern bloßzustellen.«

Seine Stimme klang so sanft und einfühlsam, dass Laura ein wenig Hoffnung schöpfte.

»Würde es das nicht?«, fragte sie zweifelnd.

»Ich mag ja ein Sadist sein, aber alles hat seine Grenzen. Wenn du klar und deutlich sagst, du möchtest etwas nicht, werde ich das natürlich respektieren.«

»Gut, ich möchte nicht, dass irgendjemand erfährt, was wir beide miteinander machen. Auch keine peinlichen Andeutungen. Das soll unter uns bleiben.«

»Das dachte ich mir schon.«

Sein Lächeln schien Lauras Seele zu wärmen, und sie wurde wieder etwas entspannter, da die sichere Katastrophe abgewendet schien. Dennoch war ihr immer noch nicht ganz wohl bei der Sache.

»So, und jetzt erzähl mir mal ein wenig von deinen Eltern. Woran liegt es, dass du diese Zusammenkunft so vehement verhindern willst?«

»Ich weiß nicht. Es ärgert mich einfach, dass sie anscheinend noch immer nicht zur Kenntnis genommen haben, dass ich längst erwachsen bin und meine Verehrer nicht erst zu Hause vorstellen muss, bevor ich mit ihnen ausgehe. Da heißt es dann immer, sie machen sich halt Sorgen um mich. Ich habe sie einmal gefragt, was sie sich denn davon versprechen. Ob sie etwa glauben, dass es mir nicht auffallen würde, wenn ich mit einem mordlustigen Verrückten ausginge, ihnen aber schon. Dann konnte ich mir einen Vortrag über ›Liebe macht blind‹ anhören, und ich hätte ja gar keine Ahnung, was für Typen da draußen herumlaufen.«

»Und zwar?«, erwiderte Mario neugierig.

Genervt rollte Laura mit den Augen. Den Kopf zur Seite geneigt, warf sie Mario einen schiefen Blick zu, während sich ihre Lippen zu einem ironischen Lächeln verzogen. »Typen wie du zum Beispiel.«

»Wie ich?«, rief Mario in gespieltem Entsetzen aus.

»Allerdings. Du bist genau die Sorte Mann, vor der mich meine Mutter immer gewarnt hat.«

»Deine Mutter hat dich vor Männern gewarnt, die dich fesseln und auspeitschen wollen?«, hakte Mario amüsiert nach. Er kannte Lauras Mutter zwar nicht, aber wenn er von Laura auf ihre Mutter schließen konnte, war anzunehmen, dass sie über derartige Dinge vermutlich nicht einmal reden würde. Die schnippische Antwort, die er bekam, schien diese Vermutung zu bestätigen.

»Natürlich nicht! Aber sie hat mich unter anderem vor Männern gewarnt, die glauben, mich bevormunden zu können.«

»Hört sich doch nach einem vernünftigen Ratschlag an.«

»Das sagst ausgerechnet *du?*«

»Ich bevormunde dich nicht. Ich erteile dir lediglich Befehle, was dir nebenbei bemerkt ungemein gefällt. Das sind zwei ganz unterschiedliche Paar Schuhe.«

»Ich fürchte, meine Mutter würde das nicht so differenziert sehen. Vermutlich würde sie mir vorwerfen, dass ich dir hörig bin.«

»Hm, welch attraktiver Gedanke.«

»Hör auf damit, das ist nicht lustig!«

»Ach komm schon, Laura, warum denn gleich so gereizt, wir wissen doch beide, dass es nicht so ist. Du würdest dir das alles doch nie von mir gefallen lassen, wenn du nicht darauf stehen würdest.«

»Nein, aber ich kann diese schleichende moralische Indoktrinierung nicht so einfach ablegen. Nicht dass du jetzt glaubst, meine Mutter wäre daheim mit einem Kreuz herumgelaufen und hätte gepredigt ›Sex ist Sünde‹. Aber steter Tropfen höhlt den Stein, und wenn man immer diese ablehnenden Bemerkungen hört, prägt einen das mit der Zeit. Ihrer Meinung nach ist Sex etwas, woran sowieso nur die Männer Spaß haben. Und ausgefallene Sexpraktiken sind schon überhaupt nicht drin, das machen in ihren Augen nur die Perversen. Ich kann mich noch gut erinnern, wie meine Mutter mir sehr abfällig von einer Bekannten erzählt hat, die angeblich Handschellen zu Hause hat. Wenn sie sich schon über ein Paar Handschellen so aufregt, was würde sie dann erst zu dem sagen, was wir tun. Wahrscheinlich würde sie auf der Stelle tot umfallen, sollte sie es je erfahren.«

»Ich verstehe sehr gut, wovon du redest. Meine Eltern sind zwar nicht gerade konservativ, aber ich zweifle dennoch daran, ob sie erfreut wären zu erfahren, was ich so treibe. Mit der Zeit gewöhnt man sich daran, dass die Leute, die nicht so empfinden, Schwierigkeiten haben, das nachzuvollziehen. Sie wissen es eben nicht besser. Aber je mehr du deine eigenen Vorlieben kennenlernst und erfährst, dass es ein gutes Gefühl ist, ihnen nachzugeben, desto weniger wirst du darüber nachdenken, was andere dazu sagen mögen.«

»Bei dir klingt das so einfach. Ich bin mir nicht sicher, ob all die Zweifel und die Schamgefühle, die ich habe, sich mit der Zeit verflüchtigen werden.«

»Da bin ich sehr zuversichtlich. Und schließlich musst du auch nicht darauf warten, dass sie von allein verschwinden. Ich werde schon dafür sorgen, sie dir möglichst schnell auszutreiben.«

Seltsamerweise fand Laura diese neckende Drohung ausgesprochen tröstlich. Vermutlich würde sie anders darüber denken, wenn Mario sie wahrmachte, aber im Moment war es einfach schön zu wissen, dass sie nicht allein dastand.

23

Laura winkte ihren Eltern zum Abschied aus dem Auto zu, bis sie außer Sichtweite waren. Mit einem erleichterten Seufzen ließ sie sich in den Sitz sinken. Entgegen ihrer Befürchtungen war der Besuch ganz hervorragend verlaufen, und sie waren sogar auch noch zum Abendessen geblieben. Mario konnte ein perfekter Gentlemen sein, wenn er mal nicht gerade den Sadisten raushängen ließ. Der herzlichen Umarmung nach, mit der ihre Mutter ihn verabschiedet hatte, sah sie in ihm wohl schon den perfekten zukünftigen Schwiegersohn.

Als Mario das Auto vor einer roten Ampel zum Stehen brachte, nutzte Laura die Gelegenheit, um ihm einen innigen Kuss zu geben. »Es tut mir leid, dass ich an deinen Motiven für dieses Treffen gezweifelt habe.«

»Das muss es nicht. Ich kann verstehen, warum du skeptisch warst. Wie du bereits treffend festgestellt hast: Ich tu ja auch einiges für meinen schlechten Ruf.« Er warf ihr ein spitzbübisches Grinsen zu.

Erleichtert lächelte Laura zurück. Sie hatte befürchtet, Mario würde es ihr vielleicht doch ein wenig übel nehmen, dass sie so strikt dagegen gewesen war, ihn ihren Eltern vorzustellen. Aber anscheinend fand er es eher amüsant als beleidigend.

»Übrigens, ein guter Freund von mir hat mich diese Woche angerufen, wir werden uns Samstagabend treffen.«

Ein kleines »Oh« war zu hören. Aus den Augenwinkeln erspähte Mario den enttäuschten Ausdruck, der kurz über Lauras Gesicht huschte. Das gefiel ihm. Offenbar war sie schon ganz selbstverständlich davon ausgegangen, dass sie das Wochenende wieder zusammen verbringen würden.

Laura bemühte sich, die Enttäuschung rasch beiseitezuschieben. Natürlich hatte er Freunde, mit denen er sich treffen wollte. Und schließlich waren sie auch noch nicht so lange zusammen, als dass sie ein Mitspracherecht bei seiner Freizeitplanung einfordern konnte.

»Ich möchte, dass du mich begleitest.«

Marios Stimme riss sie aus ihren Gedanken und ließ sie überrascht zu ihm hinüberblicken. Er hatte es ganz beiläufig gesagt, den Blick immer noch auf die Straße gerichtet. Einen Moment lang starrte sie ihn an, ehe ihr klar wurde, dass er anscheinend nicht auf eine Antwort von ihr wartete. Ärger stieg in ihr auf. Er hatte es mal wieder ganz unverfänglich klingen lassen, aber er hatte keinen Wunsch geäußert, sondern eine Entscheidung verkündet. Und sie sollte das jetzt so akzeptieren. So wie letzte Woche, als er erwartet hatte, dass sie von jetzt auf gleich Zeit für ihn hatte. Wie konnte er es wagen, so mit ihr umzuspringen! Sie waren hier nicht in seinem Schlafzimmer, wo er sie nach Belieben herumkommandieren konnte. Von wegen, er bevormundete sie nicht. Der Rebellionsgeist erwachte in ihr, und sie befand, dass es an der Zeit war, ihm einen Dämpfer zu verpassen. Sie erwog, einfach so zu tun, als hätte sie es tatsächlich für eine Frage gehalten. Aber sie hatte keine Lust, sich dummzustellen. Sie war auf Konfrontation aus. Diesmal würde sie ihm das nicht so einfach durchgehen lassen.

Herausfordernd reckte sie das Kinn. »Woher weißt du, dass ich am Samstag nicht schon etwas anderes vorhabe?«

Okay, das war jetzt nicht so berühmt gewesen. Blöde Ansage, und Mario hatte den Trotz in ihrer Stimme bestimmt gehört. Diese Art von Spielchen war eindeutig eher Marios Ding.

Gemächlich drehte Mario den Kopf in ihre Richtung, bis er ihr mit ausdruckslosem Blick in die Augen sah. Laura wappnete sich für die unvermeidliche Feststellung, dass sie in Wirklichkeit gar keine Pläne für Samstag hatte, und überlegte fieberhaft, was sie darauf am besten kontern sollte. Ein überlegenes, eiskaltes Lächeln formte sich auf Marios Gesicht, das Laura einen kalten Schauer durch den Körper jagte.

»Dann wirst du es absagen.«

Fassungslos starrte sie Mario an, der seine Aufmerksamkeit jedoch wieder auf die Straße richtete. Darauf war sie wirklich nicht gefasst gewesen. Sie hatte erwartet, dass er mit ihr diskutieren würde. Sie hätte sich wortreich darüber beschwert, dass das Sitten waren, die sie gar nicht erst einreißen lasse würde, er hätte sie beschwichtigt, sich vielleicht auch entschuldigt, und vermutlich hätte die Diskussion schließlich damit geendet, dass sie ihn doch begleitet hätte. Aber das hier war einfach unfassbar. Offenbar meinte er wirklich, er könne sich alles mit ihr erlauben. Und erst dieser Blick, mit dem er sie angesehen hatte. Wenn er ernsthaft glaubte, sie damit einschüchtern zu können, war er aber ganz schön auf dem Holzweg. Heftiger Zorn flammte in ihr auf, und Laura rang mühsam um Beherrschung, um ihm nicht aufgebracht etwas an den Kopf zu schleudern, was sie später bereuen würde.

Ohne eine Miene zu verziehen, lächelte Mario still in sich hinein. Diesmal hatte er Laura aber ganz schön zur Weißglut gebracht. Eigentlich war es fast schon zu einfach gewesen. Er hatte nicht damit gerechnet, dass sie den Köder, den er ihr angeboten hatte, so bereitwillig schlucken würde. Es war nur allzu offensichtlich, dass Laura rein gar nichts geplant hatte, zumindest nichts, was ihn nicht involviert hätte. Seine Forderung, sie solle es absagen, hatte einzig und allein dazu gedient, sie herauszufordern. Und offenbar hatte sie sich bereits so in ihre Erregung hineingesteigert, dass ihr das komplett entgangen war. Belustigt nahm er zur Kenntnis, dass sie ihn nun böse anfunkelte. Das dürfte noch ein interessanter Abend werden. Er war noch nie in die Verlegenheit gekommen, sich mit einer widerspenstigen Sklavin herumschlagen zu müssen. Seine bisherigen Spielpartnerinnen waren alle ausgesprochen devot gewesen, begierig darauf, ihm jeden Wunsch zu erfüllen. Noch nie hatte es eine gewagt, sich ihm zu widersetzen. Was auch kein Wunder war, immerhin hatte er stets gleich zu Beginn klargestellt, dass er Gehorsam erwartete. Wer das nicht bringen konnte, konnte gleich wieder gehen. Für aufmüpfige Sklavinnen, die glaubten, *topping from the bottom* betreiben zu können, hatte er nichts übrig. Aber Laura war eben ganz anders als die Frauen, die er bisher gehabt hatte. Allerdings musste er ihr auch zugestehen, dass sie es insofern schwerer hatte, als dass sie seine dominanten Launen auch außerhalb der explizit deklarierten Sessions ertragen musste. Beinahe hätte er geschmunzelt. Offensichtlich haderte sie immer noch damit, all die Widersprüche in Einklang zu bringen, vor allem in solchen Situationen. Und heute hatte mal wieder die selbstbewusste Frau, für die es absolut undenkbar war, sich den Befehlen eines Mannes zu beugen, die Oberhand gewonnen. Zumindest vorläufig. Denn auch wenn diese Rebellion durchaus ihren Reiz hatte, würde er so etwas auf keinen Fall dulden. Unauffällig schielte er zu ihr hinüber. Ihr Anblick beschwor in ihm das Bild eines Vulkans herauf: mühsam beherrschtes Feuer, das jeden Moment ausbrechen konnte. Geduldig harrte er der unvermeidlichen Eruption. Es sollte nicht lange dauern.

24

»Sag mal, was bildest du dir eigentlich ein!«, herrschte sie ihn an. Laura hatte sich ehrlich Mühe gegeben, ruhig und sachlich zu bleiben, aber sie war gescheitert. Das war einfach zu viel. Das Maß war voll. Sie mochte zugestimmt haben, seine Sklavin zu sein und seine Befehle zu befolgen. Aber das gab ihm noch lange nicht das Recht, die Kontrolle über ihr Leben zu übernehmen. Warum hatte sie sich das überhaupt so lange gefallen lassen? Nur weil ihr verräterischer Körper auf ihn angesprochen und ihren Verstand vernebelt hatte? Doch diesmal würde sie ihm deutlich machen, dass das nicht akzeptabel war. Sie daheim herumzukommandieren war eine Sache, zu bestimmen, wann sie ihm zur Verfügung zu stehen hatte, eine ganz andere.

»Was glaubst du, wer du bist, dass ich mir das von dir gefallen lassen soll!«

Ihren Wutausbruch ignorierend, antwortete Mario in ganz selbstverständlichem Tonfall: »Ich bin dein Meister. Ich kann mit dir machen, was ich will, und du hast dir alles von mir gefallen zu lassen.«

»Das glaubst aber auch nur du!«

Nun beachtete er sie endlich. Sofort wünschte Laura sich, er hätte sie weiter ignoriert. Sie erschauerte und wich unwillkürlich zurück. Sein Blick war eiskalt, und er wirkte so hart und unbarmherzig, wie sie ihn noch nie erlebt hatte. Er sagte kein Wort, doch die unausgesprochene Drohung war so greifbar, dass sie meinte, sie in ihrem Kopf hören zu können.

Du wirst schon sehen.

Auf einmal lösten sich seine Augen von ihr. Er schien nun an ihr vorbeizuschauen. Verunsichert ließ Laura ihren Blick hin und her springen. Sie wollte Mario nicht aus den Augen lassen, aber sie wollte auch wissen, was da draußen seine Aufmerksamkeit erregte. Jedoch konnte sie nichts erkennen. Es war inzwischen dunkel geworden, und die Landstraße verlief hier auch noch durch einen Wald. Außer Bäumen war weit und breit nichts zu sehen. Doch Mario schien fündig geworden zu sein. Zu ihrem Entsetzen bremste er den Wagen ab, um dann in einen Forstweg einzubiegen, der in den Wald hineinführte.

»Was soll das werden?«

Laura schluckte hart. Selbst in ihren Ohren hatte das etwas hysterisch geklungen. Das passte überhaupt nicht zu ihr.

Beruhige dich, du führst dich lächerlich auf. Wir fahren in den Wald, na und, was soll schon sein. Wahrscheinlich will er das einfach nur nicht während der Fahrt diskutieren, und wir können schlecht mitten auf der Straße stehen bleiben.

Doch irgendwie konnte Laura sich nicht so recht überzeugen. Für eine schlichte Unterhaltung hätte er nicht so weit in den Wald hineinfahren müssen.

Nach kurzer Fahrt hatten sie das Ende des Weges erreicht. Ein kleiner Umkehrplatz mitten im Wald, nicht einmal groß genug, um eine nennenswerte Lücke in das Blätterdach zu schlagen. Mario wendete das Auto, dann stellte er den Motor ab und schaltete das Licht aus. Ein unheimliches Frösteln kroch an Laura hoch, als es plötzlich dunkel wurde. Angespannt wartete sie darauf, dass ihre Augen sich auf die Dunkelheit einstellten und sie im fahlen Mondlicht wieder etwas erkennen konnte.

»Aussteigen.«

Seine harte Miene und sein düsterer Ton trafen sie wie ein Schlag. Soviel zum Thema, sie würde sich doch nicht von ihm einschüchtern lassen. Furcht überkam sie und schien sich zu einem Stein in ihrem Magen zusammenzuballen.

»Was?«, hauchte sie ungläubig.

Ein grausames Lächeln erschien auf seinem Gesicht. Sie hatte das gefühllose Lächeln von vorhin schon als beängstigend erachtet. Aber das hier löste Panik in ihr aus. Es war alles andere als emotionslos. Es spiegelte puren Sadismus, so unverhohlen, wie sie es noch nie gesehen hatte.

»Du hast schon richtig verstanden. Raus mit dir!«

Haltsuchend krallte Laura ihre Finger in den Autositz, während sie vor ihm zurückwich. Sie würde bestimmt nicht aussteigen! Der Großteil ihrer Wut war der Angst gewichen, doch sie griff nach dem verbliebenen Rest, um daraus Stärke zu gewinnen. Sie würde sich einfach weigern. Das Ganze hatte doch überhaupt erst mit ihrem Unmut über seine befehlsgewohnte Art angefangen. So leicht würde sie sich nicht geschlagen geben! Sie würde ihm trotzen und ihm beweisen, dass er sich nicht alles erlauben konnte.

Auf einmal kam sie sich ein bisschen lächerlich vor, wie sie sich hier so verängstigt in ihren Sitz drückte. Ein Hauch von Vernunft schien sich den Weg in ihre Gedanken zu erkämpfen. Wovor genau fürchtete sie sich eigentlich so? Mario mochte zwar bedrohlich wirken, aber realistisch betrachtet, würde er ihr sicher nichts antun. Viel wahrscheinlicher war doch, dass er einfach nur wieder seine Spielchen mit ihr trieb. Vermutlich lachte er sich gerade ins Fäustchen, weil er sie so erschreckt hatte, und sie ihm die ganze Vorstellung abgekauft hatte. Von neuem Selbstbewusstsein erfüllt, baute Laura sich vor Mario auf.

»Nein«, verkündete sie mit fester Stimme.

Das Triumphgefühl, das sie zunächst empfand, als sie einander unnachgiebig anstarrten, wurde jäh zerstört, als Mario unvermittelt die Tür aufriss und aus dem Auto sprang. Ihr Mut zerplatze wie eine Seifenblase und löste sich in Nichts auf. Panik ergriff sie, als Mario an ihrer Tür auftauchte. Was, wenn sie sich geirrt hatte? Sie hatte doch diesen Sadismus in seinen Augen gesehen. Es war das erste Mal gewesen, dass sie es so deutlich gesehen hatte. Doch anstatt die klare Warnung zu erkennen, hatte sie sich eingeredet, das alles wäre nur ein Spiel. Wie naiv von ihr! So einen Blick konnte man nicht einfach vortäuschen, der ließ sich nicht von den dazugehörigen Emotionen trennen.

Die Tür wurde aufgerissen, ohne zu zögern packte Mario

sie und zerrte sie aus dem Wagen. Laura versuchte verzweifelt, sich irgendwo festzuhalten, doch sie bekam nichts zu fassen. Ehe sie sich versah, kam sie unsanft auf dem Waldboden zum Liegen. Zu ihrem Glück war der Boden relativ weich, wodurch der Sturz nicht ganz so schlimm ausfiel. Viel mehr schmerzte die Erkenntnis, wie brutal Mario sie aus dem Auto geholt und zu Boden gestoßen hatte. Falls sie noch irgendwelche Zweifel gehabt hatte, dass das kein Spiel mehr war, waren sie nun restlos ausgeräumt. Sie versuchte gerade sich aufzurappeln, als eine Hand in ihr Haar fuhr und grob daran zog, sodass sie auf allen vieren landete. Entsetzt kreischte Laura auf.

»Mario!«

Er hielt kurz inne, doch sie konnte sein Gesicht nicht sehen, da er ihren Kopf nach unten drückte. Für den Bruchteil einer Sekunde hegte sie die Hoffnung, er würde vielleicht von ihr ablassen. Doch dann marschierte er energisch los, wobei er sie an ihren Haaren einfach mit sich zog. Hastig bemühte Laura sich, neben ihm herzukrabbeln, um den Zug auf ihre Kopfhaut zu verringern. Doch es war ihr kaum möglich, mit ihm mitzuhalten, und schon der kurze Weg hinters Auto wurde zur Tortur. Als er stehenblieb, versuchte Laura sich zu befreien.

»Lass mich los! Du tust mir weh!«

Mario öffnete den Kofferraum und suchte mit der linken Hand in der Tasche seiner Kletterausrüstung herum. Mit der rechten hielt er weiterhin Lauras Haar fest umklammert. Sollte sie ruhig ein bisschen herumstrampeln, damit würde sie sich nur selber Schmerzen zufügen. Anscheinend wurde ihr das auch klar, denn ihr Widerstand wurde schwächer. Er war sich durchaus bewusst, dass sie bei weitem noch nicht bereit war für das, was er heute Abend mit ihr tat, aber er würde es trotzdem durchziehen. Und auch für ihn würde es eine völlig neue Erfahrung werden. Ihre Furcht war echt, nicht die Mischung aus Angst und freudiger Erwartung, die er sonst gewohnt war. Vielleicht hätte es ihm mehr zusetzten sollen, dass sie solche Angst vor ihm hatte, und ihn das auch noch scharf machte. Aber der Rausch der Macht war stärker. Sie war vollkommen seinem Willen ausgeliefert, und ihre ernsthaften, wenngleich erfolglosen Versuche sich zu widersetzen, verstärkten das Gefühl der absoluten Kontrolle über die Situation nur noch mehr. Doch er war sich auch der großen Verantwortung bewusst, die er hier trug. Momentan vollführte er mit Laura einen Drahtseilakt ohne Netz. Sie hatte dem hier in keinster Weise zugestimmt, dennoch blieb ihr kaum eine andere Wahl, als ihm über das Seil zu folgen. Die Macht über sie, an der er sich gerade so berauschte, stand ihm in Wirklichkeit gar nicht zu. Wenn er sie nicht dazu brachte, sie ihm doch noch zuzugestehen, würde er am Ende als Dieb dastehen. Und Laura würde abstürzen. Aber soweit würde es nicht kommen. Er hatte ihr versprochen, sie immer aufzufangen, und genau das hatte er auch vor. Denn in Wahrheit gab es natürlich ein Sicherheitsnetz. Sie hatte es in ihrer Panik nur vergessen.

Ein unerwarteter Schmerz in dem Arm, mit dem er Laura festhielt, riss ihn aus seinen Gedanken. Etwas verärgert stellte er fest, dass er unkonzentriert gewesen war und nur planlos die Sachen in der Tasche hin und her geschoben hatte. Das hatte Laura Zeit gegeben, ihre Hemmungen über Bord zu werfen. Ihre Fingernägel hatten sich in seinen Unterarm und seine Hand gegraben, während sie verzweifelt versuchte, seine Finger aus ihrem Haar zu entfernen. Unsanft riss er ihren Kopf hoch und drehte sich mit ihr herum. Ein erstickter Schrei war zu hören, als sie nach hinten fiel. Zunächst krallte sie sich noch fester an ihn, um den Zug auf ihre Haare zu mindern, doch dann schnellten ihre Hände instinktiv nach unten, um den Sturz abzufangen. Ein Brennen schoss durch Marios Arm, als ihre Nägel dabei durch seine Haut fuhren, doch er ignorierte es. In einem Halbkreis zog er Laura auf seine andere Seite, sodass sie nun mit dem Rücken zum Auto saß, die Beine vor sich ausgestreckt. Mit der freien Hand packte er sie am Hals und drückte sie gegen die Stoßstange, ehe er den Griff in ihrem Haar lockerte. Er hob die Hand etwas ins Licht, sodass er die Kratzer begutachten konnte. Die Kleine war eine echte Wildkatze, sie hatte ihn ganz schön erwischt. Selbst im fahlen Mondlicht waren die leuchtend roten Spuren ihrer Nägel und die aufgeschürfte Haut deutlich zu erkennen. Aus einem der Kratzer perlte sogar etwas Blut. Ein Lächeln glitt über sein Gesicht. Er hatte das mit Sicherheit verdient, aber jetzt war Schluss mit diesen Aufmüpfigkeiten. Sein Blick wanderte zu Laura, die sich ängstlich gegen die Stoßstange drängte, um dem Druck seiner Hand zu entkommen.

»Knie dich hin«, befahl er ihr, die Hand dabei etwas nach oben ziehend.

»Lass mich los, Mario! Das ist nicht lustig!« Noch während sie ihn mit bebender Stimme anschrie, begann sie sich mit Händen und Füßen gegen ihn zu wehren.

Mario veränderte seine Position ein wenig, um ihren Fußtritten ausweichen. Er hätte ihr gleich die Schuhe abnehmen sollen. Wenn sie ihn mit dem Absatz ihrer Stöckelschuhe traf, könnte das sehr unangenehm für ihn werden. Aber dieses Theater würde ohnehin gleich vorbei sein. Er verstärkte den Druck seiner Hand um ihren Hals.

»Hör auf, dich mir zu widersetzen«, flüsterte er drohend.

Ihre Augen weiteten sich vor Entsetzen. Panisch begann sie an seinem Arm zu zerren und auf seine Brust zu schlagen, während sie nach Luft rang.

»Loslassen!«, presste sie mühsam hervor.

Er drückte noch ein wenig fester zu. »Dein Widerstand

wird aufhören, wenn nicht freiwillig, dann spätestens wenn du bewusstlos wirst.«

Laura erstarrte. Mittlerweile hatte sie keine Zweifel mehr, dass er bereit war, so weit zu gehen. Und wenn sie ohnmächtig wurde, wäre sie ihm völlig ausgeliefert. Nicht, dass sie bisher viel gegen ihn hätte ausrichten können. Der letzte Funke der Rebellion erlosch in ihr.

»Bitte, Mario, hör auf damit. Du machst mir Angst.«

Obwohl ihr das Sprechen schwerfiel, war der Wandel in ihrer Stimme deutlich zu hören. Mario konnte spüren, wie ihr Widerstand nachließ. Sie hatte auch aufgehört um sich zu schlagen, doch sie klammerte immer noch verzweifelt ihre Hand um seinen Arm, um ihn von ihrem Hals wegzuziehen.

»Gib deinen Widerstand auf«, forderte er erneut mit kalter Stimme.

Verzweiflung überfiel Laura. Es war zwar sowieso nur eine Illusion, wenn sie glaubte, es würde einen Unterschied machen, ob sie an seinem Arm zog oder nicht. Er war ihr körperlich weit überlegen. Aber es reichte ihm nicht, ihr zu beweisen, dass sie hilflos war, er wollte, dass sie seine Macht über sie auch anerkannte, dass sie sich ihm unterwarf. Dann hätte er gewonnen, er könnte alles mit ihr machen, und sie würde es geschehen lassen. Aber so weit war es noch nicht. Sie würde sich fügen, vorerst, weil sie keine andere Wahl hatte. Zögernd löste sie den Griff um seinen Arm und ließ die Hände neben ihrem Körper zu Boden sinken. Es kostete sie viel Überwindung, entgegen ihrem natürlichen Instinkt sich zu wehren zu handeln, doch sie wurde belohnt. Der eiserne Griff um ihre Kehle lockerte sich. Ein Schwall frischer Luft stürzte in ihre Lungen.

Mario ließ Laura einige tiefe Atemzüge nehmen, ehe er sie erneut aufforderte, sich hinzuknien. Sie blickte ihn zwar flehend an, ob der Hand, die immer noch um ihren Hals lag, aber ihr Widerstand war merklich dahingeschmolzen. Da er keine Anstalten machte, sie loszulassen, zog sie schließlich die Beine unter sich und richtete sich vorsichtig auf ihre Knie auf. Mario begutachtete ihre neue Position und stellte zufrieden fest, dass er sie so gut im Griff hatte und gleichzeitig weiter in seiner Tasche kramen konnte. Er hatte mehrere Seile da drinnen, aber keines davon war wirklich gut zum Fesseln geeignet. Egal, er hatte schließlich nicht vor, eine kunstvolle Bondagesession zu veranstalten, er wollte sie nur irgendwie fesseln.

»Aufstehen«, befahl er knapp, während er Laura auch schon auf die Füße zog. Dann drängte er sie einige Schritte vom Auto weg.

»Was hast du mit mir vor?«, flüsterte Laura ängstlich.

Das leise Lachen, das sie als Antwort bekam, ließ ihr das Blut in den Adern gefrieren.

»Zieh dich aus.«

Seine Stimme war ein liebliches Schnurren, hätte sie die Augen geschlossen und alles andere ausgeblendet, hätte sie sich beinahe einreden können, sie wären zu Hause und alles wäre in Ordnung. Aber das war es nicht, nichts war in Ordnung. Sie waren nicht zu Hause, sie waren mitten in der Nacht ganz allein im Wald, und sie hatte große Angst vor dem, was gleich kommen würde. Er würde sie nehmen, da war sie sich ganz sicher. Doch sie wollte das nicht. Bei dem Gedanken daran, zog sich ihr Magen schmerzhaft zusammen und ihre Augen wurden feucht. Nein, er würde es nicht tun, wenn er sie gegen ihren Willen nahm, dann wäre das doch Vergewaltigung. Zweifelnd sah sie ihn an. Sie konnte sich doch nicht so sehr in ihm getäuscht haben. Das konnte er ihr doch nicht antun. Aber sie hätte ihm auch nicht zugetraut, dass er bereit war, sie bis zur Bewusstlosigkeit zu würgen, um ihren Gehorsam zu erzwingen. Tiefe Verzweiflung brach in ihr aus und ließ ihre letzten Dämme brechen. Wie kleine Bäche flossen die Tränen über ihr Gesicht, und ihr ganzer Körper wurde von ihrem Schluchzen erschüttert, während sie sich verzweifelt bemühte, nicht zusammenzubrechen, da Marios Hand immer noch auf ihrem Hals ruhte.

»Mario, ich will das nicht. Bitte, tu mir das nicht an.«

Einen Augenblick lang geriet Mario ins Wanken. Laura so zu sehen, war nun doch fast mehr, als er ertragen konnte. Vielleicht hatte er es diesmal etwas zu weit getrieben. Ja, es machte ihm Freude, sie ein wenig zu quälen, aber er hatte sie nicht an den Rand des Zusammenbruchs bringen wollen. Er spürte das Bedürfnis in sich aufkeimen, sie einfach in die Arme zu nehmen und ihr zu sagen, dass alles gut werden würde. Aber so einfach war das nicht. Dann wäre alles umsonst gewesen, und sobald sie sich wieder beruhigt hätte, würde sie ihn zum Teufel jagen, weil er ihr so übel mitgespielt hatte. Nein, er würde es durchziehen wie geplant. Zeit, ihr das Sicherheitsnetz zu zeigen. Die Entscheidung, ob sie springen wollte oder nicht, musste sie dann selbst treffen.

25

Mit einer geschmeidigen Bewegung glitt er hinter Laura. Dabei löste er seine Hand von ihrem Hals und schob seinen ganzen Arm quer vor sie, um sie damit an seine Brust zu drücken. Nun, da er beide Hände freihatte, löste er den Knoten, der das Seil zusammenhielt, und warf es sich über die Schulter. Dann ließ er seine Hände über ihre Schultern gleiten, die Arme hinab, wo seine Finger sich wie ein Schraubstock um ihre Oberarme schlossen. Ganz auf das Gefühl der Macht über sie konzentriert, schob er sein schlechtes Gewissen beiseite und raunte ihr zu: »Ich denke, so langsam ist es genug. Ich habe deine respektlosen Äußerungen bisher toleriert, weil ich sie amüsant gefunden habe, aber mittlerweile langweilt es mich. Sieh es als Zeichen meiner Gnade an, dass ich dich erst einmal nur ermahne und nicht gleich bestrafe.«

»Mario, ich ... ahhh!« Ein scharfer Schmerz schoss durch Lauras Oberarme, als Mario sie fest in die empfindliche Haut an der Innenseite zwickte und sie zwischen seinen Fingern verdrehte.

»Schade, dass du meine Gnade nicht zu schätzen weißt. Das nächste Mal, wenn du mich mit etwas anderem als Meister ansprichst, wird die Strafe deutlich härter ausfallen.«

»Aber ... ahhh!«

»Und sprich gefälligst nur, wenn du gefragt wirst! Wenn ich von dir heute Abend noch einmal etwas höre, dann sollte es besser dein Safeword sein. Sonst werde ich dafür sorgen, dass du dir nachher wünschst, es wäre das Safeword gewesen.«

Laura fiel fast die Kinnlade herunter bei Marios Worten. Sie war so fassungslos, dass sie kaum mitbekam, wie Mario begann, ihre Arme auf dem Rücken zu fesseln. Sollte das ein Scherz sein! Sie hatte ganz umsonst gebettelt und gefleht? Stattdessen hätte sie einfach nur ihr Safeword sagen müssen! Eine Mischung aus Zorn und Erleichterung überkam sie. Einerseits war sie wütend, weil Mario ihr solche Angst eingejagt hatte. Er hatte genau gewusst, dass sie überhaupt nicht auf die Idee gekommen wäre, ihr Wort zu verwenden, sonst hätte er sie jetzt nicht extra mit der Nase daraufgestoßen. Aber vielmehr war sie erleichtert, weil es nun doch einen Ausweg für sie gab. Allerdings schoss ihr auf einmal ein beunruhigender Gedanke durch den Kopf. Konnte sie sich wirklich darauf verlassen, dass er das Safeword akzeptieren würde? Er hatte ihr erklärt, dass das Wort ihm sicher anzeigen würde, dass es ihr ernst war, weil während einer Session oft gefleht und gebettelt wird, ohne dass man wirklich aussteigen wollte. Allerdings hatte er genau gewusst, dass sie vorher gar nicht an diese Möglichkeit gedacht hatte, und dass es ihr verdammt ernst gewesen war, als sie verlangt hatte, er solle aufhören. Ernüchterung verdrängte die eben aufgestiegenen Gefühle. Alles was sie hatte, war ein Wort, das war nicht viel. Wieder fühlte sie sich verletzlich und hilflos. Mario war fast fertig damit, sie zu fesseln. Ähnlich wie letzte Woche hatte er ihre Oberarme hinter ihrem Körper zusammengebunden. Da das Kletterseil ausreichend lang war, hatte er die gesamte Länge ihrer Arme damit umwickelt, von den Oberarmen bis zu den Handgelenken hinunter, wo er nun gerade dabei war, es zu verknoten. Mit einem tiefen Atemzug versuchte Laura, der erneut aufsteigenden Panik Herr zu werden. Das Safeword war ihm sehr wichtig gewesen, als er es ihr erklärt hatte.

Er wird es beachten. Er wird aufhören, wenn ich es verwende.

Immer wieder wiederholte sie diesen Gedanken, um nicht daran denken zu müssen, dass sie nun, gefesselt und komplett hilflos, seinen Launen vollständig ausgeliefert war. Verstohlen schielte sie nach hinten. Den Kopf zu drehen, wagte sie nicht, das war gegen die Regeln, die er aufgestellt hatte. Und Mario schien heute nicht in der Stimmung zu sein, über Regelverstöße gnädig hinwegzusehen. Viel konnte sie nicht erkennen, da er immer noch hinter ihr war, aber sie sah, wie er gerade in die Hocke ging. Eine Hand schloss sich oberhalb ihres Knöchels fest um ihr Bein, die andere machte sich am Verschluss ihrer Schuhe zu schaffen. Großartig, das hatte sie sich wohl selbst eingebrockt, weil sie vorhin nach ihm getreten hatte. Zwar waren die Stöckelschuhe sowieso denkbar schlecht geeignet, um damit auf dem unebenen Waldboden herumzulaufen, aber barfuß gehen zu müssen, schien ihr das Schlimmere der beiden Übel zu sein. Sie würde sich bestimmt etwas eintreten. Resigniert schloss sie die Augen und verwarf den flüchtigen

Gedanken wieder, darum zu bitten, ihre Schuhe behalten zu dürfen. Darauf würde er sich nie einlassen. Was verständlich war, bestimmt wollte er nicht riskieren, doch noch nähere Bekanntschaft mit ihren Absätzen zu machen.

Mit ein paar raschen Handgriffen hatte Mario Laura von ihren Schuhen befreit. Es war wirklich sehr nachlässig von ihm gewesen, sie ihr nicht gleich wegzunehmen. Stirnrunzelnd blickte er auf die Kratzer an seinem Arm. Natürlich war er davon ausgegangen, dass sie sich wehren würde, aber die Heftigkeit hatte ihn dann doch etwas überrascht. Ebenso wie seine Reaktion darauf. Er hatte das Gefühl gehabt, sein Schwanz würde jeden Moment seine Hose sprengen. Und ihr trotziger Widerstand hatte seine Erregung noch weiter angeheizt. Aber genau auf diesen Trotz setzte er. Seine kleine Wildkatze war ebenso stur wie er. Als sie vorhin zusammengebrochen war, hatte sie geglaubt, es gäbe keinen Ausweg für sie. Aber nun, da sie wusste, dass sie doch eine Wahl hatte, standen die Chancen gut, dass sie mitziehen würde. Und sei es nur, um ihm die vermeintliche Genugtuung zu verweigern, sie zum Aufgeben gebracht zu haben.

Träge richtete er sich hinter ihr wieder auf und betrachtete sie zufrieden. Oh ja, ihre Kleidung war perfekt für das, was er vorhatte. Eine ärmellose Bluse mit Druckknöpfen und ein großzügig geschnittener, knielanger Sommerrock, der beim Gehen verführerisch ihre Beine umspielte. Ohne Vorwarnung griff er in die Seile, wirbelte Laura herum und zog sie hinter sich zurück zum Auto. Unbeholfen stolperte sie rückwärts hinter ihm her, begleitet von einigen Wehklagen, wenn sich etwas in ihre Fußsohlen bohrte. Nachdenklich musterte Mario den Inhalt seines Kofferraums auf der Suche nach Dingen, die ihm nützlich sein könnten. Sein Blick fiel auf einen Handbesen mit hölzernem Griff, den er im Winter zum Schneeabkehren benutzte, unnötigerweise aber das ganze Jahr spazieren führte. Der könnte sich noch als nützlich erweisen, falls Laura rebellisch genug war, ihm noch einmal trotzen zu wollen. Erneut drehte er Laura herum, sodass sie ihn nun anblickte. Sie wirkte ein wenig verunsichert, aber bei weitem nicht mehr so aufgewühlt wie vorhin. Besitzergreifend legte er ihr die Hand in den Nacken und benutze seinen Daumen, um ihr Kinn nach oben zu drücken. Dann fiel er über ihren Mund her. Sein Kuss war wild, bar jeglicher Zärtlichkeit. Er versuchte mit seiner Zunge in sie einzudringen, doch sie verweigerte ihm den Einlass. Ein Knurren entrang sich seiner Kehle, und seine Hand schnellte an ihrem Hinterkopf ein Stück hinauf, wo er brutal in ihr Haar griff und ihren Kopf nach hinten riss.

»Sei ein braves Mädchen«, grollte er, und senkte seinen Mund wieder auf ihren. Diesmal ließ sie ihn gewähren, zumal sie in der überstreckten Position, zu der er sie zwang, kaum eine andere Wahl hatte. Ungestüm eroberte er ihren Mund. Obwohl ihr das Schlucken in dieser Haltung große Mühe bereitete und sie sich dabei ziemlich verkrampfte, machte sie doch keine Anstalten, ihn wieder aus ihrem Mund zu verdrängen. Als er schließlich von ihr abließ und ihren Kopf freigab, keuchte sie erleichtert. Er gab ihr die Gelegenheit, den Speichel, der sich in ihrem Mund angesammelt hatte, runterzuschlucken, ehe er ihr beide Hände um ihren Hals legte. Sofort erstarrte sie. Furcht lag in ihrem Blick, als sie ihn flehend ansah. Sein leises Lachen ließ sie erschauern, dann wanderten seine Hände zu ihrem Ausschnitt hinab. Mit einem einzigen Ruck riss er ihr die Bluse auf. Die Druckknöpfe machten ein schönes *Plopp*-Geräusch, als sie aufsprangen. Wunderbar. Vielleicht sollte er ihr befehlen, nur noch solche Blusen zu tragen. Dann musste er sich keine Gedanken darüber machen, ob sie ihm nicht nachher die Augen auskratzen würde, weil er ihre Lieblingsbluse ruiniert hatte. Die offene Bluse schob er über ihre Schultern nach hinten, wo sie an den Armfesseln hängen blieb. Seine Hände wanderten grob über ihren Oberkörper und verharrten schließlich auf ihren Brüsten. Er wollte ihr gerade den BH nach oben schieben, als ihm eine Idee kam. Abrupt ließ er sie los und trat hinter sie. Seine Hand schloss sich eisern um ihren Nacken und zwang ihren Oberkörper nach unten, bis sie auf dem Kofferraumboden des Vans lag. Mit der freien Hand kramte er wieder in der Tasche mit seiner Ausrüstung, wo er schließlich ein Messer hervorzog. Aus Lauras Gesicht schien mit einem Mal sämtliche Farbe zu weichen. Sie versuchte sich aus seinem Griff zu winden, was ihn nur dazu veranlasste, sie noch fester nach unten zu drücken. Er beugte sich ein wenig zu ihr hinab, um ihr dann in herablassendem Tonfall zuzuflüstern: »Du solltest lieber stillhalten. Das Messer ist ziemlich scharf, wir wollen doch nicht, dass du dich daran verletzt.«

Augenblicklich erstarrte Laura unter ihm. Sie schien noch ein bisschen blasser zu werden, soweit das überhaupt möglich war. Ein leises, boshaftes Lachen erklang. Mario legte das Messer beiseite und schob seine Hand unter ihren Rock, während er sie weiterhin fixiert hielt. Mit einer harschen Handbewegung zog er den Rock nach oben, dann nahm er das Messer wieder zur Hand. Langsam senkte er die Klinge, bis sie seitlich an ihrer Hüfte, knapp unter dem Höschen lag. Bei der kalten Berührung des Stahls auf ihrer Haut versteifte Laura sich. Wie ein Brett lag sie vor ihm, selbst ihre Atemzüge waren kaum zu bemerken. Genüsslich schob Mario das Messer ganz langsam unter ihrem Slip nach oben, um es dann mit einem plötzlichen Ruck nach oben zu ziehen. Laura zuckte heftig zusammen, doch das Geräusch scharf eingesogener Luft war alles, was zu hören war. Das Messer war wirklich scharf, es hatte Lauras Höschen mit einem glatten Schnitt durchtrennt. Eine feine rote Linie zeichnete sich auf ihrer blassen Haut ab, wo das Messer leicht darüber gekratzt hatte. Zufrieden beobachtet Mario sein Werk, dann wandte er sich der anderen Seite zu.

Obwohl Laura diesmal schon wusste, was passieren würde, war sie kaum weniger nervös. Wieder hielt sie bei dem Kontakt mit der Klinge angstvoll den Atem an, um dann hörbar nach Luft zu schnappen, als er sie erneut wegzog. Nachdem er das Messer beiseitegelegt hatte, griff Mario sich die Reste des Höschens, um sie Laura mit einer schnellen Bewegung vom Leib zu reißen. Ein erstickter Protestlaut entwich ihr. Mit einem Ruck an ihren Haaren brachte Mario sie wieder in eine stehende Position.

»Hast du mir etwas zu sagen?«, forschte er mit eindringlicher Stimme nach.

Lauras Gedanken überschlugen sich.

Wenn ich von dir heute Abend noch einmal etwas höre, dann sollte es besser dein Safeword sein.

Er wollte eine Entscheidung von ihr. Wenn sie es sagte, würde es vorbei sein, wenn sie schwieg, würde sie ihm gehören. Noch vor ein paar Minuten wollte sie nichts mehr, als dass er ihr vom Leib blieb. Nur ein Wort von ihr, und ihr Wunsch würde sich erfüllen. Doch ihr Kopf war wie leergefegt, sie konnte keinen klaren Gedanken fassen. Was sollte sie tun? Abwesend beobachtete sie, wie Mario ihre zerfetzte Unterhose in seiner Hand zusammenknüllte und sie dann hochhielt. Hatte das etwas zu bedeuten? Irgendwie fühlte sie sich seltsam. Die ganze Welt um sie herum schien verschwunden zu sein. In ihrem Kopf herrschte gähnende Leere, und aus unerfindlichen Gründen starrte sie fasziniert die Reste ihres Slips an.

»Also? Letzte Gelegenheit.« Marios Stimme zerriss die absolute Stille, und eine Flut von Gedanken rollte über sie. Sie hatte ihm noch nicht geantwortet! Was sollte sie sagen? Sollte sie überhaupt etwas sagen? Und wenn sie schwieg? Wollte sie das wirklich? Was wollte sie überhaupt?

Die Fragen stürmten von allen Seiten auf sie ein, doch Laura fand keine Antworten darauf. Unschlüssig blickte sie Mario an und öffnete den Mund, als wolle sie etwas sagen, doch es kam kein Ton heraus.

»Nein? Du hattest deine Chance.« Er zuckte gleichmütig mit den Schultern.

Immer noch wie in Trance beobachtete sie, wie sich seine Hand auf ihr Gesicht zu bewegte.

»Aufmachen!«

Es dauerte eine Sekunde, bis sie die Bedeutung seiner Worte begriff. Der Schock holte sie aus ihrem seltsam benebelten Zustand zurück. Angewidert versuchte sie, vor dem Stück Stoff zurückzuweichen, das Mario ihr unter die Nase hielt, doch seine Hand an ihrem Hinterkopf hinderte sie daran. Er hatte doch nicht etwa vor, ihr das in den Mund zu stopfen! Sie hatte eine grundsätzliche Abneigung dagegen, etwas aus Stoff in den Mund zu nehmen. Schon wenn sie beim Zahnarzt auf die Watte beißen musste, bekam sie Zustände. Und die war wenigstens frisch. Beim Gedanken daran, dass sie diese Hose den ganzen Tag getragen hatte, musste sie würgen.

»Auf-ma-chen!«, grollte er noch einmal und drückte ihr den Stoff auf den Mund. Laura presste die Lippen zusammen, so fest sie konnte, und versuchte sich von ihm abzuwenden. Ihr Widerstand kostete ihn nur ein müdes Lächeln.

»Wann wirst du endlich lernen, dass du dir damit nur selbst schadest?«

Mit einem schmerzhaften Ruck an ihren Haaren zog Mario sie zurück in die Position, in der er sie haben wollte. Sie widerstand jedoch dem Drang aufzuschreien und hielt weiterhin die Lippen fest geschlossen. Sie würde um keinen Preis den

Mund aufmachen. Dachte sie zumindest. Doch dann fasste er mit zwei Fingern nach ihrer Nase und drückte sie zu, sodass sie keine Luft mehr bekam. Vielleicht konnte sie weiteratmen, indem sie die Lippen öffnete und nur die Zähne zusammenbiss. Widerstrebend tat sie es, doch es half ihr nicht. Durch den zusammengeknüllten Stoff und Marios Hand, die ihren Mund bedeckten, bekam sie immer noch keine Luft. Schließlich gewann ihr Körper die Oberhand, und ihr Mund öffnete sich in dem verzweifelten Versuch, frische Luft einzusaugen. Sofort schob Mario den Stoff in ihren Rachen. Erst nachdem er alles in ihren Mund gestopft hatte, gab er sie frei. Panisch rang sie nach Luft und versuchte sich würgend von dem Knebel zu befreien, aber es ging nicht. Ihr Atem ging immer schneller, und sie hatte das Gefühl, sich gleich übergeben zu müssen. Plötzlich drückte Mario ihre Nasenflügel mit zwei Fingern leicht zusammen.

»Ganz ruhig. Langsam und tief durchatmen.«

Seine beruhigende Stimme und die verringerte Luftzufuhr brachten Laura dazu, auf ihn zu hören, zumal sie nur ausreichend Luft bekam, indem sie tief einatmete und ihre Nasenflügel dabei aufblähte.

»So ist es gut. Einatmen ... und ausatmen.«

Nachdem er sicher war, dass Laura sich wieder beruhigt hatte, nahm er die Finger von ihrer Nase und ließ sie wieder allein atmen.

»Alles wieder im grünen Bereich?«

Ein schwaches Nicken war die Antwort. Sie blickte immer noch elend drein wegen des Knebels, aber damit würde sie leben müssen. Erneut griff er nach seinem Messer und trat hinter sie. Er war noch nicht fertig damit, sie auszuziehen. Während er sie mit der linken Hand an sich zog, legte er ihr mit der rechten sacht die Klinge auf die Brust. In zwei fließenden Bewegungen durchtrennte er ihre BH-Träger. Dann wanderte er nach unten, um auch den Steg zu durchschneiden. Mit einem beherzten Ruck entfernte er das traurige Überbleibsel ihres BHs und warf ihn zusammen mit dem Messer in seine Tasche zurück. Nun, da diese lästigen Hindernisse entfernt waren, konnte der Spaß endlich beginnen.

26

Marios vorschnellende Hände ließen Laura zuerst vor Schreck, dann vor Schmerz zusammenzucken, als sie ihr hart an die Brüste packten. Grob kneteten und drückten sie, zwickten und zogen. In dem Versuch, seinen Händen zu entkommen, drängte sie sich immer näher an Mario, wo sie auf den deutlichen Beweis seines Verlangens stieß, der sich hart an ihren Körper drängte. Sie wollte ihn berühren. Wollte ihre Hände um seinen harten Schwanz legen und ihn stimulieren, bis er nicht mehr wusste, wie ihm geschah. So etwas war ihr noch nie zuvor in den Sinn gekommen. Der Gedanke kam aus dem Nichts, aber sie wollte ihn unbedingt umsetzen. Ihre gefesselten Hände schoben sich etwas nach rechts, sodass sie mit den Fingern über die harte Ausbuchtung seiner Hose streichen konnte. Da flammte ein stechender Schmerz in ihr auf, als Mario ihre Brustwarzen fest zwischen Daumen und Zeigefinger einklemmte, daran zog und sie verdrehte. Ihr Aufschrei verblasste durch den Knebel zu einem halbherzigen Laut.

»Sowas, die kleine Schlampe ist wohl schon ganz heiß auf meinen Schwanz«, höhnte er dicht an ihrem Ohr, die Finger ein wenig weiter drehend. Wellen von Schmerz schossen durch Laura, doch der Knebel erlaubte ihr nicht, ihn lauthals kundzutun.

»Du solltest besser nicht zu gierig sein. Kennst du nicht den Spruch: ›Sei vorsichtig mit dem, was du dir wünschst. Es könnte in Erfüllung gehen.‹?«

Noch eine Drehung. Die Protestlaute veränderten sich, während sich Tränen in ihren Augen zu sammeln begannen.

»Ich werde meinen Schwanz schon noch in dich reinstecken, verlass dich darauf. Das ist schließlich das Einzige, wofür Schlampen wie du gut sind. Du bist nichts weiter, als eine lebensechte Gummipuppe, und genau so werde ich dich auch benutzen. Mal sehen, ob du nachher immer noch so gierig bist.«

Mit einem letzten, schmerzhaften Ziehen ließ er ihre Nippel los. Der stechende Schmerz verschwand, und mit ihm auch jegliche Spannung aus ihrem Körper. Haltsuchend ließ sie sich gegen Mario fallen, doch der trat unerwartet einen Schritt zur Seite. Strauchelnd versuchte Laura wieder ins Gleichgewicht zu kommen, als sie von zwei kräftigen Händen gepackt und nach vorn gedrückt wurde. Ehe sie recht wusste, wie ihr geschah, lag ihr Oberkörper wieder im Kofferraum, und Mario begann sie nach seinen Wünschen zurechtzurücken. Während er sie mit einer Hand in ihrem Nacken nach unten zwang, drängte er ihre Beine nach vorn und auseinander, bis sie mit gespreizten Beinen an der Stoßstange stand und ihm ihren Hintern entgegenreckte. Als ihr Rock hochgerissen wurde, quiekte Laura entsetzt in ihren Knebel und versuchte sich zu wehren. Die Position, in der Mario sie hielt, war entsetzlich unbequem und über alle Maßen demütigend. Und leider auch sehr einschränkend, wie Laura frustriert feststellte. Ihr Widerstand musste ziemlich erbärmlich wirken, da sie sich kaum bewegen konnte. Anscheinend bereitete es Mario auch nicht die geringste Mühe, sie so festzuhalten. Resigniert gestand sie sich ein, dass das hier völlig sinnlos war. Es war genau so, wie Mario angedroht hatte: Er würde sie zu seiner Puppe machen und mit ihr spielen, ganz wie es ihm gefiel. Und sie konnte dagegen ebenso viel ausrichten, wie die aufblasbare Plastikhülle. Nämlich gar nichts.

Zufrieden nahm Mario zur Kenntnis, dass Laura aufgehört hatte herumzuzappeln und nun ruhig dalag. Sollte sie ruhig ein bisschen toben, damit sie erkannte, wie nutzlos das war. Erstaunlicherweise war sie ziemlich schnell zur Vernunft gekommen. Offenbar begriff sie allmählich, dass sie hier nichts zu melden hatte. Mal sehen, wie lange diese Erkenntnis anhalten würde.

Mit einer forschen Bewegung schob er seine freie Hand zwischen ihre Beine. Ein äußerst zufriedenes Lächeln zog über sein Gesicht angesichts dessen, was er vorfand. Genüsslich begann er mit den Fingern ihren Saft zu verteilen. Sie sollte ruhig wissen, dass ihr Körper sie verraten hatte. Ein leises Stöhnen war zu vernehmen, das ihm signalisierte, dass seine Botschaft angekommen war. Seine Finger hatten inzwischen ihren Weg zu ihren Schamlippen gefunden und brachten sich dort in Position. Die Streicheleinheiten waren vorbei. Er hatte nicht vor, diesmal zärtlich mit ihr umzugehen. In der vergangen Woche war er beim Sex noch sehr sanft mit ihr gewesen, um ihr ihre Ängste zu nehmen und sie davon zu überzeugen, dass Sex nicht unangenehm sein musste. Heute würde sie erfahren, dass sie auch im Schmerz Lust finden konnte. Fest zwickte er ihre Schamlippen zwischen seinen Fingern ein und begann daran zu ziehen. Er zog, quetschte und drehte, mal eine allein, mal beide zusammen, und lauschte, wie Laura hilflos in ihren Knebel stöhnte, bis ihm das schließlich zu langweilig wurde. Erwartungsvoll wanderten seine Finger nach vorn und tasteten nach ihrer Perle, um sie genauso vorzufinden, wie er erhofft hatte. War sie vorhin noch klein und versteckt gewesen, reckte sie sich ihm nun entgegen und bettelte geradezu um Aufmerksamkeit. Nun, die würde er ihr gern gewähren. Mit festem Druck legte er einen Finger darauf und ließ ihn kleine Kreisbewegungen vollziehen.

Laura wusste nicht, wie ihr geschah. Undefinierbare Laute entrangen sich ihrer Kehle, während sie selbst nicht wusste, ob sie vor Schmerz schrie oder vor Lust stöhnte. Mario hatte ihre empfindliche Knospe nun anscheinend zwischen zwei Finger genommen, wo er sie erbarmungslos zusammendrückte und drehte. Obwohl das definitiv weh tat, war es auf seltsame Weise ein köstlicher Schmerz. Ihr Körper begann sich zu winden, aber eigentlich wollte sie gar nicht, dass er aufhörte. Es war, als würde der Schmerz in ihren Körper ausströmen und sich dabei in pure Lust verwandeln. Mit geschlossenen Augen konzentrierte Laura sich ganz auf die widersprüchlichen Empfindungen, die sie erlebte, kostete sie voll aus und ließ sich von ihnen davontragen. Und dann war es plötzlich vorbei. Marios Hand war auf einmal verschwunden, und ließ sie mit einem entsetzlichen Gefühl der Leere und Einsamkeit zurück. Sie wollte »Nein!« schreien, doch es drang nur ein gedämpftes Geräusch nach außen. Ein Schauer lief durch ihren Körper, als Mario prüfend an ihre Schamlippen griff und seine Finger in ihren Saft eintauchten. Mit einem boshaften Lachen zog er seine Hand wieder zurück. Unerwartet erschienen seine mit ihrem eigenen Saft getränkten Finger vor ihrer Nase.

»Ist das denn zu fassen, die kleine Nutte steht auch noch drauf, wenn man grob zu ihr ist. Das macht dich erst so richtig geil, nicht wahr?«

Energisch schüttelte Laura den Kopf und versuchte etwas zu artikulieren, das eindeutig als Ablehnung zu erkennen war.

»Ach bitte, wem willst du hier was vormachen? Muss ich dir den Beweis für deine Geilheit erst unter die Nase reiben?«

Angewidert versuchte Laura zurückzuweichen, doch Mario hielt sie immer noch eisern fest, sodass ihr nichts anderes übrig blieb, als es über sich ergehen zu lassen, dass Mario seine Finger an ihrer Nase und ihren Wangen abwischte. Anschließend senkte er seinen Kopf zu ihr herab, um ihr mit leiser Stimme etwas zuzuflüstern. »Wenn du gekonnt hättest, hättest du mich gerade eben angefleht weiterzumachen, dich weiterzuquälen und dir noch mehr wehzutun. Glaubst du etwa, ich hätte das nicht bemerkt? Ich schätze es gar nicht, wenn man versucht, mir etwas vorzumachen. Wage es ja nicht, mich noch einmal anzulügen.«

Mit großen Augen starrte Laura entsetzt zu Mario hinauf. Das Schlimme war, dass er recht hatte. Und dass er es wieder einmal gewusst hatte, bevor sie es sich überhaupt eingestanden hatte. Beschämt senkte sie den Blick. Sie hatte es als widerlich empfunden, was er gesagt hatte, aber es entsprach der Wahrheit, alles davon. Seine Ausdrucksweise mochte derb und gemein gewesen sein, aber das machte es nicht weniger wahr.

»Na, hat die kleine Schlampe jetzt endlich begriffen, wo ihr Platz ist?«

Laura zwang sich zu einem zögerlichen Nicken, konnte Mario dabei aber nicht in die Augen schauen.

»Schön, das zu hören. Ach so, ich vergaß, du kannst ja gerade gar nicht sprechen.«

Mit finsterer Miene blickte Laura zu Mario hoch. Sein überhebliches Lachen brachte sie noch mehr auf die Palme. Es mochte ja wahr sein, dass ihr das alles in Wirklichkeit gar nicht so unangenehm war, wie sie vielleicht vorgab, aber dass er sie mit ihrer Unterhose geknebelt hatte, nahm sie ihm definitiv übel.

»Im Übrigen solltest du froh sein, dass ich recht habe. Ich bin nämlich noch lange nicht fertig mit dir, und ich habe vor, mich so richtig mit dir zu vergnügen. Nun ja, ›mit‹ ist vielleicht nicht der richtige Ausdruck, zumindest nicht in dem Sinne, dass wir uns gemeinsam amüsieren. Es ist mir nämlich herzlich egal, ob du es auch vergnüglich findest. Das ist eben der Vorteil einer Gummipuppe, man muss sich nicht um ihr Befinden kümmern. Man verwendet sie einfach so, wie es einem Spaß macht.«

Er hatte die Worte kaum zu Ende gesprochen, als zwei seiner Finger ohne Vorwarnung tief in sie hineinstießen und Laura aufstöhnen ließen. Dann begannen seine Finger sich in ihr zu bewegen, und schließlich drehte er die ganze Hand hin und her. Es war nicht direkt schmerzhaft, fühlte sich aber doch sehr eigenartig an. Und wie vorhin schon, fand sie es irgendwie erregend, was er da tat. Weil Mario Anstalten machte, seine Finger aus ihr rauszuziehen, gab Laura einen unzufriedenen Protestlaut von sich, der nahtlos in einen entsetzten Aufschrei überging, als Mario wieder in sie hineinstieß, diesmal aber mit drei Fingern. Verdammt, warum musste Mario so dicke, schwielige Finger haben! Er gewährte ihr einen Moment, um sich ein wenig an die Dehnung zu gewöhnen, ehe er wieder anfing, sich in ihr zu bewegen. Zunächst nur rein-raus, dann aber begann er, die Finger zu spreizen und sie weiter zu dehnen. Auch die Drehbewegung nahm er schließlich wieder auf. Wieder konnte Laura sich nicht so recht entscheiden, ob sie das angenehm oder unangenehm fand, doch sie wollte auf keinen Fall, dass Mario damit aufhörte. Stöhnend streckte sie sich ihm entgegen.

»Ja, das gefällt dir, endlich einmal so richtig dein Loch gestopft zu bekommen, nicht wahr? Willst du mehr? Möchtest du, dass ich dir das Hirn rausficke, bis du auch nur noch so viel Verstand wie eine Gummipuppe hast? Denn genau das werde ich tun, ich werde dich vollständig zu meiner Sexpuppe machen und dich nach Lust und Laune benutzen, solange es mir gefällt.«

Mit einem Ruck zog Mario seine Finger aus ihr heraus und ließ Laura wieder mit diesem furchtbaren Gefühl der

Leere zurück. Protestierend wand sie sich und reckte ihm ihren Hintern entgegen, um zu signalisieren, dass sie mehr wollte. Ein unerwarteter, harter Schlag auf ihren Po ließ sie schlagartig erstarren.

»Halt still, Schlampe«, grollte Mario. »Du bist nur hier, um mir Vergnügen zu bereiten, was *du* willst, interessiert keinen.«

Der Griff um ihren Nacken wurde fester. Lauras ganzer Körper spannte sich an, sie wagte kaum zu atmen. Das Geräusch des Reißverschlusses erschien ihr unwahrscheinlich laut in der herrschenden Stille. Nervös wartete sie darauf, was nun kommen würde. Sie war sich durchaus im Klaren darüber, dass Mario die letzten Male beim Sex ihr zuliebe immer sehr zärtlich gewesen war, obwohl das wohl kaum seinen Vorlieben entsprach. Aber sie hatte keine Vorstellung davon, was er unter gutem Sex verstand. Alles was sie kannte, war der berüchtigte Blümchensex. Wilden, leidenschaftlichen Sex hatte sie noch nie gehabt. Ein Hauch von Angst stieg in ihr auf. Was, wenn sie es nicht konnte? Was, wenn ...!

Keuchend atmete Laura tief ein, als Mario seinen Schwanz in ihr versenkte. Mit einem einzigen kräftigen Stoß war er bis zum Anschlag in sie eingedrungen. Verzweifelt schloss sie die Augen und bemühte sich gleichmäßig zu atmen, um sich zu entspannen. Sein hartes Glied bohrte sich schmerzhaft in sie hinein, während Mario sie noch fester an sich zog. Das würde nicht gut gehen, er war einfach zu groß für sie! Er würde ihr weh tun, er tat ihr jetzt schon weh, dabei hatte er gerade erst angefangen. Dann begann er sich zu bewegen. Mit tiefen, harten Stößen hämmerte er in sie hinein. Oh Mann, nun wurde ihr klar, warum er sich über sie lustig gemacht hatte, als sie gefragt hatte, ob er mit ihr schlafen würde. Das hier hatte wirklich nichts mit miteinander schlafen zu tun. Es war wild, hart und zügellos ... Es war einfach großartig! Marios derbe Sprüche geisterten durch ihren Kopf. Ja, sie fühlte es tatsächlich. Sie war keine Frau mehr, jemand, mit dem man zusammen Sex hatte. Sie war etwas, das man benutzte, nur ein Mittel zum Zweck. Entgegen ihrer anfänglichen Befürchtung war ihr Körper nicht nur in der Lage, sondern auch mehr als bereit, diese ungestüme Penetration zu ertragen, sie als seine einzige Existenzberechtigung anzunehmen. Wie von Sinnen stöhnte sie, immer heftiger, bis sie sich wie ein brunftiges Tier vorkam. Marios Drohung, er würde ihr das Hirn rausficken, schien sich zu bewahrheiten. Und er schien noch längst nicht genug zu haben.

Laura hatte keine Ahnung gehabt, dass Sex so lange dauern könnte. Und sie hatte erst recht nicht angenommen, dass sie diejenige sein würde, die zuerst schlappmachte. Aber so langsam wurde es echt anstrengend, sich gegen Marios kräftige Stöße zu stemmen. Erleichtert registrierte sie, wie Marios Körper sich anspannte und er endlich den Höhepunkt erreichte. Das wurde ja auch Zeit, eine solche Ausdauer war doch nicht normal. Erschöpft sackte Laura ein wenig zusammen. Mario ließ sie gewähren. Er löste seinen Griff um ihren Nacken und trat einen Schritt zurück. Unfähig, ihr eigenes Gewicht noch länger zu tragen, rutschten Lauras Beine weg. Sie kam sich eigenartig vor, hier so zu liegen, halb aus dem Kofferraum hängend, kaum in der Lage, auch nur einen Muskel zu rühren. Sie war total erledigt, dabei hatte sie nicht einmal einen Orgasmus gehabt. Den hatte Mario ihr nicht gegönnt. Still lächelte sie in sich hinein.

Wie eine Puppe.

***

Eine Weile lag Laura völlig regungslos da. Dumpfe Geräusche drangen an ihr Ohr, die wohl von Mario stammen mussten, aber es interessierte sie nicht. Sie hielt die Augen einfach geschlossen und gab sich völlig der Mattigkeit hin, die ihren

Körper befallen hatte. Doch dann wurde sie von starken Armen hochgezogen, was sie mit einem unwilligen Brummen quittierte. Ihre Beine waren noch immer nicht Willens, ihren Dienst zu tun, sodass sie sich schließlich kniend und zusammengesunken auf dem Waldboden wiederfand. Mario ließ sich vor ihr ebenfalls auf ein Knie nieder. Zärtlich legte er ihr die Hand unters Kinn, um ihren Kopf anzuheben.

»Ich bin sehr zufrieden mit meiner neuen Sexpuppe. Wirst du auch weiterhin ein braves Püppchen sein, wenn ich dich jetzt losbinde?«

Ergeben schlug Laura die Augen nieder und nickte zart. Zu ihrer maßlosen Erleichterung erlöste Mario sie zuerst von dem verhassten Knebel, ehe er begann, das Seil von ihren Armen zu wickeln.

Mario warf das Seil und die Reste der Unterhose in den Kofferraum und schloss ihn. Als sein Blick wieder auf Laura fiel, breitete sich ein wissendes Lächeln darauf aus. Sie sah so fertig aus, sie würde freiwillig auf allen vieren zur Tür kriechen, nur um nicht aufstehen zu müssen. Aber für heute hatte er sie bereits genug leiden lassen. Nachdem er die Beifahrertür geöffnet hatte, hob er Laura hoch und setzte sie ins Auto. Er schloss noch die Knöpfe ihrer Bluse und richtete ihren Rock, sodass sie wieder ordentlich angezogen aussah. Laura beobachtete ihn dabei mit verträumtem Blick und schien unendlich dankbar zu sein, dass sie sich nicht bewegen musste.

***

Zu Hause angekommen, entschied Mario, dass Laura inzwischen wieder in der Lage sein sollte, selber laufen zu können. Sie schien damit zufrieden zu sein, sich an seinem Arm einhängen zu dürfen. In der Wohnung bot er ihr etwas zu trinken an, was sie wortlos, aber sichtlich dankbar annahm. Sie hatte noch kein Wort gesagt seit er ihr den Knebel abgenommen hatte, aber so, wie sie ihn ansah, machte Mario sich keine Sorgen deswegen. Nach einem kurzen Abstecher ins Bad brachte er sie ins Bett. Lächelnd beobachtete er, wie sie ihren nackten Körper in die Decke schmiegte. Es war lange her, dass eine Frau einfach so in seinem Bett geschlafen hatte. Ohne Halsband. Ohne Fesseln. Ohne jegliche Hintergedanken. Keiner seiner bisherigen Sklavinnen war dieses Privileg je zuteil geworden. Aber schließlich war Laura auch mehr als nur seine Sklavin. Als er zu ihr ins Bett stieg, kuschelte sie sich an ihn, wobei sie etwas zum Fußende hinunterrutschte. Überrascht von dieser kleinen Geste der Unterwürfigkeit, legte er den Arm um sie und zog sie näher an sich heran. Die Frau könnte ihn echt davon überzeugen, sie jede Nacht in seinem Bett schlafen zu lassen, so gut fühlte es sich an, sie so zu halten.

27

Irgendetwas hatte Laura aufgeweckt. Schlaftrunken blickte sie sich nach einer Uhr um. Sechs Uhr morgens? Das war eindeutig keine Zeit zum Aufstehen, da konnte sie ruhig noch ein bisschen weiterschlafen. Sie hatte sich die Decke kaum über die Schulter gezogen, als Mario zu lachen anfing und sie wieder abdeckte. »Du musst aufstehen, mein Schatz.«

»Mmh, es ist noch mitten in der Nacht, gib die Decke wieder her.«

»Es ist Montag, du musst zur Arbeit.«

»Was!« Laura schnellte hoch, nun hellwach. Sie hatte geglaubt, es müsse Wochenende sein, nachdem sie in Marios Bett aufgewacht war. Unter der Woche war sie zum Schlafen stets nach Hause gefahren. Eilig sprang sie aus dem Bett, um ihre Kleidung aus dem Bad zu holen.

Mario kam ihr in gemächlicherem Tempo nach. »Was möchtest du frühstücken?«

Verdammt, daran hatte sie gar nicht gedacht. Sie konnte Mario natürlich schlecht bitten, sie noch vor dem Frühstück nach Hause zu bringen. Für ihn wäre es sicher am praktischsten, sie auf dem Weg zur Arbeit zu Hause abzusetzen. Heute würde sie wohl später ins Büro kommen. Ein Hoch auf die Gleitzeit!

»Nur Kaffee, bitte.«

»Okay.«

Laura schlüpfte in ihre Bluse und den Rock, und folgte Mario in die Küche. Die Kaffeemaschine gluckerte bereits und verbreitete verführerische Düfte.

»Bringst du mich dann auf dem Weg ins Büro nach Hause?«

»Ich kann dich auch gleich zur Arbeit fahren, das ist kein großer Umweg für mich.«

Laura machte eine Geste auf ihre noch sehr frühmorgendlich aussehende Gestalt. »Ich kann doch nicht so ins Büro gehen.«

»Wieso nicht, du siehst gut aus.«

»Soll das ein Witz sein, ich sehe furchtbar aus. Meine Haare stehen in alle Richtungen, und ich hab gestern Abend schon nicht Zähne geputzt. Und da ich annehme, dass du weder eine Haar- noch eine Zahnbürste für mich hast, muss ich erst nach Hause.«

»Zufälligerweise kann ich doch mit beidem dienen.«

»Wie kommt es, dass du eine Haarbürste hast? Deine Frisur sieht mehr nach Handarbeit aus.«

»Das liegt nur daran, dass ich mir während der Arbeit so oft die Haare raufen muss, sodass man von meiner ordentlichen Frisur nichts mehr sieht, bis wir uns am Abend treffen.«

»Witzbold.«

»Na schön, ich gebe es zu, ich frisiere mich nicht jeden Tag. Aber manchmal ist die Sturmfrisur nicht so angebracht, und dann brauche ich eine Haarbürste. Und bevor du irgendetwas gegen die Zahnbürste sagen kannst, die ist noch neu und originalverpackt.«

»Bleibt da nur noch das kleine Problem, dass meine Unterwäsche gewissermaßen einen bedauerlichen Unfall hatte und ich keinen Ersatz habe.«

»Ich sehe da kein Problem. Mir gefällt es so.«

Empört schnappte Laura nach Luft. »Das kann ich mir vorstellen, dass dir das so gefallen würde. Aber das kommt überhaupt nicht in Frage, ich geh doch nicht ohne Unterwäsche ins Büro! Und wage es ja nicht ...«

Lachend zog Mario sie zu sich heran. »Ist ja schon gut, ich setz dich nachher bei der Wohnung ab. War doch nur ein Vorschlag.«

»Oh ja, deine Vorschläge kenne ich schon. Damit das klar ist, das steht überhaupt nicht zur Diskussion, verstanden?«

»Ja, Ma'am.«

Das brachte auch Laura zum Lachen. Spielerisch knuffte sie ihm mit der Faust in den Bauch. Mit einem gekünstelten Stöhnen machte Mario einen Satz nach hinten. Die Hand über den Bauch gelegt, stand er etwas gekrümmt da und spielte den Leidenden. Laura stemmte die Hände in die Hüften und versuchte, streng zu wirken, konnte sich das Lachen aber kaum verkneifen.

»Hör auf, dich über mich lustig zu machen! Ich glaub, du nimmst mich nicht ernst. Soll ich mal ordentlich zuschlagen? Dann hast du einen Grund, dich zu winden. Ich bin nicht so schwach, wie du vielleicht glaubst.«

Laura hatte den Satz kaum beendet, da packte Mario sie an den Handgelenken, zog sie an sich heran und drehte sie dabei um, sodass er sie anschließend mit vor der Brust verschränkten Armen vor sich hielt.

»Danke, kein Bedarf. Mir reicht die kleine Demonstration von gestern.«

Mario veränderte seinen Griff so, dass er sie mit einem

Arm halten konnte, um ihr die Kratzer auf dem anderen zu zeigen. Heute sahen sie sogar noch wilder aus als gestern. Neben dem einen, der gestern schon ein wenig geblutet hatte, waren nun noch zwei weitere von einer kleinen Kruste bedeckt. Verwundert runzelte Laura die Stirn. Ihr war gar nicht bewusst gewesen, dass sie ihn so schlimm erwischt hatte. Sie fühlte sich zwar ein klein wenig schuldig deswegen, konnte aber nicht wirklich behaupten, dass es ihr leid tat. So, wie er ihr zugesetzt hatte, geschah ihm das ganz recht. Marios Tonfall ließ vermuten, dass er es ähnlich sah. Jedenfalls schien er ihr keinen Vorwurf machen zu wollen.

Immer noch sehr heiter schnurrte er ihr ins Ohr: »Und es mag sein, dass du nicht so schwach bist, aber ich bin immer noch stärker als du. Und jetzt werden wir endlich frühstücken, sonst kommen wir gar nicht mehr aus dem Haus.«

28

Beim Ertönen der Türklingel warf Laura hektisch einen Blick auf die Uhr. Es war nicht ihre Schuld, dass sie noch nicht fertig war. Mario war zu früh dran. Sie hätte noch zehn Minuten Zeit haben sollen. Schnell griff sie sich die Ohrringe, um sie auf dem Weg zur Tür anzulegen. Immerhin war sie fertig angezogen und ihr Haar bereits zu einem ordentlichen Knoten hochgesteckt, wie Mario es angeordnet hatte. Zwar war sie noch nicht geschminkt, aber darauf konnte sie zur Not auch verzichten, falls Mario es sehr eilig hatte. Noch ein kurzer Blick in den Vorzimmerspiegel, um ihr Aussehen zu überprüfen. Mario hatte sich etwas gewünscht, dass viel nackte Haut zeigte. Hoffentlich würde er zufrieden sein.

***

»Hallo, Mario, du bist früh dran. Ich bin noch nicht ganz fertig.«

Bevor er sie begrüßte, wanderte sein prüfender Blick vom Scheitel bis zur Zehenspitze über sie. Ihr Oberteil hatte die Form und das Muster eines Schmetterlings, der sich eng an ihre Brüste schmiegte und nur teilweise ihren Bauch bedeckte. Die flammenden Rottöne waren wie ein Leuchtfeuer auf ihrer blassen Haut. Dazu trug sie einen dunkelblauen Jeansrock, der nicht ganz bis zu den Knien reichte.

Kokett lächelnd warf Laura sich in Pose. »Na, gefällt dir, was du siehst?«

Mit einer Geste bedeutete Mario ihr, sich umzudrehen. Gehorsam drehte Laura ihm den Rücken zu, der lediglich von wenigen dünnen Schnüren bedeckt war, die das Top an ihrem Platz hielten. Offenbar hatte sie keinen BH an.

Schmunzelnd trat Mario dicht hinter Laura und beugte sich über ihre Schulter, sodass er sie ansehen konnte. »Ja, es gefällt mir. Warum musste ich so lange darauf warten, dieses Teil zu Gesicht zu bekommen?«

»Weiß nicht. Es gab einfach noch keine passende Gelegenheit es anzuziehen.«

»Hm, interessant, dass gerade heute eine passende Gelegenheit ist. Ich hoffe, du hast es nicht angezogen in der Absicht, meinem Kumpel damit den Kopf zu verdrehen. Das würde mir gar nicht gefallen.«

Mit einem spöttischen Kichern drehte Laura sich um und machte einen Schritt zurück. Ihr Blick war verschwörerisch. »Nein, ich habe es angezogen, weil du anscheinend diese Absicht verfolgst. Ich bin mir sicher, es wird dir ein außerordentliches Vergnügen sein, deine atemberaubende Eroberung zu präsentieren.«

Skeptisch hörte Mario zu. Aus Lauras Tonfall war nicht wirklich zu entnehmen, was sie davon hielt. Aber so wie er sie kannte, würde sie wohl gleich wieder den Aufstand proben.

Umso überraschter war er, als sie sich nun an ihn schmiegte und mit ergebenem Blick zu ihm aufsah.

»Zumal sie nur Augen für dich hat und dir jeden Wunsch von den Lippen abliest.«

»Wirklich?« Argwöhnisch blickte Mario auf Laura hinab. Dieses Angebot passte so überhaupt nicht zu ihr. Sie war eine intelligente, unabhängige Frau, und als solche wollte sie auch gesehen werden. Wieso war sie auf einmal bereit, sich als das willige Anhängsel eines Mannes zu präsentieren? Zwar war sie seit dem kleinen Abenteuer im Wald letzten Sonntag deutlich fügsamer geworden. Offenbar akzeptierte sie ihr Bedürfnis nach Unterwerfung langsam. Aber ihre neu entdeckte Demut vor anderen Leuten zur Schau zu stellen?

Ihre Finger tanzten über seine Brust, ehe sie sich mit einem verführerischen Lächeln von ihm löste. »Übertreibe es nur nicht.«

Sieh mal einer an, sie wollte anscheinend spielen. Nun, da hatte er ja dann genau das Richtige für sie. »Ich habe dir übrigens etwas mitgebracht.«

Erst jetzt nahm Laura die Papiertüte in Marios linker Hand so richtig zur Kenntnis, aus der er nun eine Geschenkschachtel hervorzauberte.

»Für mich? Aus welchem Anlass?«

»Kein besonderer Anlass, einfach so.«

Gespannt nahm Laura das Päckchen entgegen und wiegte es vorsichtig in ihren Händen. Es war eine würfelförmige Box mit etwa fünfzehn Zentimeter Kantenlänge, in dunkelrot gehalten mit Rosenmuster, umwickelt mit einem breiten, schwarzen Satinband, das zu einer akkuraten Schleife gebunden war.

»Darf ich schütteln?«

»Wenn du willst.«

Grinsend betrachtete Mario Lauras verwunderten Gesichtsausdruck ob der seltsamen Geräusche aus der Schachtel.

»Da müssen aber viele Teile drin sein. Was das wohl sein kann?« Gespannt löste sie die Schleife, hob den Deckel von der Schachtel und fand darin ...

»Wäscheklammern?«

Marios Grinsen war noch breiter geworden, als Laura ihn nun fragend ansah. »Wieso schenkst du mir eine Schachtel voll Holzklammern? Ich hoffe, das soll kein dezenter Hinweis sein, dass ich dir deine Wäsche machen soll.«

»Mit dezenten Hinweisen brauche ich mich nicht abzugeben, wenn ich will, dass du etwas für mich tust, dann befehle ich es dir einfach.«

»In deinen Träumen«, gab Laura zuckersüß zurück. »Also, was ist das?«

»Es ist ein Spiel.«

»Ein Spiel?« Laura schob fragend ein paar der Wäscheklammern in der Box herum. »Ich nehme nicht an, dass da eine Anleitung drinnen ist, wie dieses Spiel gespielt wird.«

»Nein. Aber die Regeln sind nicht besonders schwierig. Ich bin sicher, dass du sie dir merken kannst, wenn ich sie dir erkläre.«

»Na, da bin ich ja mal gespannt, wie dieses tolle Klammerspiel funktioniert.«

»Nun, eigentlich sind sie nur der Einsatz für das Spiel.«

Laura runzelte die Stirn. Sie nahm eine der Klammern heraus und hielt sie hoch. »Wir spielen um Wäscheklammern. Aus Holz.«

»Heute ja. Wenn du willst, können wir beim nächsten Mal um einen anderen Einsatz spielen.«

»Wo sind deine Klammern?«

»Ich habe noch keine. Aber ich werde im Laufe des Spiels welche von dir gewinnen.«

»Was ist dann dein Einsatz?«

»Nichts.«

»Mir erschließt sich die Logik des Ganzen noch nicht. Das klingt so, als ich könnte ich dabei nichts gewinnen, sondern nur verlieren. Warum sollte ich dann überhaupt mit dir spielen.«

»Du spielst darum, deinen Verlust möglichst gering zu halten.«

»Hört sich ziemlich unfair an.«

»Habe ich denn behauptet, es wäre ein faires Spiel?«

Entgeistert blickte Laura Mario an, als es ihr wie Schuppen von den Augen fiel. Eigentlich hätte ihr von Anfang an klar sein müssen, dass Mario nicht unbedingt an Spiele wie »Mensch ärgere dich nicht« oder »Poker« dachte. Höchstens vielleicht »Strip-Poker«.

»Na schön, erzählst du mir jetzt endlich, wie es gespielt wird, oder gehört das auch mit zum Spiel, dass ich die Regeln nicht kenne, damit es noch unfairer wird?«

»Keineswegs, es würde doch nur halb so viel Spaß machen, wenn du keine Ahnung hättest, wie es für dich steht. Im Übrigen ist es ein Glücksspiel. Keiner kann vorhersagen, wie viele Klammern heute ihren Besitzer wechseln werden. Vielleicht verlierst du alle, vielleicht auch keine einzige.«

»Wer's glaubt. Also, wie sind die Regeln?«

»Die Regeln sind ganz einfach. Wir werden heute Abend mitzählen, wie oft Chris deinen Namen sagt. Dafür verlierst du jedes Mal eine Klammer. Kommt er auf weniger als fünf, werden wir die Anzahl aber verdoppeln. Ich bekomme auf jeden Fall eine gerade Stückzahl von dir, das heißt, wir werden aufrunden, falls eine ungerade Zahl rauskommen sollte.«

»Das war ja klar. Und warum muss es unbedingt eine gerade Zahl sein?«

»Ich schätze Symmetrie.«

Was sollte das nun wieder heißen? Und überhaupt, was wollte er mit den unnützen Dingern, nachdem er sie von ihr gewonnen hatte? Das, was er ihr bisher erzählt hatte, klang eigentlich noch recht harmlos, wenn man einmal davon absah, dass sie ihren wertlosen Einsatz nur verlieren konnte.

»Was genau hast du mit deinem Gewinn eigentlich vor?«

Marios sadistisches Lächeln bestätigte ihre Vermutung, dass die Sache einen Haken haben musste. »Damit werde ich dich schmücken, wenn wir wieder zu Hause sind.«

Eine böse Ahnung beschlich Laura, was Mario wohl unter schmücken verstand. Sie warf einen verstohlenen Blick in ihre Schachtel. Das waren neue Klammern, mit fabrikneuen, glänzenden Federn, die noch ihre volle Sprungkraft besaßen. Nicht etwa so alte, ausgeleierte, wie die von ihrer Oma, die sie sich als Kind auf die Finger geklemmt hatte. Und Mario wollte bestimmt nicht ihre Finger schmücken.

»Ich habe das Gefühl, du weißt nicht so genau, was ich damit meine. Lass es mich dir zeigen, damit du eine Vorstellung davon bekommst.«

Mario nahm ihr die ganze Schachtel aus der Hand und angelte sich eine der Klammern daraus. Seine Hand legte sich um ihren Unterarm und zog ihn etwas zu sich. Als Laura erkannte, dass Mario es auf die Innenseite ihres Oberarms abgesehen hatte, wollte sie ihm ihren Arm entziehen, aber seine Finger umschlossen sie wie ein Schraubstock. Seelenruhig setzte er die geöffnete Klammer auf ihre Haut und ließ sie dann langsam los. Laura stöhnte qualvoll auf. Das war alles andere als angenehm, und es war gerade erst die Demonstration. Mario kannte bestimmt etliche Stellen, die noch schmerzhafter sein würden. Nach einigen qualvollen Momenten nahm Mario ihr die Klammer wieder ab und ließ ihre Hand los.

»Das dürfte als Appetithäppchen wohl reichen. Damit du

mir nachher nicht vorwerfen kannst, ich hätte dir etwas verheimlicht.«

Verärgert nahm Laura ihm die Wäscheklammer aus der Hand, warf sie in die Schachtel zurück und machte den Deckel zu.

»Das ist ein blödes Spiel. Und du hast mir noch immer keine überzeugende Antwort gegeben, warum ich mich darauf einlassen sollte.«

»Tatsächlich? Ich dachte, es würde dir gefallen. Immerhin besteht durchaus auch die Chance, dass ich nur sehr wenige erbeute. Aber wir müssen nicht spielen, wenn du nicht willst.«

»Gut. Wir spielen nicht!«

»Soll mir auch recht sein, denn wenn es kein Gewinnspiel gibt, kann ich so viele verwenden, wie ich will.«

Laura stellte sich schützend vor ihre Box, bereit, sie mit Zähnen und Klauen zu verteidigen. »Oh nein, das sind meine, schon vergessen, die hast du mir gerade geschenkt. Was man verschenkt hat, kann man nicht zurückverlangen.«

Das unbeeindruckte Schulterzucken von Mario machte ihr sofort klar, dass er darauf nicht angewiesen war.

»Lass mich raten: Du hast deine eigenen.«

»Es war eine Doppelpackung. Zweimal vierzig Stück, um genau zu sein.«

Vierzig Stück! Laura wartete darauf, dass sie gleich eine Glocke würde läuten hören, die Marios K.O.-Sieg verkündete. Denn vierzig dieser verfluchten Dinger zu seiner freien Verfügung waren eindeutig ein K.O.-Argument. Wenn sie sich jetzt bockig verhielt und sein Spiel nicht mitmachte, würde er sie später dafür bluten lassen, dessen war sie sich absolut sicher. Und er würde es ihr auch noch genüsslich unter die Nase reiben, dass sie sich das selbst zuzuschreiben hatte.

»Na schön, ich habe es mir anders überlegt. Lass uns dein Spiel spielen.«

»Na bitte, ich wusste doch, dass du gern spielen würdest.«

Der überhebliche Ausdruck des Siegers auf Marios Gesicht war unerträglich. Am liebsten hätte Laura ihm gesagt, er solle doch hingehen, wo der Pfeffer wächst.

»Gefallen würde ich das nicht nennen, wenn ich mich für das geringere von zwei Übeln entscheide.«

Das selbstgefällige Lächeln fiel von Mario ab wie eine Maske, die er einfach abgestreift hatte. Oder war der harte Blick, den er ihr nun zuwarf die Maske? Unwillkürlich wich Laura einen kleinen Schritt zurück. Dieser plötzliche, unvorhersehbare Wechsel zwischen ihrem Freund, mit dem sie so locker umgehen konnte, und ihrem Meister, der strikten Gehorsam forderte, brachte sie immer noch etwas aus der Fassung. Mario trat ganz nah an sie heran, ihre Körper berührten sich fast. Seine Hand an ihrem Kinn zwang sie, zu ihm aufzusehen. Die Augen, in die sie blickte, waren kalt, der schneidende Klang seiner Stimme ließ sie wünschen, sich in Luft auflösen zu können.

»Es ist noch nicht mal eine Woche vergangen seit ich dich, übrigens schon zum zweiten Mal, gewarnt habe, mich nie wieder anzulügen, und du tust es schon wieder. Offenbar war ich viel zu gnädig mit dir, ein Fehler, den ich nicht wiederholen werde. Diesmal wirst du eine angemessene Strafe erhalten, eine die du gewiss nicht so schnell vergessen wirst, wie die milde Zurechtweisung von letzter Woche.«

Verwirrt und leicht verängstigt fragte Laura sich, womit sie Mario so erzürnt hatte.

»Meister, bitte, ich ...«

»Schweig, Sklavin!«, donnerte Mario.

Sein vernichtender Blick hätte Laura auf die Knie getrieben, wäre da nicht immer noch sein eiserner Griff um ihr Kinn gewesen. Lauras Bedürfnis sich mitzuteilen konnte er gut verstehen, denn vermutlich war sie sich keiner Schuld bewusst. Was völlig logisch war, schließlich hatte sie in erster Linie nicht ihn, sondern vielmehr wieder sich selbst belogen. Aber auch das musste endlich aufhören.

»Was bringt dich zu der Annahme, dass ich mir deine erbärmlichen Ausreden anhören möchte? Du hast mir zu dienen, und wenn mir danach ist, dich zu bestrafen, wirst du das schweigend hinnehmen. Ich bin dir keine Rechtfertigung schuldig, warum ich dich bestrafe. Und sollte ich beschließen, es einfach zum Zeitvertreib zu tun, wirst du das genauso erdulden. Und weißt du, warum ich das tun kann? Weil du eine Sklavin bist. Nur Sklavinnen kann man wie Dreck behandeln, ohne dass sie davonlaufen. Und bevor du dich jetzt erdreistest, zu behaupten, ich hätte dich zur Sklavin gemacht: Du warst schon eine Sklavin, lange bevor ich dich gefunden habe. Ich war nur der erste, der dir ein Halsband umgelegt hat. Du solltest lieber dankbar sein, dass du endlich jemanden gefunden hast, der weiß, wie du artgerecht zu halten bist.«

Seine harten Worte schienen Laura schwer getroffen zu haben, ihr Ausdruck lag irgendwo zwischen schockiert und verwirrt, unfähig, das Offensichtliche zu akzeptieren. Sie schien etwas sagen zu wollen, doch offenbar wusste sie darauf nichts zu erwidern. Schließlich kam doch ein Ton heraus, sie schien ihm verzweifelt widersprechen zu wollen, doch Marios höhnisches Lachen ließ sie sofort wieder verstummen.

»Was soll das werden? Dieses Geflenne ist sowohl einer Sklavin als auch einer freien Frau unwürdig. Du meinst, dass ich mich irre? Dass du keine Sklavin bist? Wenn das so wäre, hättest du mich doch schon längst rausgeschmissen. Warum sollte eine Frau wie du sich so etwas gefallen lassen? Du bist ja nicht gerade auf den Mund gefallen, und schüchtern bist du auch nicht unbedingt. Wenn du keine Sklavin sein willst, warum lässt du dich dann wie eine behandeln? Also entweder, du stellst dich jetzt auf die Füße und beweist mir glaubhaft, dass ich mich irre, oder du hältst die Klappe und fängst endlich an, dich so zu verhalten, wie es sich für eine Sklavin gehört.«

Ruckartig ließ er sie los. Laura starrte ihn mit großen Augen an und schluckte hart. Für Mario gab es keinen Zweifel, wie sie sich entscheiden würde. Sie hätte ihn schon längst zum Teufel gejagt, wenn ihr das alles wirklich so zu zuwider wäre, wie sie immer wieder vorgab. Und trotz der Fortschritte, die sie bereits gemacht hatte, fiel es ihr immer noch schwer, vollständig zu akzeptieren, dass sie es genoss, einem Mann zu Füßen zu liegen, der sie wie sein Eigentum behandelte.

»Also? Ich warte.«

Laura schloss die Augen und atmete tief durch. Als sie ihn wieder anblickte, wirkte sie vollkommen ruhig, gefasst. Aufrecht und stolz sah sie ihn unverwandt an. Nun regte sich doch eine leichte Unsicherheit in Mario, was er da wohl gerade heraufbeschworen hatte. Doch zu seinem großen Erstaunen senkte sie den Kopf und fiel vor ihm auf die Knie, die Beine geöffnet, die Hände mit nach oben gerichteten Handflächen auf den Oberschenkeln ruhend, genau so, wie er es ihr beigebracht hatte. Mit klarer Stimme erklärte sie demütig: »Ich bin Eure Sklavin, Meister. Meine Bestimmung ist es, Euch zu dienen, auf jede Art, die Ihr verlangt.«

Jetzt blieb Mario doch ein wenig die Luft weg. Mit einem so durchschlagenden Erfolg hatte er eigentlich nicht gerechnet.

»Schön, das zu hören. Dann können wir uns ja endlich auf den Weg machen, wir sind schon spät dran.«

Geschmeidig erhob sich Laura, holte ihre Tasche und schlüpfte in ihre Schuhe.

»Ach, da wäre noch eine Kleinigkeit, bevor wir gehen.«

»Ja, Meister?«

»Zieh deine Unterhose aus.«

Lauras Wangen flammten rot auf. Sie wollte schon protestieren, besann sich dann jedoch eines Besseren. Wortlos schlüpfte sie aus ihrem Stringtanga und überreichte ihn Mario, der ihn kurz musterte und dann achtlos beiseite warf.

»Bei dem winzigen Fetzen Stoff mach das eh keinen großen Unterschied.«

Obwohl Laura die Ansicht so gar nicht teilen konnte, verkniff sie sich einen Kommentar und folgte Mario zum Auto.

29

Im Auto verfiel Mario wieder in einen beiläufigen Plauderton, doch Laura beschloss, lieber etwas zurückhaltender zu sein und sich schon mal auf die Rolle des Mädchens, das bewundernd am Arm ihres Freundes hängt, einzustellen. Also hörte sie den Großteil der Fahrt zu, was Mario über Christian zu erzählen hatte, und antwortete nur, wenn er sie direkt etwas fragte.

Mario fand einen Parkplatz ganz in der Nähe von Christians Wohnung. Bevor er ausstieg, zog er Laura zu sich herüber und küsste sie liebevoll.

»Du musst es nicht übertreiben, Laura. Wir wollen doch nicht, dass Chris denkt, ich hätte mir ein Mädchen vom Typ bauch- und hirnfrei aufgerissen.«

Er gab ihr einen zärtlichen Stubbs auf die Nase, dann stieg er aus. Laura folgte ihm und hängte sich an seinem Arm ein, den er ihr anbot.

Kaum, dass Mario geklingelt hatte, hörte man auch schon, wie jemand zur Tür eilte, um sie nur Augenblicke später schwungvoll zu öffnen. Ein hoch gewachsener, dunkelhaariger Mann mit Dreitagesbart lächelte ihnen entgegen und bedeutete ihnen einzutreten. »Na, da seid ihr ja endlich. Nur herein mit euch.«

»Hallo, Chris. Entschuldige bitte die Verspätung, aber es war mal wieder unmöglich, einen Parkplatz zu finden.«

»Ja, das kommt nun mal davon, wenn man sich einbildet, unbedingt mit dem Auto in die Stadt fahren zu müssen. Aber ich habe es mittlerweile aufgegeben, dich davon zu überzeugen, öffentlich herzukommen.«

Etwas verlegen drückte Laura sich an Marios Seite. Das mit dem Parkplatz hatte Mario nur erfunden, um die von ihr verursachte Verspätung zu rechtfertigen. Wenn er wollte, konnte er wirklich galant sein. Immerhin hätte er es auch auf die allen Männern bekannte Tatsache schieben können, dass Frauen einfach nie pünktlich fertig waren.

»Aber lassen wir das, dein Dickkopf ist schließlich ein alter Hut. Kommen wir lieber zu etwas Neuem, indem du mir endlich deine bessere Hälfte vorstellst.«

»He, so wie du das sagst, könnte man glatt auf die Idee kommen, die Hälfte, die du schon kennst, ist dir nicht mehr gut genug.«

»Nichts für ungut, Mario, aber im Augenblick bist du nicht mal halb so interessant, wie die unbekannte Schönheit an deiner Seite. Dich kenne ich eh schon ewig, Macken und Fehler inklusive. Also, wirst du uns jetzt bekannt machen, oder muss ich das selber in die Hand nehmen?«

»Nein, es wird mir ein Vergnügen sein, dich angemessen vorzustellen. Laura, der großspurige Schleimer hier, der sich nur deswegen so freche Sprüche zu reißen traut, weil er in Anwesenheit einer Dame davor sicher ist, von mir eins auf die Rübe zu bekommen, ist mein Kumpel Christian. Chris, das ist meine Freundin Laura.«

Christian machte eine abwertende Geste in Marios Richtung, die bestimmt wesentlich deftiger ausgefallen wäre, wenn die zwei unter sich gewesen wären, und reichte Laura die Hand.

»Verlass dich auf andere, und du bist verlassen. Fangen wir lieber noch mal von vorn an. Nur meine Eltern nennen mich Christian, meine Freunde sagen Chris zu mir. Es freut mich sehr, dich kennenzulernen, Laura.«

»Freut mich auch, dich kennenzulernen. Mario hat mir schon einiges über dich erzählt.«

»Ist das so? Nun, da werde ich dann wohl auch einiges zu tun haben, die Dinge wieder ins rechte Licht zu rücken.«

»Du meinst wohl eher zu beschönigen«, unkte Mario.

»Ich bin ja schon gespannt, was für schauerliche Geschichten du diesem liebreizenden Geschöpf über mich erzählt hast.«

»Keine Sorge, deine verheerende Wirkung auf Frauen habe ich mit keiner Silbe erwähnt. Ich dachte mir, es ist besser, wenn sie deinen sogenannten Charme live erlebt, sonst hätte sie mir bestimmt nicht geglaubt, wie schlimm es wirklich ist.«

»Ganz schön verwegen von dir, dich hier über meine Wirkung auf Frauen auszulassen. Das könnte mich glatt motivieren, Laura Geschichten zu erzählen, die du vermutlich lieber geheimhalten würdest.«

Mario tat diese Drohung lachend ab. »Glaubst du tatsächlich, dass du bei diesen Geschichten besser dastehen würdest?«

Ein verschwörerisches Grinsen erschien auf Chris Gesicht. »Wenn man dich als Maßstab nimmt ... schon.«

Als Reaktion auf seine Worte schüttelte Laura leicht den Kopf. Zweifellos fragte sie sich gerade, ob sie sich wohl immer so aufführten.

»Ich würde das mit Freuden noch weiter ausdiskutieren, aber Laura scheint sich zu langweilen bei unserer Unterhaltung. Gehen wir lieber ins Wohnzimmer und essen einen Happen, bevor sie endgültig davon überzeugt ist, dass wir das geistige Niveau von zwei Affen haben.«

»Bitte sag mir, dass du das Essen nicht selber gemacht hast.«

»Natürlich nicht, ich möchte euch doch nicht auf ewig vergraulen. Ich habe die Brötchen bei dem Laden um die Ecke machen lassen. Ihr könnt also beruhigt zugreifen.«

Mario und Laura folgten Chris ins Wohnzimmer und ließen sich auf der Couch nieder. Auf dem niedrigen Tisch standen ein Tablett mit belegten Brötchen, sowie drei kleine Teller. Während Chris in die Küche verschwand, um Getränke zu holen, flüsterte Laura Mario zu: »Was kann man denn bei belegten Broten falschmachen?«

Mario grinste breit. »Chris hat beschlossen, er kocht nicht mehr, wenn Gäste kommen, nachdem das letzte Mal so ein Debakel war. Er wollte einer Freundin etwas kochen. Nach einem Blick in die Pfanne hat sie gemeint, es gibt Schnitzel.«

»Ja und? Mag sie keine Schnitzel?«

»Es hätten Pancakes sein sollen.«

»Oh. Ich verstehe.«

Chris kam mit Saft, Cola und Mineralwasser zurück.

»Mario lässt sich gerade über meine Kochkünste aus, nicht wahr?«

»Dafür solltest du mir dankbar sein. Sonst hält sie dich noch für einen faulen Hund, dem es zu mühsam ist, seinen Gästen ein paar Brote zu streichen.«

»Ich kann mir nicht vorstellen, dass Laura auf solche Gedanken käme. Außer natürlich, irgend so eine lästige Wanze würde ihr das einflüstern. Bitte, greift zu.«

Das war jetzt schon das vierte Mal. Wenn Laura das auf den restlichen Abend hochrechnete, würde sie ganz schön schlecht aussteigen. Aber er konnte doch unmöglich damit weitermachen, andauernd ihren Namen zu sagen. Wie oft wurde man in einem normalen Gespräch schon mit Namen angesprochen? Wenn die Unterhaltung erst mal in Gang kam, würde das doch hoffentlich aufhören.

***

Nach etwa einer Stunde kam Laura zu dem Schluss, dass ihre Annahme falsch gewesen war. Chris hatte es inzwischen geschafft, elfmal ihren Namen unterzubringen. Er war sehr interessiert daran gewesen, wie sie sich kennengelernt hatten, und äußert neugierig, mehr über die Frau zu erfahren, die Mario dazu gebracht hatte, sie als seine Freundin vorzustellen. Trotz ihrer langjährigen Freundschaft schien Chris nicht einmal andeutungsweise etwas von Marios sexuellen Vorlieben zu wissen. Im Laufe der Unterhaltung ließ er durchklingen, dass er sich schon ein wenig Sorgen gemacht hatte, weil Mario die letzten Jahre über wenig Interesse an Frauen gezeigt hatte. Früher waren sie oft zusammen auf Aufriss gegangen, aber nachdem Mario sich von seiner letzten Freundin getrennt hatte, was nun immerhin schon gut neun Jahre her war, war er nicht mehr dazu zu bewegen gewesen, eine Frau anzusprechen. Obwohl Laura genervt davon war, dass er sie dauernd mit Namen ansprach, fand sie es doch höchst interessant, was Chris so alles zu erzählen hatte. Dass Mario von dem Gesprächsthema alles andere als begeistert war, ließ sie nur noch aufmerksamer zuhören. So billig würde sie nie wieder an Informationen kommen.

»Würdet ihr mich entschuldigen, ich muss mal wohin.« Nachdem Marios Versuche, das Thema zu wechseln, nicht von Erfolg gekrönt gewesen waren, und es auch nichts geholfen hatte, dass er Chris ein tratschsüchtiges Waschweib genannt hatte, war Flucht der letzte Ausweg. Er hasste es, wenn Chris anfing, auf seinen vermeintlich nicht vorhandenen Beziehungen herumzureiten.

Als Mario leicht gereizt verschwand, und Chris zum zwölften Mal ihren Namen nannte, beschloss Laura, dass es Zeit für einen Themenwechsel war. Dabei kam es ihr sehr gelegen, dass Mario sich verdrückt hatte, denn sie war sich nicht ganz sicher, ob sie Chris danach fragen durfte. Allerdings war es ihr auch nicht ausdrücklich verboten worden.

»Sag mal Chris, warum sprichst du mich eigentlich so oft mit Namen an?«

»Ah, es ist dir also aufgefallen.«

»Ja schon, das ist ziemlich ungewöhnlich.«

»Interessierst du dich für Psychologie?«

»Eher weniger.«

»Schade, das ist nämlich wirklich interessant. Ich habe vor kurzem ein paar Vorträge besucht, die sich mit den psychologischen Vorgängen während Gesprächen befasst haben. Es ist erstaunlich, was man über sein Gegenüber alles herausfinden kann, indem man nur richtig zuhört. Jedenfalls war ein Thema in dem Kurs auch, wie man ein angenehmes Gesprächsklima schafft, und was Leute gern hören, wenn man mit ihnen redet. Dazu gehört eben auch der eigene Name.«

»Tatsächlich? Ja, das ist wirklich äußerst interessant.«

Eigentlich hätte Laura ihm gern gesagt, dass ihr Name aus seinem Mund momentan das Letzte war, was sie hören wollte, aber das wäre bestimmt gegen die Regeln, und da Mario gerade zurückkam, zwang sie sich zu einem interessierten Lächeln. Marios Laune schien sich jedenfalls deutlich gebessert zu haben, denn er ließ sich mit einem breiten Grinsen neben Laura nieder.

»Au weh, hast du ein neues Opfer gefunden, dem du deine unterhaltungswissenschaftlichen Theorien unterbreiten kannst.«

»Es heißt nicht Unterhaltungswissenschaft, und im Gegensatz zu dir Neandertaler findet Laura das sehr aufschlussreich.«

»Das kann ich mir vorstellen.«

Voll ungläubigem Begreifen drehte Laura sich zu Mario um. Ein Glücksspiel also? Aber eines mit gezinkten Karten!

Mario hatte natürlich vom seltsamen Spleen seines Freundes gewusst! Zorn stieg in ihr hoch, aber sie bemühte sich, ihn nicht aufkommen zu lassen. Er war ihr Meister, sie seine Sklavin. Wenn er unfair spielen wollte, war das sein gutes Recht. Ihre hitzigen Gefühle verschwanden, und hervor kam etwas Neues, etwas, das bisher immer unter ihren anderen Gefühlen verborgen geblieben war. Dass Mario ihr immer einen Schritt voraus war und immer die Kontrolle über die Situation hatte, war schon irgendwie bewundernswert, das musste sie ihm zugestehen. Und vor allem war es erregend. Wenn sie genauer darüber nachdachte ... Nein, lieber nicht. Das sollte sie tunlichst unterlassen. Sie hatte keine Unterhose an, die die verräterischen Anzeichen ihrer Erregung hätte auffangen können. Wenn sich das auf ihrem Rock abzeichnete! Schon beim bloßen Gedanken daran wäre sie am liebsten in Grund und Boden versunken. Verlegen blickte sie hilfesuchend Mario an und hoffte inständig darauf, dass er irgendein belangloses Gesprächsthema aufgreifen würde. Er begriff sofort, was sie von ihm wollte.

»Erzähl mir lieber etwas, das ich noch nicht weiß. Wie war dein Urlaub?«

»Toll. Mexiko war wirklich großartig, da müsst ihr unbedingt auch einmal hinfahren. Die Pyramiden dort sind mehr als beeindruckend.«

Während Chris seinen Reisebericht fortsetzte, kuschelte Laura sich an Mario und blickte ihn mit ergebener Dankbarkeit an, was ihm sichtlich gefiel. Besitzergreifend legte er seinen Arm um sie und zog sie näher an sich heran.

***

Gegen zehn verabschiedeten sie sich. Laura gegenüber ließ Chris sich nichts anmerken. Aber als sie sich die Schuhe anzog, konnte sie aus dem Augenwinkel erkennen, wie Chris Mario breit grinsend zuzwinkerte und ihm damit zu verstehen gab, dass er eine sehr klare Vorstellung hatte, warum sie so früh aufbrachen. Mario zuckte lässig mit den Schultern und grinste blöd zurück. Als Laura aufstand und sich zu ihnen umdrehte, wirkten die beiden wieder, als könnten sie kein Wässerchen trüben.

Männer!

30

Ohne lange Vorreden führte Mario Laura ins Schlafzimmer. Beim Anblick dessen, was er dort vorbereitet hatte, blieb ihr der Mund offen stehen. Auf dem Bett lagen fein säuberlich aufgereiht ihr Halsband, zwei Paar Ledermanschetten und eine mehrstriemige Peitsche, die Mario ihr bereits als *Flogger* vorgestellt hatte. Die Schachtel mit den Wäscheklammern gesellte sich gerade ebenfalls dazu. Etwas abseits davon lagen außerdem ein Knebel und ein Rohrstock. Von dem seltsamen Ring, der mitten im Zimmer in die Decke geschraubt war, hing nun ein Seil mit einem Karabinerhaken daran. Und am Boden lag genau darunter eine Metallstange, an deren Enden und der Mitte sich jeweils ein Ring befand.

Eine kleine Bewegung von Marios Hand reichte aus, und Laura eilte gehorsam zu ihm, um vor ihm auf die Knie zu fallen. Demütig beugte sie sich vor, damit Mario ihr bequem das Halsband umlegen konnte. Dann verlangte er nach ihren Handgelenken, um die Ledermanschetten darumzulegen.

»Steh auf und komm hierher.«

Flink erhob sich Laura und stellte sich unter das Seil. Mario nahm ihre Arme und zog sie ihr über den Kopf, wo er die Ringe der Manschetten in den Karabiner einhängte. Nachdem er sie so fixiert hatte, begann er, sie auszuziehen. Er wirkte dabei ungefähr so aufgeregt, als würde er ein Haushaltsgerät auspacken. Zuerst löste er am Rücken die Maschen der dünnen Bändchen, die ihr Oberteil hielten, welches daraufhin zu Boden fiel. Dann öffnete er den Reißverschluss ihres Rockes und zog ihn hinunter. Achtlos warf Mario die Kleidungsstücke beiseite, ohne sich dafür zu interessieren, was er gerade ausgepackt hatte. Nun widmete er sich ihren Füßen. Auch um ihre Fußgelenke legte er Lederfesseln. Eine davon hängte er an der eigenartigen Stange ein.

»Spreiz die Beine.«

Laura gehorchte und stellte sich breitbeinig hin. Mario war nicht zufrieden. Er griff nach ihrem freien Bein und zog es einfach zur Seite. Erschrocken quietschte Laura, da sie glaubte umzufallen, doch die Handfesseln hielten sie. Ehe sie sich versah, hing ihr zweites Bein auch schon am anderen Ende der Stange. Mario richtete sich auf und begutachtete sie. Sie dachte schon, er wäre fertig mit ihr, als er nach dem Seil über ihrem Kopf griff. Er löste den Knoten und zog das freie Ende energisch nach unten. Laura wurde nach oben gerissen, ihr Körper aufs Äußerste gestreckt. Sie wollte die Beine schließen, um sich größer zu machen, was aber durch die Spreizstange nicht möglich war. Mit wenigen Handgriffen hatte Mario das Seil wieder verknotet und sie in dieser Position fixiert.

»Zwei Dinge liegen an. Erst mal zur Auswertung unseres Spiels. Wie oft hat Chris ›Laura‹ gesagt?«

»Achtzehnmal.«

»Stimmt. Du hast brav mitgezählt.«

Mario nahm die Schachtel vom Bett und begann achtzehn Klammern daraus abzuzählen.

»Der zweite Punkt ist deine Bestrafung. Ich habe beschlossen, dass du sechs Schläge mit dem Rohrstock bekommen wirst. Du wirst die Strafe ganz am Schluss erhalten.

So, mal sehen, wie wir die hier am besten verteilen.« In

jeder Hand eine Klammer, musterte Mario Lauras Körper. »Ich denke, wir fangen klassisch an.«

Eine der Klammern senkte sich auf Lauras Brust und zog dort immer enger werdende Kreise um ihre Brustwarze. Rau strich das Holz über ihren Nippel und brachte ihn dazu, sich steif aufzurichten. Die Klammer öffnete sich und verweilte einen kurzen Augenblick über ihrer Brustwarze, ehe Mario sie langsam zugleiten ließ. Keuchend stöhnte Laura auf, als ein stechender Schmerz sich in ihrer Brust ausbreitete. Sogleich wiederholte Mario dieses Spiel auf der anderen Seite. Gerade als der Schmerz anfing erträglich zu werden, schnappte die zweite Klammer zu.

***

Als Mario endlich fertig damit war, die Klammern auf Lauras Körper zu verteilen, hatte sie das Gefühl, ihr ganzer Körper bestünde aus Schmerz. An der Außenseite ihrer Brüste klemmten je zwei Klammern, jeweils drei zierten die Innenseiten ihrer Oberarme. Mit den letzten drei Paaren war Mario an der Innenseite ihrer Oberschenkel hinaufgewandert. Zwar war der schneidende Schmerz unmittelbar nach dem Ansetzen mit der Zeit in ein dumpfes Pochen übergegangen, doch immer wieder mal flammte das Stechen unerwartet irgendwo auf.

Den *Flogger* in der Hand, trat Mario hinter sie. Die makellose, blasse Haut ihres Rückens war bereits mit einem dünnen Schweißfilm bedeckt. Mit dem Griff folgte er der Linie ihrer Wirbelsäule bis zu dem Punkt, wo ihr süßer Po sich teilte. Kleine Schauer jagten durch ihren Körper bei der zarten Berührung. Die ersten Schläge begannen sanft, fast ein Streicheln der zahlreichen Lederriemen, das Laura wohlig stöhnen ließ. Mario steigerte die Intensität ganz langsam, überzog ihre gesamte Kehrseite mit zarten Schlägen. Bereitwillig gab sie sich diesem Gefühl hin, das eine willkommene Ablenkung von dem

Schmerz der Klammern war. Bald nahm Lauras blasse Haut eine intensiv rote Farbe an. Allmählich wurden die Schläge fester, und Mario reduzierte den Bereich, den er bearbeitete auf Po und Oberschenkel.

Als die rhythmisch auftreffenden Peitschenhiebe plötzlich ausblieben, brummte Laura enttäuscht. Mario trat vor sie, sein Zeigefinger strich zart über ihre Wange. Mit verschleiertem Blick sah sie hingebungsvoll zu ihm auf. Seine Hände glitten zu ihren Brüsten hinab. Mit einem schnellen Griff öffnete er die Klammern auf ihren Brustwarzen. Überrascht von dem höllischen Schmerz, der sie durchfuhr, schrie Laura auf. Vielleicht hätte er sie vorwarnen sollen, dass das Abnehmen in Wahrheit der viel unangenehmere Teil war. Aber nun wusste sie es ja. Er beugte sich zu ihr auf Augenhöhe hinab. Mit milder Stimme fragt er sie: »Schaffst du es, die Zähne zusammenzubeißen oder willst du den Knebel?«

Immer noch keuchend schüttelte Laura den Kopf. »Es geht schon.«

»Na gut.«

Ohne Vorwarnung griff Mario nach dem nächsten Paar und zog es ab. Zwar stöhnte und wimmerte Laura heftig, aber sie schaffte es, nicht laut aufzuschreien. Er gab ihr einen Moment Zeit, den ärgsten Schmerz zu verdauen, ehe er das nächste Paar entfernte.

Nachdem er die letzten beiden Klammern abgenommen hatte, sackte Laura erschöpft und erleichtert zusammen, zumindest soweit das in ihrer Position möglich war. Er nahm ihr Gesicht in beide Hände und hob es sanft an. »Das hast du gut gemacht. Ich bin stolz auf meine Sklavin.«

Laura hoffte inständig, dass er sie nun losmachen würde. Sie fühlte sich total erledigt, und es war ziemlich anstrengend, so dazustehen.

Doch Mario war noch nicht fertig mit ihr. Seine Hände wanderten nun hinab zwischen ihre Beine. Er fand ihre Spalte nicht nur feucht, sondern triefend nass vor. Seine Finger glitten zwischen ihr angeschwollenes Fleisch und wanderten zielstrebig zu ihrer prallen Knospe, die nur darauf wartete, von ihm zum Erblühen gebracht zu werden. Es brauchte nicht viel, und Lauras Körper erbebte unter einem heftigen Orgasmus. Noch ehe die Wellen des Höhepunkts ganz verebbt waren, stießen zwei seiner Finger tief in ihre Scheide. Gleichzeitig reizte er mit dem Daumen weiterhin ihren Kitzler. Bereits nach kurzer Zeit wurde sie vom nächsten Orgasmus überrollt. Marios Finger waren nass von Lauras Saft, als er sich aus ihr zurückzog.

»Mund auf.«

Blinzelnd öffnete Laura die Augen und blickte auf den glitzernden Film ihres eigenen Safts, der auf Marios Finger klebte. Etwas angewidert rümpfte sie die Nase, wehrte sich aber nicht dagegen, dass Mario ihr die Finger in den Mund drängte.

»So ist es brav, und jetzt schön abschlecken.«

Hingebungsvoll umspielte Laura mit der Zunge Marios Finger und saugte daran.

»Sieh mal einer an, du bist ja richtig begabt. So ein Talent sollte man unbedingt fördern.«

Ein Handgriff, und der Knoten des Seils löste sich. Erschöpft ließ Laura die Hände sinken, und das Seil schlüpfte aus dem Ring und fiel zu Boden. Mehr als bereitwillig sank Laura auf die Knie, als Mario sie nach unten drückte. Sie war froh, nicht länger stehen zu müssen, obwohl das Knien mit der Stange auch problematisch war. Mario entledigte sich seiner Hose und trat vor Laura. Sein erigierter Penis stand senkrecht von ihm weg, direkt vor Lauras Gesicht.

»Jetzt lass mal sehen, was du kannst.«

Mit beiden Händen umfing er ihren Kopf und zog sie zu

sich heran. Etwas überrumpelt öffnete Laura eilig den Mund, um ihn in sich aufzunehmen. Sie hatte das noch nie zuvor gemacht und war sich nicht ganz sicher, wie genau sie es anstellen sollte. Also wiederholte sie einfach das, was sie vorhin mit seinen Fingern gemacht hatte. Schließlich hatte sie dafür ein Lob von ihm bekommen. Mit der Zunge begann sie, die Spitze seines Penis zu umkreisen, dann fuhr sie an seiner Unterseite entlang und fing zu saugen an. Offenbar war Mario nicht unzufrieden mit dem, was sie tat. Seine Hände gruben sich tiefer in ihr Haar, und er begann zufrieden zu stöhnen. Er ließ sie ein wenig nach eigenem Gutdünken arbeiten, ehe er die Kontrolle übernahm. Mit eisernem Griff hielt er ihren Kopf fest, während er tiefer und schneller in sie hineinstieß. Obwohl er noch längst nicht ganz in sie eindrang, fing Laura bereits zu würgen an. Mario zog sich wieder ein wenig zurück.

»Entspann dich. Schön gleichmäßig atmen und den Mund ganz locker öffnen.«

Sein Tipp zeigte Wirkung. Nun konnte er ein Stück tiefer in sie eindringen, ohne einen Würgereiz bei ihr auszulösen. Sadistisch wie er war, konnte er es sich aber dann doch nicht verkneifen, einige Male fast vollständig in sie einzudringen, um zu sehen, wie ihr Tränen in die Augen schossen und es sie reckte. Dann spürte er die leichten Zuckungen, die den Orgasmus ankündigten.

Laura hatte offenbar nichts bemerkt, denn als Mario sich in ihren Mund ergoss, riss sie schockiert die Augen auf und wollte sich losreißen. Doch Mario war auf ihre Reaktion vorbereitet gewesen und behielt sie weiter sicher im Griff.

»Runterschlucken«, wies er sie mit vor Erregung belegter Stimme an. »Wenn du etwas auf den Teppich spuckst, lasse ich dich das nachher auflecken.«

Laura würgte und wand sich, doch Mario ließ ihr keine

andere Wahl, als die ganze eklige Soße runterzuschlucken. Doch noch immer ließ er sie nicht los. »Schleck ihn ab. Ich will, dass er ganz sauber ist, wenn ich ihn rausziehe.«

Ihr Protest war vergebens, und da es Mario offenbar ernst damit war, sie erst gehen zu lassen, wenn sie ihre Aufgabe erfüllt hatte, fügte Laura sich schließlich. Der eklige Geschmack in ihrem Mund wurde jedoch auch nicht besser, als er sie endlich losließ, und Laura alle möglichen Grimassen zog, um ihn runterzuschlucken. Ohne ein Glas Wasser würde sie den bestimmt nicht los werden. Ihr Blick fiel auf den Rohrstock, der immer noch auf dem Bett lag. Auf das Wasser würde sie wohl noch warten müssen. Mario wollte bestimmt erst die Bestrafung durchführen. Eine Vermutung, mit der sie goldrichtig lag.

Nachdem Mario sie von der Stange und dem Seil befreit hatte, wies er sie an, sich aufs Bett zu knien. Dann nahm er den Knebel in die Hand und ließ ihn vor Lauras Nase baumeln. Ihre Abneigung gegen dieses Teil war deutlich zu erkennen.

Marios leises Lachen trug nicht unbedingt zu Lauras Beruhigung bei, ebenso wenig wie die Erklärung: »Du wirst mir noch dankbar dafür sein.«

Widerwillig öffnete sie den Mund, als Mario den Ball des Knebels dagegendrückte. Überrascht stellte sie fest, dass das Ding wesentlich größer war, als es aussah. Das mit der Unterhose war zwar eklig gewesen, aber wenigstens hatte sie dabei den Mund nicht ganz so weit aufreißen müssen.

»Ich will deinen Hintern genau über der Bettkante. Nase aufs Bett, Arme vorgestreckt und schön den Rücken durchdrücken.«

Er wartete, bis Laura Haltung angenommen hatte.

»Sechs Schläge auf den Hintern. Alle voll durchgezogen.«

Mario tippte einmal mit dem Rohrstock auf ihren Po, um sich in die richtige Position zu bringen. Dann holte er zum ersten Schlag aus.

Bereits das Geräusch des durch die Luft sausenden Rohrstocks verhieß unzweifelhaft, dass es Mario diesmal ernst war mit der Strafe. Dennoch war sie nicht auf das gefasst, was dann kam. Ein glühender Schmerz explodierte in ihr, als der Rohrstock sich in ihr Fleisch biss. Wie von Sinnen schrie Laura auf und krümmte sich zusammen.

»Na, bist du mir schon dankbar für den Knebel?«

So unwahrscheinlich es klingen mochte, aber das war sie in der Tat. Immerhin wohnte Mario nicht einsam im Wald, und es lag ihr fern, die gesamte Nachbarschaft mitten in der Nacht aus dem Schlaf zu reißen. Sie zwang sich, den Kopf ein wenig zu heben und nickte.

»Dachte ich es mir doch. Und jetzt hör auf, hier so herumzulungern, und knie dich wieder ordentlich hin. Wir sind noch lange nicht fertig.«

Mühsam raffte Laura sich hoch. Es kostete sie große Überwindung, ihren Hintern wieder so zu positionieren, dass er eine perfekte Zielscheibe abgab. Doch Mario war nicht zufrieden und half ein wenig nach, indem er ihren Rücken weiter nach unten drückte.

»Ich will ein ordentliches Hohlkreuz sehen. Und diesmal wirst du genau so bleiben, so lange, bis ich fertig bin.«

Lauras Finger griffen haltsuchend in die Bettdecke. Was Mario da verlangte, war unmöglich. Das würde sie nie schaffen. Aber sie würde es zumindest versuchen. Mit tiefen Atemzügen versuchte sie sich auf den nächsten Schlag vorzubereiten. Wieder krümmte sie sich reflexartig zusammen, als der beißende Schmerz durch ihren Körper fuhr, aber sie schaffte es, sich rasch wieder in die richtige Position zu bringen. Der nächste Hieb trieb ihr Tränen in die Augen. Dabei hatte sie gerade erst die Hälfte hinter sich gebracht, und jeder Schlag schien noch qualvoller zu werden als der vorherige. Dennoch waren Tränen nicht das einzige, was bei ihr floss. Und es war definitiv kein Schweiß, was da zwischen ihren Beinen herunterrann. Beim ersten Hieb hatte sie es sogar ganz deutlich gespürt, wie ihr der Saft aus der Muschi getreten war.

Die letzten drei Schläge landeten in rascher Folge. Ein Schmerz, wie Laura ihn noch nie zuvor erlebt hatte, überflutete sie und riss sie vollständig mit sich. Alles andere wurde bedeutungslos, sie schrie und heulte ohne jede Hemmungen und verlor sich ganz in diesen Qualen. Und es schien überhaupt nicht mehr aufhören zu wollen. Mario hatte den Rohrstock schon längst beiseitegelegt, aber ihre Haut stand immer noch in Flammen. Endlich begann der Schmerz ein wenig nachzulassen und die Anspannung fiel langsam von Laura ab. Doch sie hatte ihre verkrampften Finger kaum aus dem Laken gelöst, als Mario mit den Fingern über ihre Striemen fuhr. Sofort kehrte der Schmerz machtvoll zurück. Jeder Muskel in Lauras Körper spannte sich augenblicklich an. Steif verharrte sie, während Mario den Linien ihrer aufgeworfenen Haut folgte. Und dann drang er in sie ein. Laura bäumte sich auf und stöhnte aus voller Kehle, als Mario sich tief in ihr versenkte. Sofort ging er dazu über, schnell und heftig in sie hineinzustoßen. Sein harter Körper prallte gegen ihr wundes Fleisch, Schmerz und Lust vermischten sich zu prickelnden erotischen Qualen, die sie sofort an die Schwelle zum Orgasmus katapultierten. Das war mehr als sie ertragen konnte, sie brauchte die Erlösung, jetzt sofort. Sie fing an zu betteln, wollte Mario anflehen, ihr Erleichterung zu verschaffen, aber es drangen nur unverständliche Laute aus dem Knebel.

Welch ein Jammer, dass er nicht verstehen konnte, was Laura zu sagen versuchte. Er hätte gern gehört, wie weit sie sich erniedrigen würde, damit er ihr einen Orgasmus schenkte. Sie schien bereits so weit zu sein, dass er alles von ihr hätte verlangen können. Der Gedanke, ihr seine Macht über sie zu demonstrieren, indem er sie benutzte und danach einfach unbefriedigt fallen ließ, geisterte verlockend durch seinen Kopf. Aber das konnte er ihr nach ihrer ersten Rohrstockstrafe nicht antun, das wäre zu grausam. Sie hatte sich tapfer gehalten, das sollte belohnt werden. Außerdem sollte der heutige Abend endgültig alle Zweifel ausräumen, dass es ihr gefiel, seine Sklavin zu sein. Sie unbefriedigt zurückzulassen, würde dieses Ziel eindeutig konterkarieren. Also veränderte er die Stellung ein wenig, sodass sie ihre Perle an ihm reiben konnte. Unter den Wellen des über sie hinwegfegenden Orgasmus bäumte Laura sich unter ihm auf, die rhythmischen Kontraktionen ihrer Vagina rissen auch Mario mit über die Schwelle.

***

Sie hätte sich gern noch länger ausgeruht, aber Mario gönnte ihr nur eine kurze Verschnaufpause, ehe er sie wieder auf die Füße zog. Während er ihr den Knebel abnahm, erregte der Spiegel ihre Aufmerksamkeit. Möglichst unauffällig versuchte sie einen Blick auf ihre Kehrseite zu erhaschen. Als Mario zu lachen anfing, wusste sie, dass sie aufgeflogen war. Etwas verlegen wandte sie sich ab, doch Mario zog sie direkt vor den Spiegel und postierte sie so, dass sie sich gut betrachten konnte. Auf dem Rücken und den Beinen war kaum etwas zu sehen, ihre Haut war zart rosa, wie nach einem warmen Bad. Aber auf ihrem Hintern sah die Sache ganz anders aus. Der Anblick war erschreckend und faszinierend gleichzeitig. Mario konnte mit dem Rohrstock wirklich umgehen, das musste sie ihm lassen. Auf ihrem Po prangten sechs rote nahezu identische Striemen, alle parallel zueinander, in gleichmäßigen, circa einen Finger breiten Abständen. Vorsichtig fuhr Laura mit der Fingerspitze ganz leicht über die Erhebungen. Wie würde es wohl sein, wenn sie darauf sitzen musste?

»Wie äh ... wie lange halten die normalerweise?«

Ihre schüchterne Frage brachte Mario zum Schmunzeln. »Ich bin zuversichtlich, dass du einige Tage beim Hinsetzen jedes Mal an mich denken wirst. Genug der Eitelkeiten. Ab ins Bad mit dir.«

Das war mal ein Befehl, den er ihr nicht zweimal geben musste.

***

Mario stellte Laura gleich mitsamt der Lederfesseln und dem Halsband unter die Dusche, wo er sich daranmachte, sie gründlich zu waschen. Inzwischen war sie nicht mehr schockiert, dass er dabei auch vor ihren intimsten Zonen nicht Halt machte. Beim Abwaschen der Seife fragte er sie, ob sie durstig sei, was sie bejahte. Er drehte den Brausestrahl etwas zurück, und ließ ihr das Wasser in den Mund fließen. Es war eklig lauwarm, aber Laura wagte nicht, nach kaltem Wasser zu fragen, weil sie fürchtete, er würde sie dann gleich ganz damit abduschen.

***

Nach dem Duschen schickte er sie zurück ins Schlafzimmer, wo sie auf ihn warten sollte. Während sie neben dem Bett in Wartestellung kniete, lauschte sie den Geräuschen, die Mario in der Küche verursachte. Ein Glas, das auf die Arbeitsplatte gestellt wurde, das Ploppen der Kühlschranktür beim Öffnen, das Plätschern eines kühlen Getränks, das satte Schmatzen der Kühlschranktür beim Schließen. Er kam mit einem Glas in der Hand zurück. Ein beiläufiger Blick, um zu sehen, ob Laura korrekt ihren Platz eingenommen hatte, dann ging er ums Bett und trank dabei sein Wasser. Gierig leckte Laura sich die Lippen bei dem Anblick. Es war nur Mineralwasser, aber es war kalt. Bestimmt wäre es um so vieles erfrischender als das warme Wasser, das sie zu trinken bekommen hatte. Doch Mario war nicht in der Stimmung zu teilen. Er leerte das ganze Glas, stellte es auf seinem Nachtschränkchen ab und zog dessen oberste Schublade auf. »Heute Abend war ich sehr zufrieden mit dir. Du machst gute Fortschritte auf dem Weg, die Sklavin zu werden, die ich mir wünsche.«

Mit leuchtenden Augen blickte Laura zu ihrem Meister auf. Aus seinem Mund kamen diese Worte einer Liebeserklärung gleich.

»Danke, Meister. Euer Lob ehrt mich.«

»Ich finde, du hast dir eine Anerkennung verdient.« Mario nahm etwas aus der Schublade. »Ein kleines Geschenk für meine Sklavin.«

Überrascht starrte Laura auf die kleine Schachtel mit der schwarzen Schleife, die Mario aufs Bett legte. Es war ein exaktes Duplikat der Box, die sie am frühen Abend von ihm erhalten hatte. Auch ein »Geschenk« ihres Meisters.

Mario klopfte mit der Hand aufs Bett, um Laura zu verstehen zu geben, dass sie zu ihm kommen sollte. Sie folgte seiner Aufforderung zwar sofort, machte aber keine Anstalten, das Päckchen anzurühren.

»Willst du es nicht aufmachen?«

Verlegen senkte Laura den Blick und biss sich auf die Lippe, während sie angestrengt überlegte, wie sie ihre Worte wählen sollte, ohne ihren Meister damit zu erzürnen.

»Es tut mir leid, Meister, ich möchte wirklich nicht undankbar erscheinen, aber ich weiß nicht, ob ich heute noch ein Geschenk von Euch verkrafte.«

Den Blick immer noch starr nach unten gerichtet, wartete Laura angespannt auf die Reaktion ihres Meisters. Vermutlich war er nun nicht mehr so stolz auf sie, wie noch vor ein paar Minuten. Aber sie war einfach erledigt und unglaublich müde. Seine Hand erschien in ihrem Blickfeld und bewegte sich auf ihren Hals zu. Doch die Berührung war ganz sanft, eine zärtliche Aufforderung, ihn anzublicken. Zu ihrer großen Erleichterung lächelte er sie an, offenbar amüsiert darüber, was sie wohl in der Schachtel vermutete.

»Vertrau deinem Meister und pack es aus.«

Immer noch etwas skeptisch, zog Laura an dem Satinband, um die Schleife zu lösen. Sie atmete einmal tief durch, um dann mit beherztem Griff den Deckel abzunehmen. Einen Augenblick starrte sie verdutzt den Inhalt an, dann begann sie zu lachen. »Das ist ja meine Unterwäsche. Die, die du letzte Woche im Wald zerfetzt hast ...« Kopfschüttelnd griff sie nach dem BH. »He, Moment mal. Der ist ja wieder ganz. Und die Hose auch.«

»Natürlich, hast du wirklich geglaubt, ich schenke dir die traurigen Reste deiner eigenen Unterwäsche?«

»Dir würde ich das zutrauen. Woher hast du überhaupt gewusst, wo ich die gekauft habe? Oder hast du sämtliche Geschäfte abgeklappert auf der Suche nach einem passenden Ersatz?«

»Nein, ich hab sie bei unserer Einkaufstour gesehen.«

»Daran kannst du dich erinnern? Du konntest dich am nächsten Tag schon nicht mehr an die wunderschönen Sandalen erinnern, die ich probiert habe, aber du weißt noch, welche Unterwäsche wir im Vorbeigehen gesehen haben?«

»Tja, das nennt man wohl selektive Wahrnehmung.«

»Das heißt, du hast die Unterwäsche erkannt und dir deshalb gedacht, du kannst sie ruhig zerstören und sie nachher ersetzen. Was für ein glücklicher Zufall für dich.«

»Eigentlich war es eher ein glücklicher Zufall für dich, denn daran hab ich in dem Moment wirklich nicht gedacht. Ich bin erst im Nachhinein draufgekommen, dass ich genau die beim Einkaufen gesehen habe. Trotzdem war ich überrascht, dass du gar keinen Aufstand gemacht hast, weil ich deine

Unterwäsche zerstört habe.«

»Naja«, gestand Laura verlegen ein, »letztlich war es doch eine Erfahrung, die es wert war, dafür eine Garnitur Unterwäsche zu opfern.«

»Es freut mich, dass du das so siehst.«

»Aber sieh das jetzt bloß nicht als Freibrief, mir regelmäßig meine Klamotten zu ruinieren. Ich glaube nicht, dass ich das auch so locker sehen würde, wenn du dich an meinen Lieblingsstücken vergreifst.«

»Ich verspreche dir, ich werde mich benehmen. So, und jetzt werden wir uns hinlegen, bevor du mir noch im Sitzen einschläfst.«

Aus der Veränderung seines Tonfalls beim letzten Satz wusste Laura, dass das ungezwungene Geplänkel nun wieder vorbei war. Mühelos wurde sie sofort zur unterwürfigen Sklavin.

»Leg dich seitlich hierhin«, wies ihr Meister sie an.

Laura rollte sich am Fußende zusammen, wo Mario ihre Hände und Füße an den Metallstreben des Bettes festband. Es war nicht unbedingt der Inbegriff von Bequemlichkeit, aber Laura war so müde, dass sie dennoch binnen kürzester Zeit einschlief.

31

Es war bereits später Freitagnachmittag, ihre Kollegen hatten sich alle schon ins Wochenende verabschiedet. In der Stille ihres Büros ordnete Laura ihre Unterlagen und machte sich Notizen, womit sie am Montag weitermachen wollte. Ihr waren heute ein paar gute Ideen gekommen, die sie unbedingt zu Papier bringen musste, damit sie kein Detail davon vergaß.

Mit einem zufriedenen Seufzen klappte Laura ihren Block zu und schob ihn von sich. Es machte sie immer leicht euphorisch, wenn sich entscheidende Fortschritte bei ihrer Arbeit abzeichneten, aber das schien diesmal nicht der einzige Grund für ihr Wohlbefinden zu sein. Die ganze Woche über hatte sie sich schon extrem gut gefühlt. Etwas war anders. Sie war anders. Das konnte sie ganz deutlich spüren. So gelöst und unbekümmert hatte sie sich schon lange nicht mehr gefühlt. Vielleicht auch überhaupt noch nie. Und dieses Gefühl hielt nun schon an, seitdem sie am Sonntagmorgen bei Mario aufgewacht war, in dem glückseligen Bewusstsein, ihrem Meister zu Füßen liegen zu dürfen. Das Bedürfnis, sich ihm zu unterwerfen und ihm zu dienen, war einfach überwältigend gewesen. Kaum dass er sie losgebunden hatte, war sie auf allen vieren zu ihm gekrochen, getrieben von dem Verlangen, ihm nahe zu sein, ihn berühren zu können. Gern hätte sie ihre Hände über seine wohlgeformten Beine gleiten lassen, doch das wäre unangemessen gewesen. Stattdessen hatte sie in einer anmutigen Bewegung den Rücken durchgebogen und ihren Kopf zu seinen Füßen gesenkt, um sie mit demütigen Küssen zu überziehen. Ihr Meister hatte sie gewähren lassen, zumindest solange sie sich auf seine Füße beschränkt hatte, doch ihr Versuch, sich über seine Knöchel hinaus hochzuschleichen, war sofort unterbunden worden. Mit seinem Fuß zwischen ihren Schulterblättern hatte er sie zu Boden gedrückt und dort festgehalten. Es war ein unglaublich gutes Gefühl gewesen, so herablassend von ihm behandelt zu werden. Lächelnd schüttelte Laura den Kopf. Irgendetwas hatte am Samstag eindeutig *Klick* bei ihr gemacht. Die Empfindungen waren so überwältigend gewesen, so intensiv, so widersprüchlich. Schmerz und Lust untrennbar verbunden. Es war so einfach gewesen, sich darin zu verlieren. Als hätte ihr Verstand sich irgendwann einfach abgeschaltet, nachdem er daran gescheitert war, eine klare Trennlinie zwischen den scheinbar unvereinbaren Empfindungen zu ziehen. Sie hatte sich aufgelöst und dabei einen Teil von sich gefunden, von dem ihr nicht einmal bewusst gewesen war, ihn vermisst zu haben. Aber er hatte ihr tatsächlich gefehlt. Noch nie hatte sie sich so vollständig, so rundum zufrieden gefühlt. Erst jetzt, wo sie den Vergleich hatte, wurde ihr bewusst, wie schmerzlich sie immer etwas vermisst hatte. Eine Erkenntnis, die sogar ihren Verstand überzeugte. Endlich konnte sie sich eingestehen, dass es ihr wirklich gefiel, mehr noch, dass sie es brauchte.

Ein flüchtiger Blick auf die Uhr rief Lauras umherschweifende Gedanken wieder zur Ordnung. Bereits kurz vor sechs. Sie sollte schauen, dass sie nach Hause kam. Zwar war sie heute erst um acht mit Mario verabredet, aber wenn sie weiterhin so trödelte, würde sie es doch noch schaffen, zu spät zu kommen.

***

Exakt siebzehn Minuten nach acht parkte Laura mit quietschenden Reifen vor Marios Haus ein. Eigentlich hätte alles wunderbar geklappt, wenn diese beiden Idioten nicht direkt vor ihr einen Unfall gebaut und von ihr einen Schiedsspruch verlangt hätten, wer denn nun schuld war.

Die Wohnungstür war nicht abgesperrt. Laura klopfte trotzdem an, um sich bemerkbar zu machen, trat jedoch gleich ein. Da Mario nicht auftauchte, folgte sie dem Geräusch des Fernsehers ins Wohnzimmer. Vermutlich hatte er ihr Kommen nicht bemerkt.

»Hallo. Tut mir leid, dass ich so spät dran bin, aber …«

»Ja, ja, schon gut.«

Etwas verwirrt blieb Laura mitten im Zimmer stehen. Mario hatte es sich auf der Couch gemütlich gemacht und starrte gebannt auf den Fernseher, der gerade eine Actionszene zeigte: »Batman Begins«, wenn Laura sich recht erinnerte. Sie hatte den Film im Kino gesehen. Mario kannte ihn bestimmt auch schon, dennoch schien der Film ihn mehr zu interessieren als ihre Anwesenheit. Oder ignorierte er sie jetzt absichtlich, weil sie ihn fast zwanzig Minuten hatte warten lassen? Das war doch kindisch. Sie würde sicher nicht blöd hier herumstehen, bis er sich bequemte, sie wieder zu beachten. Also bahnte sie sich am Couchtisch vorbei einen Weg zu ihm. Er ignorierte sie immer noch, also winkte sie mit der Hand vor seinem Gesicht. »Erde an Mario. Wir waren heute verabredet. Schon vergessen?«

Er warf ihr einen vernichtenden Blick zu, der Laura etwas zurückweichen ließ. »Ich versteh kein Wort, wenn du ständig dazwischenquatschst. Du gehst jetzt ins Bad, ziehst dich aus, gehst aufs Klo, wäschst dich, und dann wartest du im Schlafzimmer auf mich. Du hast bis zur nächsten Werbung Zeit. Lass mich bloß nicht warten.«

Etwas perplex zog Laura los. Gerade eben war sie noch ein wenig verärgert darüber gewesen, so links liegen gelassen zu werden, aber offenbar plante Mario mal wieder etwas. Es war wohl sinnlos, sich den Kopf darüber zu zerbrechen, was er mit ihr vorhatte. Bestimmt würde es wieder irgendetwas sein, auf das sie nie im Leben kommen würde, ein Gedanke, der vorfreudige Erregung in ihr entfachte. Dass er ihr aufgetragen hatte, auf die Toilette zu gehen, fand sie allerdings seltsam. Wenn sie aufs WC musste, hatte sie zwar stets seine Erlaubnis einzuholen, aber das war eher eine Formsache. Sie war davon ausgegangen, dass es ihm einfach gefiel, dass sie ihn um alles bitten musste. Manchmal ließ er sie auch etwas betteln, doch letztlich hatte er es immer erlaubt. Was natürlich keine Garantie dafür war, dass sie sich auch in Zukunft darauf verlassen konnte. Mario war immer für Überraschungen gut. Es war bestimmt ratsam, seinen Befehl zu befolgen, auch wenn sie momentan nicht wirklich musste.

Beim Verlassen des Badezimmers hörte Laura schon das Geräusch, das die Werbung einleitete. Viel Zeit hatte sie nicht gehabt. Eilig lief sie ins Schlafzimmer und nahm ihre Wartestellung ein. Kaum dass sie sich ordentlich aufgestellt hatte, kam Mario auch schon ins Zimmer. Er schenkte ihr ein kleines, boshaftes Lächeln. Bestimmt hatte er sie noch ins Zimmer huschen gesehen. Während er ihr das Halsband anlegte und ihre Hände mit einem Seil fesselte, erklärte er kühl: »Mir ist gerade nicht danach, mich heute Abend mit dir zu beschäftigen. Ich werde mein Püppchen jetzt verpacken, wegräumen, und mir dann den Film zu Ende anschauen.«

Mit großen Augen starrte Laura Mario verwundert an. Was wollte er ihr damit sagen? Seine Worte ergaben keinen Sinn für sie. Ihre Handfesseln waren fertig, Mario überprüfte gerade ihren Sitz. Diesmal hatte er sie ziemlich straff angezogen, ein Drehen ihrer Hände war unmöglich. Die Verwirrung stand ihr immer noch ins Gesicht geschrieben, als Mario von ihren Händen aufblickte. Er lächelte milde. »Mein kleines Püppchen hat keine Ahnung, wovon ich rede.«

»Nein, Meister.«

An ihren gefesselten Händen zog er sie zum Bett, brachte sie darauf in eine kniende Position und drückte ihren Oberkörper nach unten.

»Nun, zuerst werde ich deine Löcher stopfen, damit sie schön in Form bleiben und es nicht hineinstaubt.«

Ein Klicken verriet ihr, dass Mario die Tube mit Gleitgel geöffnet hatte. Etwas wurde gegen ihre Scheide gedrückt. Es fühlte sich groß an, dehnte sie, während es sich seinen Weg in sie hineinbahnte, bis es sie vollständig ausfüllte. Wieder hörte sie das Geräusch von Gleitgel, das herausgedrückt wurde. Unbehagen überkam sie angesichts der Ahnung, wofür er noch mehr davon brauchen könnte. Eine Ahnung, die schnell zur Gewissheit wurde. Wieder versuchte sich etwas Zugang zu ihrem Körper zu verschaffen. Erschrocken zwickte Laura den Hintern zusammen.

»Entspann dich. Du darfst dich nicht dagegen wehren«, wies Mario sie mit sanfter Stimme an. Um sie ein wenig abzulenken, begann er ihr mit der freien Hand den Rücken zu streicheln. Laura ließ sich darauf ein, versuchte, sich nur auf das wohlige Gefühl auf ihrem Rücken zu konzentrieren. Einen Augenblick lang schaffte sie es tatsächlich, sich völlig zu entspannen. Bis sie das Ding in ihrem Hintern spürte. Sofort verkrampfte sie sich wieder, aber es war zu spät. Nachdem der Plug erst einmal ihren Schließmuskel passiert hatte, konnte sie ihn nicht mehr am Vorwärtskommen hindern. Wieder wurde sie gedehnt. Das war unnatürlich! Diese Körperöffnung war als Ausgang gedacht, da sollte nichts reinkommen. So sehr sie sich auch bemühte, sie würde das Ding nie in sich behalten können. Ihre Muskeln gehorchten ihr einfach nicht. Im Gegenteil, sie musste sogar heftig dagegen ankämpfen, auf ihren Körper zu hören, der vehement forderte, die Beine in die Hand zu nehmen und augenblicklich aufs Klo zu rennen. Da half es auch nichts, dass sie genau wusste, dass dafür kein Anlass bestand. Doch dann wurde ihr Leid auf unerwartete Weise gemildert. Mit einem letzten Stoß beförderte Mario den Plug in seine endgültige Position, sodass der breite Teil nun ganz in ihrem Inneren lag, und ihr Schließmuskel sich um die Verjüngung legen konnte. Zwar hatte sie immer noch das Gefühl, dass sie auf die Toilette musste, aber wenigstens hatte sie nicht mehr den unbändigen Drang, das Teil jetzt sofort loswerden zu müssen. Trotzdem war sie skeptisch, ob sie es würde halten können.

Ihre Sorge sollte unbegründet sein. Mario hatte natürlich an alles gedacht. Er stellte sie wieder auf, hob ihre Hände über den Kopf, und legte ihr einen ledernen Gürtel um. Dann befestigte er hinten ein Seil an dem Gürtel, das er zwischen ihren Beinen hindurchzog, wobei er es durch die Ringe am Ende des Dildos und des Plugs fädelte. Das Seil wanderte vorn wieder um den Gürtel, und Mario machte eine lockere Schlaufe. Noch während Laura sich die Frage stellte, warum er es nicht einfach verknotete, zog Mario das Seil straff. Laura heulte gepeinigt auf und stellte sich auf die Zehenspitzen, um dem Schmerz zu entgehen. Als sie sich nicht mehr größer machen konnte, zog Mario noch einmal fest an und fixierte das Seil schließlich. Wimmernd kam Laura wieder von den Zehenspitzen herunter.

»Mir scheint, ich hätte dich schon vorher knebeln sollen. Du darfst die Hände übrigens wieder runternehmen.«

Der Knebel, den sie diesmal bekam, war anders als der vom letzten Mal. Ein hohler Hartplastikball mit Löchern darin. So konnte sie weiterhin ungehindert durch den Mund atmen. Mit großem Erstaunen nahm sie das nächste Teil zur Kenntnis, mit dem Mario anrückte: eine Packung »Ohropax«. Dass er seltsame Dinge in seinem Fundus hatte, war sie schon gewöhnt, aber etwas so Banales wie »Ohropax« war schon wieder fast außergewöhnlich. Mit routinierten Handgriffen wärmte Mario das Wachs zwischen den Fingern an, formte es und setzte es ihr in die Ohren ein. Die Wirkung war besser, als sie erwartet hatte. Von dem Fernseher, der immer noch im Wohnzimmer lief, war nichts mehr zu hören, dafür hörte sie das Blut in ihren Ohren rauschen.

Ihres Hörsinns beraubt, musste Laura sich umsehen, um festzustellen, wo Mario sich aufhielt. Aus dem Augenwinkel sah sie, dass er sich an der großen Truhe zu schaffen machte. Neugierig drehte sie sich um. Obwohl sie im Schlafzimmer nicht herumstöbern durfte, wusste sie mittlerweile doch ungefähr, was sich in den Schränken befand. Nur die Truhe war noch immer ein gut gehütetes Geheimnis. Mario hatte sie in ihrer Gegenwart noch kein einziges Mal geöffnet. Als er sich zu ihr umdrehte, erwartete Laura, Ärger zu bekommen, weil sie so unverschämt spioniert hatte. Doch stattdessen winkte er sie zu sich. Es waren nur ein paar Schritte, aber Laura fand, das war Strafe genug. Das Seil schmerzte bei jeder einzelnen Bewegung. Aber wenigstens würde sie jetzt endlich erfahren, was Mario in der Truhe versteckte. Als sie schließlich nahe genug war, um den Boden sehen zu können, musste sie feststellen, dass in der Truhe gar nichts drinnen war. Ein paar Ringe waren im Inneren angeschraubt, sonst war sie komplett leer. Das war jetzt etwas enttäuschend. Laura war sich sicher gewesen, in der Kiste irgendeines von Marios Utensilien vorzufinden. Fragend blickte sie ihn an. Warum zeigte er ihr die leere Kiste überhaupt? Er winkte sie noch näher heran. Sie stand nun direkt davor, starrte hinein. Und wozu sollte man diese Ringe in eine Truhe schrauben? Wieder sah sie fragend zu Mario. Der grinste breit, offensichtlich amüsiert darüber, dass sie keine Ahnung hatte, was hier vorging. Er trat zu ihr, tätschelte ihr zärtlich den Kopf, sagte etwas, dass sie nicht verstand, und schob sie vorwärts. Da ging es aber nicht weiter. Sie stand mit den Knien schon an der Truhe. Wollte er, dass sie da hineinstieg? Reiflich spät, wie sie selbst befand, begriff Laura endlich, was es mit der Truhe auf sich hatte. Sie enthielt keine Utensilien, sie war selber eines! Zaghaft stieg sie hinein. Marios Hand in ihrem Nacken forderte sie auf, sich hinzuknien. Unsicher blickte sie zu ihm auf. Zwar litt sie nicht unter Klaustrophobie, aber ganz wohl war ihr nicht bei dem Gedanken, dass er sie in diese Kiste stecken und den Deckel zumachen würde. Offenbar sah sie ziemlich mitleiderregend aus, nachdem Mario sich sogar dazu erbarmte, ihr aufmunternd über die Wange zu streicheln. Sie hatte sich fast ein wenig besser gefühlt, bis zu dem Moment, als er die Augenmaske hervorzog. Die kannte sie bereits. Aus Leder, eng anliegend, sodass nirgends etwas durchschimmerte. Eigentlich hätte ihr die Maske nicht so viel ausmachen sollen, da es in der Truhe ohnehin recht finster sein würde. Aber sie fühlte sich trotzdem elend, als Mario sie ihr aufsetzte und sie ihn nun weder sehen noch hören konnte. Immerhin konnte sie ihn noch spüren, als er ihre Hände an einem der Ringe am Boden festband. Leider brauchte er nur ein paar Handgriffe dafür, dann war er auch schon fertig. Er streichelte noch einmal zart über ihre Wange und hauchte ihr sogar einen Kuss auf die Stirn. Dann drückte er sie zu Boden. Da sie nichts sehen konnte, machte Laura sich vorsichtshalber ganz klein, damit sie nicht den Deckel auf den Kopf bekam. Sie spürte die leichte Erschütterung beim Schließen, und das geringfügige Rütteln beim Verriegeln. Danach nahm sie nichts mehr war. Sie konnte nicht sagen, ob Mario wirklich wieder fernsehen gegangen war oder ob er neben der Kiste saß und sie beobachtete. Sie hielt beides für möglich. Da sie keine Möglichkeit hatte, herauszufinden was sich außerhalb der Truhe abspielte, beschloss sie, ihr Inneres zu erforschen. Von außen mochte sie ja recht groß aussehen, doch wenn man drinnen lag, ließ sie einem nicht besonders viel Spielraum. Immerhin hatte sie rundherum noch ein paar Zentimeter Platz. Es war nicht viel, aber es beruhigte sie ungemein, dass sie nicht ganz eingeklemmt war. Hier kam ihr ihre eher geringe Größe einmal zugute.

***

Wie lange war sie nun wohl schon hier drinnen? Es kam ihr wie eine Ewigkeit vor. Musste der Film nicht schon längst aus sein? Oder war er schon lange zu Ende, und Mario hatte einfach noch immer keine Lust auf sie? Aber irgendwann musste er sie wieder herauslassen. Wie lange könnte er sie denn längstens hier eingesperrt lassen? Bis er schlafen ging? Bis morgen in der Früh? Das würde er ihr nicht antun. Doch, das würde er. Wenn es ihm gefiel, könnte er sie sogar noch länger hier drin lassen. Nein, das würde er nicht tun. Zwar fand er Gefallen daran, sie zu quälen, aber er wusste auch immer, wann es genug war. Wobei, für ihren Geschmack war es bereits genug. Müsste er also nicht jeden Moment kommen und sie herauslassen? Womöglich hatte er sie ja vergessen!

Schluss jetzt damit! Vergessen, so ein Blödsinn! Diese Kiste macht dich langsam wirklich irre. Das liegt nur am Sinnesentzug. Konzentrier dich und denk über irgendetwas anderes nach!

Doch das war leichter gesagt als getan. So langsam wurde es immer schwieriger, sich auf etwas zu konzentrieren. Die Gedanken waren einfach nicht zu halten, flossen ihr wie Wasser durch die Finger. Umso präsenter waren dafür die Signale, die ihr Körper aussandte. Ihre Arme und Beine rebellierten, weil sie schon so lange auf ihnen lag, und der Boden der Truhe war auch nicht gerade weich. Außerdem war sie sich nur allzu sehr des monströsen Dildos bewusst, der sie ständig daran denken ließ, wie gern sie an seiner Stelle jetzt Marios Schwanz in sich hätte. Auch ihre empfindliche Perle gab sich unter dem ständig auf sie drückenden Seil nicht gerade friedlich. Und das Ding in ihrem Hintern war sowieso unmöglich zu ignorieren.

***

Hatte sich da gerade etwas bewegt? Sie hätte schwören können, dass sie eine leichte Erschütterung gespürt hatte. Aber vielleicht halluzinierte sie auch mittlerweile. Gespannt wartete sie auf eine weitere Bewegung, wagte kaum zu atmen, damit ihr auch nicht das kleinste Signal entging. Plötzlich wurde der Deckel geöffnet, ein Schwall frischer Luft stürzte in die Truhe. Gierig sog sie ihn ein. Zusammen mit der frischen Luft kam noch etwas: der schwache Duft von Marios Rasierwasser. Ihr Herzschlag beschleunigte sich. Sie hatte sich während der ganzen Zeit in ihrem kleinen Gefängnis nach ihm gesehnt, aber nun wurde das Bedürfnis, zu ihm zu gelangen übermächtig, verdrängte jeden anderen Gedanken aus ihrem Kopf. Euphorisch fuhr sie hoch, doch die Fesseln brachten ihren Höhenflug sofort wieder zu Fall. Den Tränen nahe, schrie sie kummervoll in ihren Knebel. Er war ihr so nahe, und doch unerreichbar für sie. Verzweifelt wandte sie den Kopf in alle Richtungen und schnupperte nach seinem Duft ...

Mario hockte unbewegt am Kopfende der Kiste und beobachtete Laura. Offenbar bemühte sie sich, ihn ausfindig zu machen. Er war gespannt, ob sie es schaffen würde. Als sie den Kopf in seine Richtung hob, musterte er ihr Gesicht. An den Wangen und am Kinn hatte sie getrockneten Speichel kleben. Die Maske verbarg ihre Augen vor ihm, aber er wusste, dass sie geweint hatte. Vor etwa fünfzehn Minuten hatte er ihre leisen Schluchzer gehört. Sie hatte wohl nur ein paar Tränen verdrückt, deshalb hatte er sich erlaubt, noch ein wenig damit zu warten, sie rauszulassen. Er wollte nicht den Eindruck erwecken, die ganze Zeit neben ihr gesessen und gelauscht zu haben. Es war viel reizvoller, sie glauben zu lassen, dass er sie ganz allein gelassen hatte und einfach wieder fernsehen gegangen war. Die Wahrheit lag wie so oft dazwischen. Zwar war er tatsächlich zu seinem Fernseher zurückgekehrt, um sich ein wenig die Zeit zu vertreiben, aber er hatte nicht wirklich viel von dem Film mitbekommen, da er rund alle zehn Minuten ins Schlafzimmer geschlichen war, um sich zu vergewissern, dass es ihr gut ging. Kein ausgewiesener Klaustrophobiker zu sein, war zwar notwendig, aber keinesfalls hinreichend als Garantie dafür, in der kleinen Kiste nicht doch einen plötzlichen Anfall von Platzangst zu erleiden. Aber sie hatte sich gut gehalten. Fast drei Stunden war sie in der Truhe gewesen, das sollte für das erste Mal reichen. Immer noch schnupperte sie nach seiner Spur, schien sich mittlerweile aber ziemlich sicher zu sein, dass er irgendwo vor ihr stehen musste. Ihre Fesseln ließen ihr nicht viel Spielraum, dennoch gab sie sich alle Mühe, sich in seine Richtung zu strecken. Er beugte sich zu ihr vor, blieb gerade außerhalb ihrer Reichweite. Sein Atem strich über ihr Gesicht. Sofort verdoppelte Laura ihre Anstrengungen, ihn zu erreichen. Mit großer Zufriedenheit beobachtete Mario ihr vergebliches Bemühen. Heute Abend würde ihre Unterwürfigkeit ein neues Niveau erreichen.

Die unerwartete Berührung jagte Schauer durch Lauras Körper. Wie aus dem Nichts hatte sich die Hand ihres Meisters um ihre Kehle gelegt und drängte sie nun zurück. Er würde sie doch nicht etwa wieder einsperren! Hatte sie etwas falsch gemacht? Wollte er sie jetzt doch nicht mehr? Vielleicht sah sie so furchtbar aus, dass ihm die Lust vergangen war. Sie war ziemlich verschwitzt, und peinlicherweise hatte sie sich auch noch total angesabbert. Bei dem Versuch, eine halbwegs erträgliche Position zu finden, hatte sich die Spucke zu allem Überfluss auch noch schön gleichmäßig über Gesicht und Arme verteilt. Sie mochte sich gar nicht ausmalen, wie abstoßend sie wohl gerade aussehen musste. Was sollte sie jetzt machen? Nicht einmal mitleidvoll anschauen konnte sie ihn dank der Maske und des Knebels, der sie natürlich auch am Sprechen hinderte. Sie versuchte es trotzdem, flehte ihn an, es nicht zu tun, aber sie brachte nur stöhnende Laute zustande. Plötzlich stoppte die Bewegung.

Nachdenklich betrachtete Mario Laura. Ihrer plötzlichen Panik nach glaubte sie wohl, er würde sie wieder einschließen. Ein sadistisches Lächeln stieg in ihm auf. Es amüsierte ihn, dass sie ihm das tatsächlich zutraute. Und da es ihm nur hilfreich war, würde er sein Möglichstes tun, sie in dem Glauben zu lassen, dass er das wirklich tun könnte. Laura brabbelte immer noch irgendetwas, das er natürlich nicht verstehen konnte, aber es erweckte sehr den Eindruck, dass sie um Gnade flehte.

Gut so. Nach einer angemessenen theatralischen Pause, die er vorgeblich zum Nachdenken brauchte, stieß er sie nach hinten und öffnete den Knoten, mit dem er sie festgebunden hatte, ohne jedoch das Seil auszufädeln. Zunächst wartete Laura unbewegt, dann blickte sie sich mit eingezogenem Kopf verunsichert um. Schließlich machte sie sich doch daran, sich selbst zu befreien. Mit ihren immer noch gefesselten Händen tastete sie nach dem Rand der Truhe, über den sie dann mit ihren steif gewordenen Gliedmaßen wenig elegant hinauskletterte. Die Landung erfolgte ziemlich unsanft auf ihrem Hintern. Stöhnend streckte sie ihre Arme und Beine. Eine Weile blieb sie einfach ausgestreckt auf dem Rücken liegen, ehe sie sich auf den Bauch rollte und in die Bankstellung hochhievte. Als sie Anstalten machte, sich weiter erheben zu wollen, setzte Mario ihr seinen Fuß zwischen die Schultern und drückte sie energisch nieder, um ihr zu zeigen, wo ihr Platz war. Kaum dass er sie wieder freigegeben hatte, kroch sie unterwürfig zu ihm hin, schmiegte sich an seine Beine, doch er stieß sie von sich. Ihr neuerlicher Annäherungsversuch war zaghafter. Sie brauchte seine Nähe, sehnte sich nach einer Berührung von ihm, doch er hatte klargestellt, dass er das nicht gestattete. Als sie blind vor sich tastend seine Füße berührte, zog sie sich sogleich wieder ein Stück zurück. Sichtlich verunsichert, was von ihr erwartet wurde, kniete sie sich demütig vor ihm hin und senkte den Kopf zu Boden. Mario seufzte gelangweilt, grub seine Hand in ihre Haare und riss sie daran in eine aufrechte Position hoch. Er befreite sie von den Ohrstöpseln und dem Knebel.

»Du langweilst mich, Sklavin. Und Spielzeug, das langweilig ist, landet in einer Kiste, wo es bleibt, bis es entweder wieder interessant wird, oder man es endgültig wegschmeißt. Wozu hast du vorhin so um Aufmerksamkeit gebettelt, wenn du mir jetzt nichts Interessantes zu bieten hast?«

»Nun, äh, naja, Ihr … Ihr könntet … Ihr könntet Euch mit mir vergnügen?«

Ihr unsicheres Gestammel ließ ihn nur höhnisch auflachen. »Das will ich in deinem Interesse auch hoffen, dass es für mich vergnüglich wird. Drück dich deutlicher aus!«

»Ich … Ich könnte Eure … Sex…puppe sein?«

»Was soll dieses Gestotter und Herumgenuschel? Soll ich mir das, was ich hören will, etwa selber daraus zusammenreimen? Wenn ich dir schon gestatte zu sprechen, dann tu es gefälligst verständlich.«

»Ja, Meister, bitte vergebt mir, Meister. Ich könnte Eure Sexpuppe sein, Meister.«

»Mir scheint, da stecken eher eigennützige Interessen dahinter.«

»Nein, Meister! Mein einziger Wunsch ist es, Euch zu dienen und Euch zufriedenzustellen.«

»Hm … nein. Ich bin gerade nicht in Stimmung, ein kleine Nutte wie dich zu ficken.«

»Und wenn ich Euch in die richtige Stimmung dafür bringen würde?«

Die unschuldige Verwegenheit in Lauras Stimme entlockte Mario ein amüsiertes kleines Lachen. Er wusste jetzt schon, dass ihr Vorschlag nicht seinen Vorstellungen entsprechen würde. Mal sehen, wie viele Anläufe sie brauchte, um mit etwas Sinnvollem herauszurücken.

»Na schön, wenn du mich in die richtige Stimmung dafür bringst, will ich mal nicht so sein. Aber damit sind wir noch immer bei der ursprünglichen Frage, was hast du mir Interessantes anzubieten?«

Es war klar gewesen, dass er diese Frage erneut stellen würde, dennoch zögert Laura mit der Antwort. Das konnte entweder bedeuten, dass sie von ihrem Vorschlag selbst nicht überzeugt war oder dass sie zu kühn gewesen war und sich nun genierte, es auszusprechen.

»Ich könnte Euch ein bisschen verwöhnen, Meister, vielleicht würdet Ihr an einer Ganzkörpermassage Gefallen finden?«

Dem verächtlichen Schnauben nach wohl eher nicht. »Ich dachte, du hättest etwas Interessantes anzubieten. Wenn ich wollte, dass sich jemand an mich schmiegt, würde ich mir eine Katze halten anstatt einer Sklavin.«

War auch eine dumme Idee von ihr gewesen. Sie hätte wissen müssen, dass ihr Meister kein Mann war, den man mit Streicheleinheiten verführen konnte. Wäre sie bei klarem Verstand gewesen, hätte sie vielleicht eher daran gedacht. Was könnte sie sonst für ihn tun? Sie musste doch irgendetwas anzubieten haben, das er haben wollte.

»Das hier ist reine Zeitverschwendung. Ich werde dich wieder in der Kiste verstauen und schlafen gehen.«

»Nein!« Die Antwort kam wie aus der Pistole geschossen, getrieben von blankem Entsetzen. Irgendwo am Rande ihres Geistes huschte der Gedanke vorbei, dass er das unmöglich ernst meinen konnte, dass er ihr damit nur Angst machen wollte. Mit vollem Erfolg. Der Gedanke verschwand nahezu unbeachtet wieder. Ihr Verstand schien immer noch auf Notstrom zu laufen.

»Nein? Was soll das bedeuten!«

Der leise, drohende Tonfall, in dem er das gesagt hatte, brachte Laura endgültig total aus der Fassung.

Hastig sprudelten die Worte aus ihr heraus. »Das war nicht so gemeint, ich wollte Euch nicht widersprechen, Meister. Ich wollte nur sagen, dass es keine Zeitverschwendung ist, also dass ... ich meine, ich könnte ...«

Sie wollte nicht mehr denken. Alles was sie wollte, war ihr

Meister. Er stand vor ihr, zum Greifen nahe, aber sie konnte ihn nicht sehen, durfte ihn nicht berühren. Sie war unglaublich dankbar gewesen, wenigstens wieder seine Stimme hören zu können, aber das Reden ermüdete sie, machte sie nervös. Je länger das Gespräch andauerte, desto größer wurde ihre Angst, dass er sie einfach wieder verlassen könnte.

»Du redest wirres Zeug. Ich habe dir doch gesagt, du sollst dich deutlich ausdrücken. Was willst du?«

»Ich will doch nur bei Euch bleiben dürfen, Meister. Ich möchte Euch erfreuen. Ihr könntet mich bestrafen, das macht Euch doch Freude. Bitte Meister, lasst mich leiden, um Euch glücklich zu machen.«

»Das klingt schon eher nach meinem Geschmack. Wie willst du für mich leiden?«

Ach herrje, was sollte sie darauf jetzt sagen? In ihrer Panik hatte sie einfach geredet, ohne darüber nachzudenken, was sie da überhaupt von sich gab. Und nun erwartete er von ihr, dass sie selber eine Strafe für sich auswählte. Eine, an der er Gefallen finden würde. Was bedeutete, dass es wohl entweder schmerzhaft oder demütigend sein sollte. Oder noch besser beides. Es war eine Sache, dass sie sich ihm unterwarf und alles ertrug, was er von ihr verlangte, aber es war etwas ganz anderes, ihn darum zu bitten, sie auf eine von ihr gewählte Weise zu bestrafen. Denn das setzte das Eingeständnis voraus, dass sie es genauso wollte wie er. Was im Prinzip auch zutraf, ungeachtet dessen, dass sie auch ein klein wenig Angst hatte. Aber es laut auszusprechen und quasi offiziell zuzugeben, war ihr unglaublich peinlich. Erschwerend kam hinzu, dass sie ja noch immer praktisch keine Erfahrung hatte. Bisher hatte sie mit der Peitsche und dem Rohrstock Bekanntschaft gemacht. Dann gab es da natürlich noch die Klammern. Aber das hatten sie alles erst unlängst gemacht. Um ihren Meister zu begeistern, würde sie sich schon etwas Besseres einfallen lassen müssen. Was gab es noch?

»Heißes Wachs«, murmelte sie. Das war doch das gängige Klischee, SM-Spielchen mit Kerzen.

»Heißes Wachs? Hm. Gar keine schlechte Idee, das habe ich schon länger nicht mehr gemacht.«

Verdammt, hatte sie das jetzt wirklich laut ausgesprochen? Das war doch nur so ein Gedanke gewesen! Aber immerhin schien ihr Meister angetan von der Idee. Seine Hand fuhr durch ihr Haar, zog daran und zwang sie, zu ihm aufzusehen. Es fühlte sich großartig an.

»Dazu muss ich ein bisschen was vorbereiten. Warte da drüben und sei möglichst unauffällig.«

Mit einem Schubs, der ihr zeigte wo ›da drüben‹ war, ließ er von ihr ab. Sie kroch ein Stück in diese Richtung, machte sich ganz klein, und erfreute sich daran, dass sie wenigstens zuhören durfte, was ihr Meister tat. Gerade war er dabei, Kerzen anzuzünden. Das Geräusch, das danach folgte, war seltsam. Es klang fast, als würde man eine Luftmatratze oder ein Schlauchboot auffalten. Seltsamerweise roch es auf einmal auch eigenartig nach aufblasbaren Gummiartikeln. Ihr Meister kehrte zu ihr zurück. Er zog sie an dem Seil, das von ihren gefesselten Händen hing, mit sich, sodass sie ihm auf Knien hinterherrutschen musste. Das ging auf dem Teppich relativ gut, doch dann war ihr etwas im Weg.

»Füße heben!«

Sie hatte tatsächlich recht gehabt, da lag eine Plastikplane oder so etwas auf dem Boden, auf der sie nun platziert wurde.

»Ich werde das Füllmaterial für deine Löcher jetzt wieder entfernen, damit ich sie jederzeit benutzen kann, falls mir danach sein sollte.«

Das Lösen des Seils zwischen ihren Beinen war kein bisschen

weniger schmerzhaft als das Festziehen, aber das hatte Laura nach ihrer Erfahrung mit den Wäscheklammern schon kommen sehen. So sehr sie sich in der Kiste auch gewünscht hatte, die beiden Dildos loszuwerden, nun, da ihr Meister sie ihr wegnahm, fühlte sie sich seltsam leer und verlassen. Nachdem er sie so beraubt hatte, ließ er sie vorrutschen, bis sie an ihrem speziellen Freund, der Truhe, die ebenfalls abgedeckt war, stand. Sie musste sich kniend darüberlehnen, das Seil fand wohl seinen Weg durch einen Ring an der Rückseite. Starke Hände strichen über ihren nackten Rücken. Gierig nach der Berührung reckte Laura sich ihnen entgegen. Einen Augenblick lang fragte sie sich, ob ihr Meister mit dieser zärtlichen Geste gerade Abschied von ihrer makellosen Haut nahm. Sie hatte keine Ahnung, was flüssiges Wachs darauf anrichten würde. Egal, sie wollte nicht denken, sie wollte nur fühlen.

Ihr Wunsch wurde im Übermaß erfüllt, als nur Sekunden später das erste Wachs ihre Haut berührte. Flammen schienen über ihre Haut zu züngeln, als die heiße Flüssigkeit auftraf und sofort erstarrte. Es war nur eine kleine Menge Wachs gewesen. Der Schmerz verebbte rasch wieder.

»Ist es das, was du willst, meine kleine Sklavin?«

»Ja, Meister.«

»Bist du dir sicher?«

»Ja, Meister.«

»Nun gut, wenn das so ist.«

Wieder traf Wachs auf ihre Haut. Ein erstickter Schrei kam aus ihrem Mund. Diesmal war es mehr als nur ein Tropfen. Flüssiges Feuer rann ihren Rücken hinab. Das Bächlein schaffte seinen Weg bis zu ihrer Taille, ehe es erstarrte.

»Bist du dir immer noch sicher?«

»Ja, Meister«, keuchte Laura atemlos.

»Ich kann auch wieder aufhören.«

»Das ist nicht nötig, Meister. Ich war nur nicht darauf vorbereitet. Bitte, macht weiter, Meister.«

Mario stellte die Kerze aufs Nachtschränkchen zurück und nahm sich zwei frische. Er hatte mehrere angezündet, damit er schneller mehr flüssiges Wachs bekam. Hätte er das geplant gehabt, hätte er die Kerzen schon vor einer Stunde angezündet. In jeder Hand eine Kerze, stellte er sich hinter Laura auf und begann ihren Rücken mit dem heißen Wachs zu überziehen. Ihr Stöhnen war Musik in seinen Ohren.

Als kein weiteres Wachs mehr nachkam, hob Laura verwundert den Kopf.

»Dein Vorschlag war nicht schlecht, Sklavin. Ich hatte meine Freude daran, dich mit Wachs zu überziehen. Leider war es nur ein kurzes Vergnügen, dein Rücken ist zu klein, da ist kein Platz mehr für weiteres Wachs.«

»Meister, bitte, hört noch nicht auf. Man kann das Wachs doch sicher wieder ablösen? Dann könntet Ihr es noch einmal machen.«

»Ja, aber zweimal das Gleiche ist langweilig.«

»Ich habe noch genug freie Haut, wollt Ihr das Wachs über andere Körperteile gießen?«

Er lachte leise, auf eine Art, die nahe legte, dass sie sich der Tragweite ihres Angebots nicht bewusst war.

»Weißt du, warum ich deinen Rücken ausgewählt habe?«

»Nein.«

»Weil der Rücken am unempfindlichsten ist. Denk einen Augenblick darüber nach, und dann sag mir, ob du immer noch zu deinem Angebot stehst.«

Laura ließ sich seine Worte durch den Kopf gehen, ehe sie mit großer Demut antwortete: »Ich möchte es für Euch ertragen, Meister.«

»Welch schöne Worte aus dem Mund meiner Sklavin. Wir

werden sehen, wie ernst es dir damit ist. Aber als erstes müssen wir dich umdrehen.«

***

Die neue Position, in der Laura sich kurz darauf wiederfand, war wesentlich weniger bequem als ihre alte. Mario hatte sie so drapiert, dass sie rücklings mit durchgebeugtem Rücken kopfüber über der Truhe hing. Das Wachs, das auf ihrem zuvor noch gestreckten Rücken erstarrt war, machte jedoch wenig Anstalten, dieses Zusammenschieben ihrer Haut mitzumachen. Zwar brach es an einigen Stellen, was das unangenehme Spannungsgefühl auf ihrer Haut jedoch nur unwesentlich minderte. Nachdem Mario sie sorgfältig nach seinen Vorstellungen ausgerichtet hatte, machte er sich noch an ihren Haaren zu schaffen, die er zusammendrehte und behelfsmäßig unter dem Band ihrer Augenmaske fixierte.

»Ich würde dir empfehlen, möglichst ruhig liegenzubleiben, damit das auch hält. Es wäre wirklich schade um deine schönen langen Haare, wenn sie mit Wachs verklebt werden würden.«

Ein durchaus vernünftiger Ratschlag, dem Laura nur zu gern gefolgt wäre, der sich jedoch als unhaltbar erwies, kaum dass das erste Wachs sich über ihre Brüste ergoss. Von einem gequälten Stöhnen begleitet, bäumte sich ihr Körper auf, als das Wachs auf die Unterseite ihrer rechten Brust traf und die Vertiefung zwischen ihren Brüsten hinabrann.

»Was ist, hast du deine Meinung schon geändert?«

Der herablassende Tonfall ihres Meisters bestärkte Laura nur in ihrem Entschluss, das durchzuziehen. Nachdem sie ihn vorhin geradezu angefleht hatte, sie doch wenigstens ein wenig zu quälen, würde sie nun sicher nicht so schnell klein beigeben.

»Nein, Meister. Bitte, tut mit mir, was immer Euch gefällt.«

Das tiefe Geräusch, irgendetwas zwischen einem Brummen und einem Knurren, das er von sich gab, zauberte ein Lächeln auf ihr Gesicht, strafte es doch sein vorgegebenes Desinteresse Lügen. Es erregte ihn, dass sie sich ihm so bereitwillig anbot. Und sie war fest entschlossen, diese Erregung weiter zu steigern, bis er sich ebenso nach ihr verzehrte, wie sie sich nach ihm. Ermuntert von diesem Wissen, gab sie sich dem Schmerz hin, der ihren Körper durchschnellte, während ihr Meister damit fortfuhr, ihre Brüste mit Wachs zu bedecken. Hin- und hergerissen zwischen Angst und gespannter Erwartung, spürte sie das Wachs ihrem aufgerichteten Nippel immer näher kommen. Der finale Tropfen landete punktgenau auf der Spitze ihrer Brustwarze, wo er wie ein Blitz einfuhr, der direkt in ihren Unterleib weitergeleitet wurde. Ihr ganzer Körper spannte sich an, schrie nach Erlösung. Und die Gewissheit, dass sie darauf vergeblich wartete, machte es nur noch erregender. Frustriert stöhnte sie auf, ihr Protestlaut riss allerdings jäh ab, als Mario sich ihrer anderen Brust zuwandte und sie keuchend nach Luft schnappte. Er wiederholte sein Spiel auf dieser Seite, fachte ihre Erregung weiter an, nur um ihr dabei zuzusehen, wie sie sich winselnd und um Aufmerksamkeit bettelnd vor ihm wand. Schließlich beugte er sich zu ihr herab, strich zärtlich eine nasse Haarsträhne von ihrer mit Schweiß überzogenen Stirn. Seine Stimme war weich wie Samt, als er verführerisch fragte: »Willst du mehr?«

»Ja«, keuchte Laura atemlos, »bitte Meister, gebt mir mehr.«

Gemächlich erhob Mario sich, schlenderte um die Truhe herum, jeder seiner Schritte begleitet von einem schmatzenden Geräusch auf dem Lacklaken, das er unter Laura ausgebreitet hatte. Ihre Hüften bewegten sich erwartungsvoll, begierig darauf, von ihm berührt zu werden. Mit einer trägen Bewegung drängte er ihre Beine auseinander. Im Schein der Kerzen sah er glitzernd die Spur ihres Saftes, der sich auf ihren Schenkeln verteilt hatte. Prüfend ließ er seine Finger darübergleiten, wanderte hinauf, wo er durch ihre nassen Falten fuhr, was sie glückselig aufstöhnen ließ. Ihr Wohlgeräusch ging nahtlos in einen Protestlaut über, als er seine Finger wieder zurückzog.

Tadelnd sprach er zu ihr: »Dafür, dass du für mich leiden wolltest, bist du aber ganz schön feucht geworden. Sieht eher danach aus, als hätte es dir sehr gut gefallen.«

»Sollte es einer Sklavin denn nicht gefallen, wenn ihr Meister sie leiden lässt?«, fragte Laura äußerst unterwürfig.

»Schon«, antwortete Mario argwöhnisch, »doch mir scheint, du hast bisher zu sehr genossen und zu wenig gelitten. Aber das lässt sich ändern.«

Mit festem Griff packte er Lauras Beine und stellte sie mit einer Bestimmtheit, die klar machte, dass diese Position zu halten war, breitbeinig auf. Erneut nahm er zwei Kerzen zu Hand, deren Wachs er sodann synchron, etwas oberhalb des Knies, über die Innenseite von Lauras Schenkeln goss. Erschrocken keuchte sie auf und riss ihre Füße zur Seite. Ein missmutiges Knurren von ihm reichte allerdings schon, um ihre Beine wieder dorthin zu bringen, wo er sie haben wollte. Genüsslich fuhr er mit seinem Werk fort, zeichnete mit dem Wachs regelmäßige Streifen, wie eine Leiter, die an ihrer zarten Haut hinaufwuchs. Mit jeder weiteren Sprosse fiel es ihrer sichtlich schwerer sich zu beherrschen, aber sie hielt tapfer die Stellung, die er ihr aufgetragen hatte. Es war ein wunderschöner Anblick, ihr mit einem zarten Schweißfilm überdeckter, sich windender Körper, ungeachtet aller Qualen immer noch vertrauensvoll ausgebreitet vor ihm. Ihre zierlichen Hände zu Fäusten geballt, die Zähne fest zusammengebissenen, atmete sie heftig ein und aus, wobei sich ihre wachsbedeckten Brüste aufreizend hoben und senkten. Als das Wachs nahezu den Ansatz ihrer Beine erreicht hatte, schien Nervosität in ihr aufzukeimen, was eine Welle der Erregung durch seinen Körper jagte. Sie war sich darüber im Klaren, was als nächstes kommen könnte, und sie traute ihm durchaus zu, nicht einmal davor Halt zu machen. Angst lag in ihrem Gesicht, als sie mühsam den Kopf ein wenig hob, das konnte selbst die Augenmaske nicht verbergen. Einen Moment lang starrte sie blicklos in die Richtung, in der sie ihn vermutete, ehe sie sich zurücksinken ließ und mit tiefen Atemzügen ihren bebenden Körper zu beruhigen versuchte.

Marios Herzschlag schien einen kleinen Salto zu machen, als er ungläubig zusah, wie sie ihre Beine weiter für ihn spreizte. Das konnte unmöglich ihr Ernst sein. Sicher, er hatte dieses Damoklesschwert gut sichtbar über ihr aufgehängt, aber sein Sadismus wäre eigentlich, fürs erste zumindest, allein schon durch diese Androhung befriedigt gewesen. Er hatte nicht einen Augenblick lang daran gedacht, heute tatsächlich bis zum Äußersten zu gehen. Umso ehrfürchtiger betrachtete er das kostbare Geschenk, das sie ihm darbot, unsicher, ob er es annehmen konnte. Wenn er sie damit überforderte, würde es keine Rolle spielen, dass sie es ihm freiwillig angeboten hatte. Es lag in seiner Verantwortung abzuschätzen, wie weit er gehen konnte, gerade, wenn seine unerfahrene Sklavin so viel Vertrauen in ihn legte. Dazu würde er aber erst einmal feststellen müssen, wie ernst es ihr überhaupt damit war. Er ließ sich neben ihr auf ein Knie nieder und streichelte zärtlich ihre Wange. Mit sanfter Stimme fragte er sie: »Bist du dir wirklich sicher, dass du das willst?«

»Ja, Meister.«

Ihre Stimme war ein atemloses Hauchen, aber die Antwort war ohne Zögern gekommen.

»Es wird äußerst schmerzhaft werden.«

»Ich weiß, Meister.« Sie zögerte kurz, ehe sie mit einem verlegenen Lächeln schüchtern hinzufügte: »Deshalb wird es Euch auch besonders viel Vergnügen bereiten.«

»Du hast mich heute Abend bereits mehr als zufrieden gestellt. Es reicht mir schon zu wissen, dass du mir völlig freie Hand gewährst. Wir müssen das nicht unbedingt bis zum bitteren Ende durchziehen.«

»Ich will es aber, Meister.«

Sie wollte es tatsächlich. Ja, sie hatte Angst vor dem Schmerz, und ja, sie wollte ihm auch beweisen, dass sie stark war. Aber vor allem wollte sie es sich selbst beweisen. Und sie war neugierig. Neugierig darauf, was für ein Gefühl es sein würde, wie sie damit umgehen würde, was es in ihr auslösen würde. Mario ließ sich Zeit mit seiner Antwort, er schien darüber nachzudenken, wie ernst es ihr wirklich war. Sie beschloss, ihm bei seiner Entscheidung ein wenig zu helfen: »Bitte, tut es, Meister. Ich bin mir absolut sicher.«

Ja, sie war sich sicher, daran bestand kein Zweifel. Na schön, er würde ihr geben, wonach sie verlangte, und hoffen, dass sie ihre Meinung später nicht änderte. Er schob seine letzten Bedenken beiseite und dachte an das, was er gleich tun würde. Der Sadist in ihm rieb sich schon freudig die Hände.

Ohne ein weiteres Wort zu verschwenden, war ihr Meister aufgestanden. Gebannt lauschte sie jedem seiner Schritte, während er sich um sie herumbewegte. Ihr Atem beschleunigte sich, doch sie ermahnte sich, gleichmäßig weiterzuatmen. Eine Hand senkte sich auf ihren Bauch, trügerisch sanft streichelte sie darüber. Doch Laura wusste es besser. Gleich würde der Schmerz über sie hereinbrechen. Raffiniert, wie ihr Meister war, fiel er jedoch nicht gleich mit der Tür ins Haus. Das hätte sie bei ihm auch nicht erwartet. Er nahm sich Zeit, die Sache etwas zu zelebrieren, indem er zuerst ihre Taille und ihre Hüften mit Wachs benetzte. Als das Wachs schließlich genau in die Falte ihres Beinansatzes hinunterlief, wusste Laura, dass das Anpirschen vorbei war. Zwei Finger fuhren prüfend über ihre Spalte, fanden sie triefend nass vor. Die Finger wanderten weiter hinauf, schoben ihre Lippen beiseite, um ihre Perle freizulegen. Ihr Körper versteifte sich, Verunsicherung keimte in ihr auf, auf was sie sich hier bloß eingelassen hatte. Vielleicht wäre es doch besser ... Ein gleißender Schmerz erfasste ihren Körper. Im ersten Moment konnte sie nicht einmal atmen, doch es dauerte kaum einen Wimpernschlag, ehe sie zu schreien anfing. Ihre Beine schnellten hoch und pressten sich zusammen, versuchten, das tobende Feuer in ihrer Mitte zu löschen. Beinahe hätte sie einen Überschlag über die Truhe gemacht, doch Mario bekam sie noch rechtzeitig zu fassen. Schluchzend zerrte sie an ihren Fesseln und zog die Beine eng an ihren Körper. Die Qualen schienen kein Ende zu nehmen. Mario drückte gegen ihre Beine, versuchte, sie aus ihrer zusammengekauerten Position auszurollen. Mit aller Kraft, die sie noch hatte, stemmte sie sich dagegen, doch er war stärker als sie. Schluchzend protestierte sie, mehr als immer wieder »Nein« und »Bitte« brachte sie aber nicht heraus. Vergeblich. Ihre Füße wurden auf den Boden gedrückt, dann zwang Mario trotz heftiger Gegenwehr ihre Beine auseinander. Panik ergriff sie, als er sich ihrer Mitte näherte. Seine Hand war äußerst zärtlich, schob sich behutsam näher, doch sie wollte auf keinen Fall, dass er sie am Zentrum ihres Schmerzes berührte. Seine Finger legten sich federleicht auf sie. Erneut explodierte Schmerz in ihrem Körper. Zuerst war ihr überhaupt nicht klar, was er getan hatte, doch dann begriff sie, dass er das Wachs abgezogen hatte. Endlich begann der Schmerz ein wenig nachzulassen, und die Tränen, die gerade noch hemmungslos geflossen waren, verebbten allmählich. Gerade als sie glaubte, sich entspannen zu können, spürte sie einen warmen Lufthauch auf ihrem geschundenen Fleisch. Unsicher, was sie von ihm zu erwarten hatte, versteifte Laura sich wieder und hielt den

Atem an. Irgendetwas glitt unendlich sanft über ihre Perle. Es war warm und feucht, es war … Oh mein Gott, er leckte sie mit seiner Zunge! Sie verspürte das vertraute Gefühl von Hitze, die in ihre Wangen schoss, was bedeutete, dass sie mal wieder knallrot anlief. Der Schock über diese unerwartete und ihr bisher gänzlich unbekannte Liebkosung hielt allerdings nur kurz an, denn es war wahrlich ein göttliches Gefühl, wie seine Zunge sie umspielte und ihren Schmerz linderte. Allmählich wurde er fordernder. Seine Zunge wanderte weiter hinab, wo sie sich in ihrer Spalte vergrub. Wieder war sie zunächst peinlich berührt beim Gedanken daran, dass Mario gerade den aus ihr strömenden Saft aufleckte, doch sein geschicktes Zungenspiel brachte sie schnell auf andere Gedanken. Nachdem er hier ein wenig gespielt hatte, wanderte er schließlich wieder aufwärts. Ihre Klit war immer noch sehr empfindlich, was er geschickt ausnutzte, um sie durch Saugen und zärtliches Knabbern zu einem schmerzhaft-lustvollen Orgasmus zu treiben.

***

Mario befreite Lauras Hände, doch sie fühlte sich so erschöpft, dass sie einfach so liegengeblieben wäre, wenn Mario sie nicht hochgezogen hätte. Ihre Beine schienen aus Gummi zu sein, und bei der plötzlichen Positionsänderung wurde ihr auch noch furchtbar schwindlig. Er ließ sie zu Boden gleiten und legte sie auf den Rücken. Sie hörte das Rascheln von Kleidung, die ausgezogen wurde, dann war er über ihr, nahm sie mit seinem Körper gefangen. Den Beweis seiner Erregung hart an sie gepresst, raunte er ihr zu: »Sieht so aus, als hättest du mich doch noch in Stimmung gebracht.«

Mit einem schnellen, tiefen Stoß drang er in sie ein, ein Versprechen darauf, sie hart und schonungslos zu nehmen. Zufrieden seufzend öffnete Laura sich für ihn, signalisierte ihm ihre Zustimmung. Sie wollte von ihm benutzt werden, wollte, dass er sich hemmungslos an ihrem bereits geschundenen Körper verging und ihr das letzte bisschen Verstand aus dem Kopf fickte. Ihr geheimer Wunsch deckte sich offenbar mit den Vorstellungen ihres Meisters. Erbarmungslos hämmerte er in ihre Möse hinein, und als ihm das allein zu langweilig wurde, begann er, sich an ihren wachsüberzogenen Brüsten zu schaffen zu machen, nahm sie fest in die Hand, zog und drehte daran. Ein Strudel von Qual und Lust riss Laura mit sich und verschlang sie, zog sie immer tiefer in sich hinein. Unfähig, diesem Sog aus eigener Kraft zu entkommen, ließ sie sich darin treiben, bis Mario schließlich so gnädig war, sie mit einem Orgasmus herauszukatapultieren. Von unkontrollierbaren Zuckungen geschüttelt, kam sie keuchend und schweißgebadet wieder in der realen Welt an.

Marios Körper lag Haut an Haut über ihrem, und löste damit das Gefühl bei ihr aus, sicher und behütet zu sein. Seine Hand strich zart über ihre Wange und streifte die Augenmaske ab. Nach Stunden im Dunkeln war das Erste, was sie nun sah, sein warmer Blick, der auf ihr ruhte, und das liebevolle Lächeln, das um seinen Mund spielte. Es war einfach unbeschreiblich schön. Und die zärtlichen Küsse, mit denen er sie anschließend bedeckte, waren das Sahnehäubchen oben drauf.

32

An einem lauen Dienstagabend saß Laura auf ihrem Balkon und genoss den Anblick des Sonnenuntergangs. Zwar hatte sie heute Abend eine Verabredung mit ihrem Meister, aber noch war kein Grund zur Eile. Während sie zusah, wie die Sonnenscheibe hinter den Häusern verschwand, fragte sie sich, was Mario wohl heute wieder vorhatte. Letzte Woche hatte er sie gefragt, ob sie sich den morgigen Tag freinehmen könne, und irgendetwas von »das schöne Wetter noch ausnutzen«

geredet. Offenbar hatte er ein Mondscheinpicknick oder so etwas Ähnliches geplant, denn sie waren erst für halb zwölf verabredet, und er hatte ihr aufgetragen, sich ordentliche Schuhe anzuziehen, solche, die zum Gehen und nicht nur zum hübsch Anschauen gemacht waren. Beim Gedanken an ein Picknick fing ihr Magen laut zu knurren an. Es war erst acht, vielleicht sollte sie besser etwas essen. Immerhin waren es noch vier Stunden bis Mitternacht, und Mario hatte auch nicht explizit etwas von Essen erwähnt. Vielleicht ging nur mal wieder ihre romantische Vorstellungskraft mit ihr durch, und Mario hatte etwas ganz anderes vor. Und sie wollte eigentlich nicht riskieren, hungrig zu Bett gehen zu müssen.

***

Pünktlich wie immer holte Mario Laura um halb zwölf ab. Bei ihrem Anblick grinste er breit. Sie hatte sich an seinen Ratschlag bezüglich guten Schuhwerks gehalten, kam in weißen Turnschuhen herausgelaufen, aus denen kurze weiße Söckchen hervorschauten. Aber dazu trug sie einen dunkel karierten Faltenrock, dem ein gutes Stück bis zum Knie fehlte, und eine weiße Bluse, die sie vorn auf Höhe ihres Bauchnabels zusammengeknotet hatte. Abgerundet wurde das Bild von dem schwarzen Zopf, der auf der linken Seite über ihre Schulter hing. Der Schulmädchenlook stand ihr wahrlich ausgezeichnet. Er fing sie ab und küsste sie zur Begrüßung. Prüfend fuhr er mit der Hand über ihren Hintern. Mit einem Sprung zur Seite brachte sie sich außer Reichweite und sah ihn mit gespielter Empörung an. »Was fällt dir ein, meinen Hintern zu begrapschen?«

Sein Grinsen wurde noch breiter. »Ich werd dir gleich noch ganz woanders hingrapschen. Mir scheint, du trägst keine Unterhose, da drängt sich doch sofort die Frage auf, wie es mit dem BH aussieht.«

»Untersteh dich!«

Er machte einen schnellen Schritt auf sie zu, doch Laura hatte damit gerechnet und rannte rechtzeitig los, bevor er in Reichweite kam. Natürlich schaffte sie es nicht weit. Den kurzen Vorsprung, den sie durch ihren Frühstart herausgeschlagen hatte, hatte Mario in null Komma nichts wieder aufgeholt, da halfen auch die Sportschuhe nichts. Er schnappte sie von hinten, indem er einen Arm um ihre Taille schlang und sie an sich zog. Ein kurzer Rundumblick sagte ihm, dass sie allein waren, also schob er seine freie Hand gleich ungeniert in ihren Ausschnitt, um seine Theorie zu überprüfen. »Sieh mal einer an, ich hatte recht. Und jetzt wollen wir mal sehen, wie es untenrum aussieht.«

»Oh nein, kommt gar nicht in Frage!«

»Wer will mich davon abhalten?«

Ihr halbherziger Versuch, aus seinem Griff zu entkommen, war zwar gar nicht der Rede wert, aber er zog sie dennoch fester an sich heran. Als er die Hand unter ihren Rock schob, quiekte sie protestierend, aber der Laut ging in ihrem Lachen unter, als er sich weiter hochtastete.

»Tatsächlich, kein Fetzen Stoff unter dem Rock. Hältst du es für klug, mitten in der Nacht so rumzulaufen? So etwas kann gefährlich werden.«

Sich in seinen Armen umdrehend, blickte sie ihn mit großen, unschuldigen Augen an. »Wieso denn? Was soll mir denn schon passieren?«

Sein Ausdruck veränderte sich, er lächelte immer noch, aber es wirkte verschlagen, so als male er sich gerade aus, was ihr nicht alles passieren könnte. »Du hast Glück, dass ich für heute Nacht schon andere Pläne habe, sonst hätte ich es dir gezeigt.« Mit diesen Worten hob er sie von den Füßen und trug sie zum Auto. Gurrend schmiegte Laura sich an ihn.

***

Mario parkte den Wagen auf dem leeren Parkplatz des »Lumberjack«. Das Lokal schloss bereits um elf, mittlerweile war es fast Mitternacht und alles wie ausgestorben, ganz so, wie er es haben wollte. Er holte noch einen Rucksack aus dem Kofferraum, dann schlenderte er zu Laura, die sich etwas vom Auto entfernt hatte und in den dunklen Wald starrte. Ihr Blick fiel neugierig auf den Rucksack, den er sich umgehängt hatte, aber er hatte nicht vor, die Katze jetzt schon aus dem Sack zu lassen. »Ich dachte mir, wir machen einen kleinen Spaziergang im Wald.«

Laura lächelte ihn wissend an. Sicherlich war er nicht nur zum Spazierengehen mitten in der Nacht mit ihr hierhergefahren. Sie ergriff seine Hand und ließ sich von ihm in den Wald führen.

Unter den Bäumen war es trotz des Mondlichts ziemlich dunkel. Glücklicherweise gehörte Laura nicht zu den Leuten, die es unheimlich fanden, im Finsteren durch den Wald zu laufen. Im Gegenteil, sie fand die gespenstischen Schattenspiele der Blätter und die nächtlichen Geräusche der Tiere wunderschön. So folgte sie Mario, ohne sich darum zu kümmern, wohin sie gingen, während sie fasziniert den Wald beobachtete.

Als Mario schließlich stehenblieb, stellte Laura fest, dass sie bei dem Aussichtsturm angelangt waren. An ihren gefassten Händen zog er sie zu sich, sodass sie einander gegenüberstanden. Dann holte er etwas aus dem vorderen Fach seines Rucksacks. Es war ihr Halsband, das er nun vor ihrer Nase baumeln ließ. »Vertraust du mir?«

»Natürlich.«

Die Frage überraschte sie. Hatte sie ihm denn in den letzten Wochen nicht schon oft genug bewiesen, dass sie es tat?

Sein Blick fing ihren ein und wanderte dann den Turm hoch. »Wie sehr vertraust du mir?«

Laura folgte seinem Blick nach oben. Obwohl es warm war, zog ihr eine Gänsehaut über den ganzen Körper. Sie hatte Höhenangst. Mario wusste das. Im Zusammenhang mit seiner Frage betrachtet, war das keine gute Kombination. Sie schluckte schwer. Was sollte sie ihm jetzt antworten? Sicher, sie vertraute ihm, daran gab es keinen Zweifel, aber schon allein, dass er ihr diese Frage gestellt hatte, deute darauf hin, dass er etwas vorhatte, was ihr wirklich ganz und gar nicht gefallen würde.

Er wandte sich ihr wieder zu, ihr Unbehagen war ihm natürlich nicht entgangen. »Es ist okay, wenn du Nein sagst. Du musst das nicht machen. Ein Wort von dir, und wir gehen wieder.«

Sie wusste, dass er es genauso meinte, wie er es sagte. Er würde nicht versuchen, sie umzustimmen, wenn sie ablehnte. Sie würden gehen, und er würde kein Wort mehr darüber verlieren. Was aber nicht hieß, dass er nicht enttäuscht wäre. Vertrauen war in Wahrheit das zentrale Thema für ihn, das hatte sie inzwischen begriffen. Sicher machte es ihn scharf, sie zu quälen, aber den richtigen Kick gab es ihm immer, wenn sie ihr Schicksal ungeachtet der möglichen Konsequenzen vertrauensvoll in seine Hände legte. Und er hatte sich dieses Vertrauens auch würdig erwiesen. Wie ernst war es ihr tatsächlich mit ihrer Behauptung, ihm zu vertrauen? Wenn sie ihm nur so lange vertraute, wie sie damit kein echtes Risiko einging, war es nichts weiter als ein Lippenbekenntnis, völlig wertlos. Andererseits war ein Risiko etwas anderes als eine vorprogrammierte Katastrophe. Was sie zu der Frage brachte, ob Mario die drohende Katastrophe erkennen und sie davor bewahren würde. Damit schloss sich der Kreis, denn das war wiederum eine Frage des Vertrauens.

»Mario, du weißt, dass ich Höhenangst habe. Ich bin mir nicht sicher, ob ich ...«

»Schon gut«, unterbrach er sie mit sanfter Stimme, »du musst dich nicht rechtfertigen.«

Er hatte gewusst, dass er damit vermutlich zu viel von ihr verlangte, und sich geschworen, ihr keinen Vorwurf zu machen, wenn sie sich nicht darauf einließ und hier die unumstößliche Grenze zog. Dennoch konnte er seine Enttäuschung nicht ganz verbergen. Er hatte so darauf gehofft, dass Laura allen Widrigkeiten zum Trotz bereit wäre, ihm uneingeschränkt zu vertrauen. Auch wenn er sich eigentlich im Klaren darüber hätte sein sollen, dass das wohl illusorisch war.

»Lass mich ausreden. Ich bin mir nicht sicher, ob ich es durchstehen werde, aber ich will es zumindest versuchen.«

Mit unverhohlenem Staunen blickte er sie an. Sie überraschte ihn immer wieder.

»Ich habe vorhin ohne zu zögern gesagt, dass ich dir vertraue, weil es tatsächlich so ist, und weil ich bisher sehr gut damit gefahren bin. Du hast mich schon über einige Hürden geführt, die ich für unüberwindbar gehalten habe, und ich bin zuversichtlich, dass du mich auch hierdurch führen wirst. Aber vor allem vertraue ich darauf, dass du sofort aufhörst, wenn es mir zu viel wird.«

Mario umfasste ihr Gesicht zärtlich mit beiden Händen. »Du weißt, du brauchst nur dein Wort zu sagen, und es ist sofort vorbei. Ich werde natürlich mein Bestes tun, um dir das zu ersparen, aber falls es doch notwendig werden sollte, möchte ich, dass du es verwendest. Das ist ein Befehl von deinem Meister, hast du verstanden?«

Ein Lächeln legte sich über Lauras Gesicht und entspannte ihre Züge. »Ich werde ihn befolgen.«

Laura senkte den Kopf, damit er ihr das Halsband umlegen konnte, doch er hielt noch einmal inne und drückte ihr Kinn hoch, sodass er ihr in die Augen schauen konnte. »Ich bin jetzt schon stolz auf dich, du musst mir nichts mehr beweisen. Denk bitte daran, wenn wieder der Ehrgeiz mit dir durchgeht.«

Mit einem Klicken schloss sich das Halsband, und die Sklavin sank vor ihrem Meister auf die Knie.

***

Mario nahm Laura an die Leine und ließ sie auf allen vieren die Stufen hinaufklettern. Ungeachtet dessen, dass sie so die Spalten zwischen den Stufen genau im Blick hatte, fiel es Laura leichter, den Aussichtsturm auf diese Weise zu erklimmen. So bodennah fühlte sie sich recht sicher, und da es dunkel war, konnte man die Höhe außerdem nicht so gut erkennen. Dennoch war sie oben angekommen froh, wieder festen – oder zumindest durchgehenden – Boden unter sich zu haben. Ihr Meister ließ den Rucksack von seinen Schultern gleiten, stellte ihn auf die kleine Bank und öffnete das Hauptfach. Gebannt starrte Laura zu ihm hin, während er darin kramte, obwohl sie wusste, dass dies ein ungebührliches Verhalten war. Sie hätte demütig zu Boden schauen und geduldig warten sollen, aber sie war viel zu aufgeregt dazu, wollte unbedingt wissen, was er nun vorhatte. Seine Hände kamen wieder zum Vorschein, zusammen mit einem Paar lederner Handfesseln. Nervös richtete sie ihren Blick zu Boden und biss sich auf die Lippe. Das half ihr kein bisschen weiter. Er fesselte sie fast immer, daraus konnte sie nichts weiter ableiten. Fügsam präsentierte sie ihre Arme, sodass er das Leder um ihre Handgelenke schließen konnte. Auf seine Anweisung hin erhob sie sich gehorsam, wenn auch mit einem mulmigen Gefühl. Nahe dem Boden hatte sie sich wohler gefühlt. Mit wenigen Schritten überquerte Mario die Plattform und trat an das Geländer. Die Leine war gerade lang genug, dass sie sich nicht hatte bewegen müssen. Wie zur Salzsäule erstarrt stand sie da, einzig ihr Herz raste wie verrückt angesichts dessen, was unvermeidlich als nächstes passieren würde. Dass sie es hatte kommen sehen, dämpfte ihre Panik kein bisschen, als ihr Meister seinen Zeigefinger krümmte und dann auf den Boden neben sich wies. Als sie nicht reagierte, zog er ruckartig an der Leine, und Laura stolperte überrascht zwei Schritte nach vorn. Seine unbarmherzig dreinblickenden Augen hefteten sich auf sie, forderten sofortigen Gehorsam, als er noch einmal auf die Stelle neben sich deutete. Wie ein geprügelter Hund tapste Laura langsam mit eingezogenem Kopf auf ihn zu. Ihr war fast das Herz stehen geblieben, als sie so vornübergefallen war, das wollte sie nicht nochmal erleben. Freiwillig zu ihm zu gehen, fiel ihr zwar auch nicht leicht, aber es würde sie definitiv weniger Nerven kosten, als wenn er sie holte. Mit jedem Schritt zu ihm wurde sein Blick etwas weicher, und als sie schließlich neben ihm stand, tätschelte er ihr liebevoll den Kopf. Laura atmete tief durch, versuchte sich ein wenig zu entspannen.

Alles wird gut werden, da ist ein stabiles Geländer, es gibt keinen Grund, sich zu fürchten. Dir kann nichts gesche…

Ohne jegliche Vorwarnung rutsche Marios Hand hinunter in ihren Nacken und drückte ihren Kopf hinunter, auf das Geländer zu. Von heftiger Panik ergriffen, schrie sie auf.

Sofort schloss sich Marios andere Hand um ihren Mund und erstickte ihren Schrei. »Schhh. Du willst doch kein Aufsehen erregen. Wenn ich meine Hand jetzt wieder wegnehme, wirst du ein braves Mädchen sein und keinen Mucks von dir geben. Solltest du noch einmal zu schreien anfangen, verpass ich dir einen Knebel.«

Die Drohung wirkte augenblicklich, ließ Laura sofort erstarren. Als seine Hand sich langsam von ihrem Mund löste, flüsterte sie ängstlich: »Das kannst du nicht machen, dann kann ich mein Safeword nicht mehr verwenden.«

Ihr Einwand kostete ihn nur ein herablassendes Lächeln.

»Morse es mir halt.«

»Ich kann nicht morsen!«

»SOS wirst du schon zusammenbringen.«

Er klopfte dreimal kurz, dreimal lang und dreimal kurz auf das Geländer. Ein Blick in Lauras weit aufgerissene Augen und ihr hastiges Nicken zeigten ihm, dass sie begriffen hatte, dass es ihm verdammt ernst war mit seiner Drohung.

»Und noch etwas.« Sein Griff um ihren Nacken wurde fester. »Wage es niemals wieder, mir so impertinent zu erklären, was ich tun kann oder nicht. Ich mache mit dir, was ich will. Wenn dir das nicht passt, kannst du ja gehen, ansonsten hältst du die Klappe und gehorchst. Hast du mich verstanden?«

»Ja, Meister. Es tut mir leid, Meister.«

»Gut, dann können wir jetzt endlich dort weitermachen, wo wir aufgehört haben.«

In stummem Entsetzen ließ Laura zu, dass Mario die Leine um das Geländer wickelte und ihren Hals daran fixierte. Ihr Kopf ragte nun über das Geländer hinaus, sodass sie in den Abgrund starrte. Die Augen fest zusammengekniffen, versuchte Laura sich zu beruhigen, aber es half nichts. Mit geschlossenen Augen wurde ihr sogar noch mehr schwindlig, was wiederum ihre Angst anheizte, kopfüber da runterzufallen. Also machte sie sie wieder auf. Ihr Atem beschleunigte sich weiter und ihre Knie wurden weich. Starke Arme schlossen sich von hinten um ihren Oberkörper. Im ersten Moment wollte sie sich dagegen wehren, fühlte sich eingekesselt zwischen dem massigen Körper hinter ihr und dem Abgrund vor ihr. Aber als Mario sie unbeirrt fest an sich zog, beruhigte sie sich ein bisschen. Sie schloss die Augen wieder und konzentrierte sich auf die Wärme, die von seinem Körper ausging, und die Kraft, mit der er sie hielt.

»So ist es gut«, raunte er ihr zu, als ihr Atem sich wieder einigermaßen normalisiert hatte. »Und jetzt mach die Augen auf.«

»Nein, bitte, ich kann das nicht. Ich will das nicht sehen.«

»Doch, du kannst. Ich werde dich festhalten, du brauchst keine Angst zu haben.«

Nur sehr widerwillig öffnete Laura ihre Augen. Sofort war die Panik wieder da. Aber da war auch Marios Hand, die sich unter ihre Bluse schob und anfing, mit ihren Brüsten zu spielen. Die Ablenkung zeigte Wirkung.

»Willst du mehr?«, flüsterte eine verführerische Stimme ihr zu.

»Ja, bitte, gebt mir mehr, Meister.«

»Du weißt, dass das seinen Preis hat.«

Das war ihr egal, solange er nur nicht aufhörte, sie abzulenken, war ihr alles recht.

»Alles, was ihr wollt, Meister.«

»Gierige kleine Schlampe«, murmelte er grinsend, dann ließ er sie los.

Das gefiel Laura gar nicht. Ihr Herz fing wieder an zu rasen, als ihr erneut eindringlich bewusst wurde, wo sie sich befand. Glücklicherweise kam er gleich wieder zurück. In seiner Hand lagen zwei Seile, die er an den beiden Ringen ihrer Lederfesseln befestigte. Er umfasste ihren zierlichen Arm oberhalb der Ledermanschette, doch er musste auch die zweite Hand zu Hilfe nehmen, um ihre um das Geländer gekrampften Finger zu lösen, ehe er ihren Arm zur Seite ziehen konnte. Mario streckte ihn ganz aus, sodass er flach am Geländer anlag, und fixierte ihn mit dem Seil. Mit ihrem anderen Arm verfuhr er genauso. Ihre neue Haltung machte Laura extrem nervös. Sie kam sich vor, wie bereit zum Absprung, die Arme ausgebreitet, als wolle sie davonfliegen. Nur, dass sie nicht fliegen, sondern auf den Boden knallen würde. Ein Gedanke, den sie lieber nicht weiter verfolgen wollte. Endlich war Mario fertig mit seinen Knoten und wandte seine Aufmerksamkeit wieder ihrem Körper zu.

Er begann damit, ihre Bluse aufzuknöpfen, um ihre Brüste freizulegen. Zunächst streichelte er sie zärtlich, liebkoste sie ein wenig. Natürlich waren die Zärtlichkeiten nicht von Dauer. Bald wurden seine Berührungen grober und er begann ihre Nippel zu quetschen und zu verdrehen. Laura verhielt sich ziemlich ruhig dabei, ganz wie er es von ihr erwartete. Den ersten nennenswerten Laut gab sie erst von sich, als er ihr die Nippelklemmen ansetzte. Bisher hatte er immer normale Klammern bei ihr verwendet, aber heute hatte er sich gedacht, könnte sie ein bisschen mehr Ablenkung gebrauchen, also hatte er die *Quetschen* mitgebracht, die sich mittels einer Schraube festdrehen ließen. Er zog sie ordentlich an, bis Laura zu wimmern anfing. Als er zwei Finger in ihre Lustgrotte versenkte, wurden die gequälten Laute aber augenblicklich durch entzücktes Stöhnen ersetzt. So schlimm konnte der Schmerz also nicht sein. Vielleicht sollte er die Klammern noch ein wenig nachziehen. Sie war heute noch nicht so feucht wie sonst, was ihn gleich dazu verleitete, sie etwas zu quälen, indem er sie hart mit seiner Hand fickte. Er schob noch einen zusätzlichen seiner dicken Finger in sie hinein, um sie besser dehnen zu können. Willig kam sie ihm entgegen, bereit, soviel von ihm in sich aufzunehmen, wie er wollte. Als seine Hand ihren Körper verließ, protestierte sie verhalten, wofür er sie mit einem harten Schlag auf den Hintern bestrafte. Genug des Vergnügens für sie, nun wollten seine eigenen Bedürfnisse befriedigt werden. Er befreite seinen Schwanz aus seiner Hose und benetzte die Spitze mit ihrem Saft. Mittlerweile war sie ausreichend feucht geworden, sodass er sich mit einem energischen Stoß in sie versenken konnte.

Laura keuchte erschrocken auf, weniger wegen seines überfallartigen Eindringens, sondern mehr wegen des Vorwärtsschubes, den sie dadurch erfuhr. So gut sie konnte, verlagerte sie ihr Gewicht nach hinten, versuchte sich ihm entgegenzustemmen. Ein sinnloses Unterfangen, angesichts des Massenunterschiedes zwischen ihnen beiden und des zusätzlichen Schwungs, den er vom Zustoßen hatte.

Genüsslich folterte Mario sie eine Weile damit, sie mit einzelnen, gezielten Stößen hart nach vorn zu schleudern, womit er ihr Lust und Panik zugleich bescherte. Als krönenden Höhepunkt seiner Schandtaten packte er sie zu guter Letzt an den Hüften und hob sie ein paar Zentimeter vom Boden hoch, während er sich in sie ergoss, was Laura letztlich doch noch aufschreien ließ.

»Das war sehr ungezogen von dir«, tadelte Mario sie, aber in seiner Stimme schwang Erheiterung mit. »Eigentlich sollte ich dir dafür deine Belohnung streichen. Aber ich hatte heute viel Spaß mit dir und bin daher in guter Stimmung, also will ich mal gnädig sein.«

Seine Finger begannen ihre Perle zu reizen.

»Aber wehe dir, du schreist wieder, dann höre ich sofort und endgültig auf.«

Mit dem freien Arm um ihre Hüfte hob er sie wieder ein Stück an. Abgesehen von Lauras heftigen, keuchenden Atemgeräuschen blieb es ruhig.

»Braves Mädchen.«

Der von ihrem Körper besitzergreifende Orgasmus beendete auch Lauras Beinahepanikattacke. Mario stellte sie wieder auf dem Boden ab und hielt ihren bebenden Körper noch eine Weile fest, ehe er sie von ihren Fesseln befreite.

Aus seinem Rucksack zauberte er eine Decke hervor und breitete sie in der Mitte der Plattform aus. Erschöpft ließ Laura sich darauf nieder und legte ihren Kopf in Marios Schoß. Eine Weile beobachtete sie die Sterne und den Mond, während Mario mit ihrem Haar spielte.

»Ist es nicht erstaunlich, wie viel sich getan hat, seitdem wir das letzte Mal hier waren? Wenn du mir damals erzählt hättest, dass du mich in kaum zwei Monaten dazu bringen würdest, das hier mit mir machen zu lassen, wäre ich vermutlich schreiend davongerannt und hätte mich gefragt, an was für einen Irren ich diesmal wieder geraten bin.«

»Bestimmt sogar«, schmunzelte Mario, »aber erfreulicherweise hast du dich geändert.«

»Nein, du hast mich geändert.«

Scheinbar schockiert über diese Anschuldigung, legte Mario seine beste Unschuldsmiene auf. »Aber nur zu deinem Besten. Ich würde eher sagen, ich habe dich befreit. In dir hat schon immer eine Sklavin geschlummert, die endlich herausgelassen werden wollte.«

Laura richtete sich auf und blickte Mario belustigt an. »Was natürlich eine völlig uneigennützige Tat war. Dass die Sklavin dir dafür so dankbar sein würde, dass sie dich gleich als ihren Meister anerkennt und alles für dich tut, konnte ja keiner ahnen.«

»Was kann ich denn dafür, dass die Sklavinnen sich mir immer gleich an den Hals schmeißen, nur weil ich gut aussehend und dominant und ...«

»... gar nicht bescheiden bin?«

»Fürsorglich, wollte ich sagen. Falls dein Magen nicht zu aufgewühlt ist von unseren vorherigen Eskapaden, hätte ich nämlich was zum Essen für uns mit.«

Laura grinste breit. »Es gibt tatsächlich ein Picknick?«

33

Mit dem Beginn der neuen Kurssaison Anfang September herrschte nach den eher ruhigen Sommermonaten nun wieder reges Treiben in der Kletterhalle. Rick hatte gerade eben die erste Stunde mit seiner neuen Anfängergruppe abgeschlossen.

Er hielt diesen Kurs nun schon seit mehreren Jahren ab und hatte im Laufe der Zeit immer wieder festgestellt, dass er bereits nach der ersten Stunde eine gute Einschätzung abgeben konnte, wer wohl dabeibleiben, und wer sich bald verabschieden würde. Zwei der Neulinge waren ihm dabei heute als besonders vielversprechend aufgefallen. Doch seine Einschätzung war nicht fehlerfrei. Er war auch fest davon überzeugt gewesen, Laura heute im Fortsetzungskurs wiederzusehen, doch ihr Name stand nicht auf der Anmeldeliste. Da er bis zum Beginn des Kurses noch eine halbe Stunde Zeit hatte, machte Rick sich auf den Weg in die Cafeteria, um sich einen Imbiss zu genehmigen. Er wollte gerade die Tür der Kletterhalle öffnen, als diese aufschwang und Mario vor ihm stand.

»Hallo, Mario! Wie geht's, den Sommer gut überstanden?«

»Ja, war recht unaufregend, ich bin nicht mal dazu gekommen, neue Kletterpfade zu erkunden.«

Rick wollte gerade fragen, was ihn denn davon abgehalten hatte, als Laura hinter Mario aus der Tür trat.

»Oh, hallo, Laura«, begrüßte Rick sie sichtlich überrascht. »Ich hatte nicht damit gerechnet, dich hier anzutreffen, nachdem du dich nicht für den Kurs eingeschrieben hast.«

»Hi, Rick. Tut mir leid, aber ich werde nicht weiter in deinen Kurs gehen.«

Rick grinste die beiden mit wissendem Blick an. »Mir scheint, Mario arbeitet mit unfairen Mitteln, um mir meine Schülerinnen abspenstig zu machen. Da stehe ich wohl auf verlorenem Posten.«

»Es ist schön, dass du das einsiehst. Dann brauche ich mir wohl keine Sorgen machen, dass du gleich einen Rückeroberungsversuch startest, während ich meine Stunde abhalte.«

»Schwirr schon ab und geh deine Schüler quälen.«

»Was heißt da quälen, die sollen sich ruhig ein bisschen anstrengen, wir sind hier schließlich nicht beim Golfen.«

»Da soll nochmal einer fragen, warum wir dich keine Anfängerkurse halten lassen«, erwiderte Rick kopfschüttelnd.

Ohne Rick weiter zu beachten, zog Mario Laura zu sich heran, um sich mit einem innigen Kuss zu verabschieden. »Ich muss los, wir sehen uns nachher.«

»Bis später.«

Nachdem Mario außer Hörweite war, wandte Rick sich an Laura. »Ich will Mario ja wirklich nicht in den Rücken fallen, aber hältst du es echt für eine gute Idee, bei ihm zu trainieren?«

»Wieso denn nicht?«

»Naja, sagen wir mal, Mario verlangt seinen Schülern ziemlich viel ab, und da gibt's auch keine Widerworte. Man würde das von ihm zwar nicht vermuten, aber in seinen Kursen kann er ein ganz schöner Despot sein.«

Laura versuchte, ungläubig auszusehen, musste aber dennoch kichern. »Mario? Ein Despot?«

»Na schön, vielleicht ist Despot ja etwas übertrieben. Ich wollte damit lediglich sagen, dass du darauf gefasst sein solltest, dass Mario beim Training vielleicht nicht so nett zu dir sein wird, wie du das gern hättest. Ich kann mir nämlich nicht vorstellen, dass er für dich die Samthandschuhe auspackt, nur weil ihr zusammen seid.«

Mit großer Anstrengung bemühte sich Laura, ernst zu bleiben, aber sie konnte nicht anders, als zu grinsen. Wenigstens hatte Rick keine Ahnung, was sie in Wahrheit so erheiterte. Er ging wohl eher davon aus, dass sie ihn nicht ganz ernst nahm.

»Mach dir da mal keine Sorgen, ich bin mir sicher, dass wir gut miteinander auskommen werden«, beteuerte sie ihm voller Zuversicht.

Rick blickte sie zweifelnd an. »Ich fürchte eher, dass bei euch so richtig die Fetzen fliegen werden. Nichts für ungut, Laura, aber du bist jemand, der Anweisungen hinterfragt, und

›weil ich es gesagt habe‹ ist für dich kein Grund. Wenn Mario sagt, du sollst den rechten Griff nehmen, und du fängst mit ihm zu diskutieren an, dass der linke aber besser wäre, dann gibt es Zoff, das garantiere ich dir.«

»Nun, wenn Mario wirklich so schlimm ist, wie du behauptest«, Laura warf einen Blick in die Richtung, in die Mario verschwunden war, dann wandte sie sich mit verschwörerischem Blick wieder Rick zu, »werde ich mich wohl besser an das bewährte Motto: ›Der Klügere gibt nach‹ halten, anstatt mit ihm zu diskutieren. Aber ich werde mir das jetzt einmal selber anschauen, wie Mario unterrichtet. Wir sehen uns.«

»Ciao, Laura.«

***

Laura fand Mario im hinteren Teil der Halle bei den Wänden für Fortgeschrittene. Seine beiden Schüler versuchten sich gerade erstmals an einem Überhang, während Mario ihnen vom Boden aus Tipps gab. Um ihn nicht zu stören, setzte Laura sich auf einen Sessel, der etwas abseits stand.

Erst als Mario die Übungseinheit für beendet erklärt hatte, ging Laura zu ihm. Sie schmiegte sich an ihn und zog seinen Kopf herab, um ihn küssen zu können.

»Was hat Rick dir erzählt?«, flüsterte Mario ihr zwischen zwei Küssen zu, während seine Lippen sich zu ihrem Hals bewegten.

Beim Gedanken an das Gespräch mit Rick musste Laura wieder schmunzeln. »Er sagte, dass du ein Despot bist und dass zwischen uns die Fetzen fliegen werden, wenn du zu mir genauso bist, wie zu deinen anderen Schülern.«

»Tatsächlich?«

»Ja, ich fürchte, du bist aufgeflogen.«

»Und was hast du dazu gesagt?«

»Dass ich als Klügere nachgeben und mich nicht mit dir streiten werde.«

Mario löste sich von ihrem Hals und blickte Laura amüsiert an. »Ganz schön frech von dir. Aber wenigstens heißt das dann wohl, dass du mir nicht widersprechen wirst.«

»Und wenn doch?«, fragte Laura herausfordernd.

Mario sah sich verschwörerisch um, ehe er ihr die Antwort ins Ohr flüsterte: »Warum sollte ich mit dir streiten, wenn ich viel effektivere Methoden habe, dich zur Räson zu bringen? Du weißt, was passiert, wenn du mir widersprichst. Aber probier es ruhig aus, es wird mir ein Vergnügen sein, dir Manieren beizubringen, sobald wir wieder zu Hause sind.«

Oh ja, sie wusste, was ihr dann blühte. Für Bestrafungen war der Rohrstock Marios bevorzugtes Instrument. Beim Gedanken daran, wie er ihn über ihren Körper tanzen lassen würde, erschauerte sie und schmiegte sich eng an Mario. »Das kann ich mir lebhaft vorstellen.«

Mario gab ihr ein Küsschen auf die Stirn und löste sich von ihr. »Genug geflirtet, es wird Zeit, ein bisschen was zu arbeiten.«

»Eine Frage hätte ich aber noch.«

»Die wäre?«

»Drangsalierst du deine Schüler eigentlich nur um der Perfektion willen oder weil es dir Spaß macht?«

Angesichts des forschenden Blicks, mit dem Laura ihn fixierte, begann Mario zu lachen. »Ursächlich nur wegen der Perfektion, wobei ich aber nicht behaupten kann, dass es mir unangenehm wäre. Wieso fragst du das?«

»Ich finde, du könntest ruhig ein wenig netter zu ihnen sein.«

»Das gibt's ja nicht«, antwortete Mario lachend, »du bist eifersüchtig!«

»Nein, bin ich nicht!«, gab Laura entschieden zurück, womit sie Mario nur noch mehr überzeugte.

»Natürlich bist du es. Hat man so etwas schon einmal gehört, meine Freundin ist eifersüchtig, wenn ich nicht nett zu anderen Frauen bin!«

»Ach, nett bist du sowieso zu allen Frauen, das gehört bei dir quasi zu deinem natürlichen Charme und hat absolut nichts zu bedeuten. Schließlich macht es dich nicht scharf, wenn eine Frau dich anschmachtet, weil du nett zu ihr bist, sondern wenn sie dich auch noch mag, nachdem sie Bekanntschaft mit deiner sadistischen Ader gemacht hat.«

Mit einer raschen Handbewegung umfasste Mario Laura, zog sie an sich heran und zwang sie, zu ihm aufzusehen.

»Meine *sadistische Ader,* wie du das so schön genannt hast, ist ganz allein dir vorbehalten. Offenbar hast du keine Ahnung, wie begehrenswert du bist, wenn du für mich leidest, denn sonst würdest du nicht solche dummen Vermutungen anstellen. Keine andere Frau habe ich je mit solcher Leidenschaft gequält wie dich. Und wenn jetzt nicht gleich Schluss ist mit diesen Unterstellungen, werde ich für uns irgendwo ein ungestörtes Plätzchen finden, um dir zu zeigen, wie sehr ich es genieße, mit dir tun zu können, was immer ich will.«

Mit verliebtem Blick sah Laura zu Mario auf. »Ich bin mir nicht sicher, ob es das schönste Kompliment ist, das mir je gemacht wurde, aber es ist zweifellos das ungewöhnlichste.«

»Außergewöhnliche Komplimente für eine außergewöhnliche Frau«, flirtete Mario zurück, ehe argwöhnisch der Nachsatz folgte: »Was war dann das schönste Kompliment? Und von wem kam es?«

»Das«, säuselte Laura, während sie sich von Mario losmachte, »werde ich für mich behalten.«

»Das halte ich für ein Gerücht. Wir wissen doch beide, dass du es mir sagen wirst.«

»Du kannst heute Abend gern versuchen, es aus mir herauszubekommen.«

»Willst du mich etwa herausfordern?«

»Kann schon sein. Aber das kannst du später rausfinden, jetzt wird endlich geklettert, deswegen sind wir schließlich hier, falls du dich noch daran erinnern kannst.«

»Dunkel, im Moment beschäftigen mich eher andere Dinge. Aber gut, du sollst deine Gnadenfrist haben.«

»Fein. Dann kann es ja endlich losgehen.«

Als Laura bei Mario vorbeigehen wollte, streckte dieser jedoch seinen Arm seitlich aus und versperrte ihr damit den Weg. »Du weißt, dass du keine Chance hast«, erklärte Mario siegessicher.

»Das sehe ich anders«, gab Laura herausfordernd zurück, ohne ihn eines Blickes zu würdigen.

Mario neigte den Kopf etwas, um Laura ins Ohr flüstern zu können. »Du kennst meine Verhörmethoden noch nicht. Den *Genfer Konventionen* entsprechen die jedenfalls nicht.«

»So leicht lasse ich mich nicht einschüchtern. Ich kann ziemlich stur sein.«

»Oh, das hoffe ich doch, denn ich freue mich schon darauf, es aus dir herauszufoltern. Ein verfrühtes Geständnis würde mir nur den Spaß verderben.«

Ruckartig drehte Laura den Kopf und sah Mario mit funkelndem Blick an. In ihren Augen erkannte er Entschlossenheit, sie gierte förmlich danach, sich mit ihm zu messen. Dass sie letztlich unterliegen würde, wusste sie natürlich, das war unvermeidlich und eigentlich auch genau das, was sie wollte.

»Wenn das so ist, wirst du bestimmt viel Freude mit mir haben«, erklärte Laura in herablassend-herausforderndem Tonfall. Energisch schob sie Marios Hand von ihrem Brustbein und schritt erhobenen Hauptes davon.

Oh ja, das versprach in der Tat ein äußerst interessanter Abend zu werden ...

»Das Verhör«
Die Internet-Story

Mit dem Gutschein-Code

JG1TBFRDS

erhalten Sie auf

www.blue-panther-books.de

diese exklusive Zusatzgeschichte als PDF.
Registrieren Sie sich einfach online oder schicken Sie uns die beiliegende Postkarte ausgefüllt zurück!

Weitere erotische Geschichten:

Sara Bellford

LustSchmerz Erotischer SM-Roman

Sir Alan Baxter hat eine Passion:
Er sammelt Frauen!

Er will sie um ihretwillen besitzen

Sie wollen vom ihm gedemütigt und geliebt werden

Gemeinsam zelebrieren sie die schönsten Höhepunkte aus Lust, Schmerz und Qual ...

Weitere erotische Geschichten:

Kim Shatner
VögelBar

Stellen Sie sich vor, Sie gehen in eine Bar und könnten frei wählen, mit wem Sie vögeln möchten ...

Die Vorstellung gefällt Ihnen?

Dann begleiten Sie Marc auf dem Weg zu seiner eigenen »VögelBar«, und lesen Sie von den sexuellen und frivolen Unwägbarkeiten eines solchen Vorhabens!

Lucy Palmer
Mach mich scharf!

Begeben Sie sich auf eine sinnliche Reise voller erotischer Begegnungen, sexuellem Verlangen und ungeahnter Sehnsüchte ...

Ob mit dem Chef im SM-Studio,
heimlich mit einem Vampir,
mit zwei Studenten auf der Dachterrasse oder
unbewusst mit einem Dämon ...

»Lucy Palmer schreibt einfach super erotische, romantische und lustvolle Geschichten, die sehr viel Lust auf mehr machen.« Trinity Taylor

Maria Bertani
Aurelia - Nymphe der Lust

Das unschuldige Mädchen Aurelia darf bei dem Meistermaler Romero in die Lehre der Farben gehen.

Doch zunächst muss sie sich
die Gunst des Meisters verdienen und als Nackt-Modell posieren.

Dabei eröffnet sich ihr
eine Welt voller Gelüste und
erotischer Abenteuer.

Weitere erotische Geschichten:

Trinity Taylor
Ich will dich

Leidenschaftliche Geschichten voller Lust und Begierde. Trinity Taylors erotische Geschichten berühren alle Sinne:

Auf einem Kostümfest in der Liebesschaukel,
als Köchin mit dem Chef unter freiem Himmel
oder im Schuppen mit einem Vampir ...

Abwechslungsreich, rasant und erotisch ziehen die Geschichten den Leser dauerhaft in einen Bann der Leidenschaft.

Trinity Taylor
Ich will dich noch mehr

Trinity Taylors erotische Geschichten berühren erneut alle Sinne:

Während einer TV-Produktion im Fahrstuhl,
mit dem Ex auf der Massageliege,
mit Gangstern undercover im Lagerhaus
oder im Pferdestall mit dem »Stallburschen«...

Spannend und lustvoll knistern die neuen Storys voller Erotik und Leidenschaft. Sie fesseln den Leser von der ersten bis zur letzten Minute!

Trinity Taylor
Ich will dich ganz

Trinity Taylor entführt den Leser in Geschichten voller lasterhafter Fantasien und ungezügelter Erotik:

Im Theater eines Kreuzfahrtschiffes,
auf einer einsamen Insel mit einem Piraten,
mit der Freundin in der Schwimmbad-Dusche oder
mit zwei Männern im Baseballstadion ...

Trinity überschreitet so manches Tabu und schreibt über ihre intimsten Gedanken.

Weitere erotische Geschichten:

Trinity Taylor

Ich will dich ganz & gar

Lassen Sie sich von der Wollust mitreißen und fühlen Sie das Verlangen der neuen erotischen Geschichten:

Gefesselt auf dem Rücksitz,
auf der Party im Hinterzimmer,
»ferngesteuert« vom neuen Kollegen
oder in der Kunstausstellung ...

»Scharfe Literatur! - Bei Trinity Taylor geht es immer sofort zur Sache, und das in den unterschiedlichsten Situationen und Varianten.« BZ, die Zeitung in Berlin

Trinity Taylor

Ich will dich jetzt

Trinity Taylor erzählt auch in diesem fünften Buch von ihren intimsten Erotik-Träumen ...

Mit dem besten Freund für das Date
mit einem Fremden Sex üben,

den Unbekannten im Tempel der Lust
unter einem Wasserfall verwöhnen,

oder sich von einem Klavierschüler
verführen lassen ...

Liebe, Verlangen und Leidenschaft fügen sich in sechs perfekt sexy erotische Geschichten.

Henry Nolan

KillerHure

Eine Hure aus Passion, ein smarter Agent
und ein tödlicher Auftrag ...

Sie verführt ihre Opfer mit Sex, Schönheit und Raffinesse.

Tauchen Sie ein in eine Welt voller Intrigen, Adrenalin Erotik, Liebe und unerwarteter Wendungen.

»Man genießt, leidet und fiebert mit der Hauptfigur! Großartig!« Trinity Taylor

Erotische Hörbücher:

Lucy Palmer
WellSex

Im Chateau Belleville erwartet Sie ein Verwöhnprogramm der besonderen Art.

Stellen Sie Ihre LustWünsche beim WellSex selber zusammen!

Ganz so, als würden Sie Ihre SexTräume mit Fremden selber lenken können ...

Trinity Taylor
Die KlavierLehrerin

Bei den McIntyres laufen die Klavierstunden anders ab, als allgemein bekannt.
Vater und Sohn probieren einfach gern aus ...

Lassen Sie sich von feuchten Klavierstunden mit mehr als vier Händen inspirieren ...

Lucy Palmer
SexSpielzeug

Er verkauft SexSpielzeug.
Sie muss alle testen.

Sie will ihn.
Er will sie auch,
aber ein Geheimnis hält ihn zurück.

Darum verführt sie ihn auf die besondere Art ...